U0526780

苍山

李达伟 著

天津出版传媒集团
百花文艺出版社

图书在版编目（CIP）数据

苍山 / 李达伟著. -- 天津：百花文艺出版社，2023.9
ISBN 978-7-5306-8653-9

Ⅰ.①苍… Ⅱ.①李… Ⅲ.①散文集-中国-当代 Ⅳ.①I267

中国国家版本馆 CIP 数据核字(2023)第 154407 号

苍山
CANGSHAN
李达伟 著

出 版 人：薛印胜
策划统筹：王　燕
责任编辑：王　燕　徐　姗
装帧设计：彭　泽
出版发行：百花文艺出版社
地　址：天津市和平区西康路 35 号　邮编：300051
电话传真：+86-22-23332651（发行部）
　　　　　+86-22-23332656（总编室）
　　　　　+86-22-23332478（邮购部）
网　址：http://www.baihuawenyi.com
印　刷：山东临沂新华印刷物流集团有限责任公司
开　本：880 毫米×1230 毫米　1/32
字　数：180 千字
印　张：11.25
版　次：2023 年 9 月第 1 版
印　次：2023 年 9 月第 1 次印刷
定　价：68.00 元

如有印装质量问题，请与山东临沂新华印刷物流集团有限责任公司联系调换
地址：山东省临沂市高新技术产业开发区新华路 1 号
电话：(0539)2925886　邮编：276017

版权所有　侵权必究

目 录

一	001
二	012
三	020
四	034
五	046
六	055
七	062
八	074
九	080
十	089
十一	099
十二	106
十三	115
十四	123
十五	130
十六	142
十七	150
十八	160
十九	167
二十	176
二十一	186
二十二	195
二十三	204
二十四	213
二十五	222
二十六	234
二十七	240
二十八	251
二十九	264
三十	276
三十一	284
三十二	294
三十三	305
三十四	314
三十五	324
三十六	333
三十七	345

一

他目睹着众多的生命退入苍山。他透过窗口猛然看见了落在雪上的阳光,还有雪与阳光覆盖下的苍山。雪慢慢融化。有一刻,正在融化的是阳光,而不是雪。雪落入苍山中的那些溪谷。他出现在那些溪谷,映入眼帘的是斑驳的雪、蛰伏着的草木,以及寂静的河流。他强烈感觉到这是一个可以给人慰藉的季节。这样的感觉似乎是矛盾的,又无比真实。冷与季节本身会让感觉变得迟钝,让他没有想到的是,不断出现在苍山后,对于美的那种敏感,在这个季节竟慢慢苏醒。雪被阳光与风从树木上抖落,被同时抖落的还有树叶,他看到了那是冷杉的叶子,这与别的那些随着四季嬗变掉落的树叶多少有些不同。他甚至相信,内心的焦虑与不安、内心充斥的矛盾,都能在这个季节的苍山中得到平复。在苍山中，自然把他精神深处的一些记忆纷纷激活，他深知其中有些记忆已经不是真实的，连关于一些人的回忆都将是不真实的，真实的只有苍山给他带来的那些影响与重塑。

从冬天开始。一整个冬天，我都在苍山中到处行走。冬天的行走，就像是为了看到苍山世界的枯索，看到苍山中溪流的变小，看到许多木叶的脱落，也是为了看到世界在缓慢中的新生。当时间限制在冬天，我意识到自己进入的就是缓慢的时间维度，一切开始慢下来。有时目的明确，苍山中相对明晰的村落，相对明晰的人，有时没有目的，一些无意间出现的地名，一些无意间出现的溪流，一些意料之外的事物不断出现。更多是那些意料之外的行走，不断加深着对于苍山的认识。

出现在苍山中，便意味着暂时从物质的场中抽身。冬天相较于秋天而言，并不是甜蜜的，反而是有点冷寂，有点苦涩，但冬天有雪，还有在冬天依然缓慢生长着的那些植物（生命的生长，被放入了暗处，暗藏起来，让人很难轻易察觉，生长的声音却是真实的，这样潜于内部的生长让人着迷），还有那些流淌的河流，还有其他，还有光与阴影。光与阴影覆盖了整个苍山，更多是光。托卡尔丘克说她有时会通过深刻而神秘的光来区分地点，而不是建筑或地名，在苍山中我们也可以试着用光来判定一条溪流、一座山峰，或者一个村落。小说家跟我说的是名词定义了世界，当有了"苍山"这样的命名后，我们才能知道所指世界的样子。没有名词，世界将是混沌的，我们每一个人都将无法被区分。光，这时同样也是一个名词。进入苍山中，我们将与一个又一个名词相遇。小说家说突然想到是名词区分了世界时，自己出现在苍山西面的雪山河边。那是否就是我与小说家还有其他一些人出现在雪山河的时候，我们在那里聊着文学，还聊着生活中的种种不容易，一些人还聊到了世界的神秘。

我像往常一样，经常透过窗口望着苍山。不用推窗，就能看到它。我看到了马龙峰顶裸露的岩石，岩石是铁锈色的，山变得单一而荒漠。雪会在一整个冬天把铁锈色覆盖。当时间来到四月，那些裸露在外的岩石又被一场雪覆盖，岳母说这很正常，古话说清明还能冻死人。那些荒芜的岩石，以及所带来的那种荒芜感，会渗透到日常生活中，对人产生影响。我走出房间，进入苍山。我看见了冬天的树。冬天的白桦林，远远望去，清癯笔直，它们在冬天给人的印象要比别的季节深刻。

　　我出现在了清碧溪背后的山谷。溪后的山谷，无人，那些把进山的路封起的铁锁露出颓丧的锈迹。一些人越过锁链入山，下落不明，一些人从山谷中抱出花纹很美的石头，其中有大理石吗？有人说提到苍山，无法绕开的是大理石。真是这样吗？说不清楚，我把大理石绕过去了。在他们看来，一些元素太重要了。此刻，我所希望的山谷，不是清碧溪所在的那个山谷，而是更空阔些的山谷。我把自己想象成要在那个山谷生活很长时间的人。我要在那里建造一个小屋（眼前真出现了一个小屋，只是那时里面没有人，只有一些时间里，那些巡山的人才会出现在里面），还要建造属于自己的谷仓（那时没有谷仓，谷仓是极具梦幻气息的事物。我想拥有一个可以盛满秋天食物的谷仓，可以在里面盛满那些美的因子。在苍山中，我遇到了一些谷仓，里面放着的是属于牛羊的干草，牛羊在远处湿漉的牧场里悠然自适），小屋前面流淌着的是一条叫雪山河的河流（苍山中是有那么一条河流，它缓缓地流淌着，从苍山的西坡流淌着，经过一个叫漾濞的县城，最终汇入澜沧江。小屋前确实也流淌着一条河流，不是叫雪山河，就是万花溪，或者是其他溪流，苍山十八溪的名字都散发着梦幻和诗意的气息。那就随便一条溪流，它们都从苍山中涌出来，一些鸟兽在那些溪流边留下痕迹）。

有一段时间，我有意去往苍山十八溪，以及与苍山有关的那些溪流边，这样的行为里，同样有着对于河流的渴望。我们在一个大的城市，是昆明，还是其他哪里，能确定的是不在大理，那时窗外没有河流，我们却谈到了云南众多的河流，我们还谈到了《沿河行》。于是，我再次打开了这本书。"水，令我魂牵梦绕。也许是我内心干渴难耐，也许是我太过于英国化，也许只是因为我对美太敏感。总之，如果附近没有河流，我就浑身不自在。"这是开头。然后，我看到了作家找寻到了与灵魂相契的另外一个作家米沃什，这同样也是与我的灵魂相契的作家。"伤心欲绝时，我们就返归某处河岸"（米沃什）。

在那个雨天，我的目的很明确，就是去看一些河流。我出现在了苍山十八溪中的几条溪流边，然后在每一条溪流边驻足良久，溪流的气息似乎都不一样，它们的声息也不一样，可能我沿着它们往苍山深处走去的话，它们会越来越像。当发现它们一样时，我并不是在苍山深处。那些溪流离城市与村庄越近,当它们行将汇入洱海时,它们太像了。我是想暂时忘记村落和城市,就顺着溪流往苍山深处走,那时微雨,却无法阻止我的前行。

在苍山深处,有着我想生活一些时间的地方,像花甸坝,那里有着好些小屋,还有着一些曲折蜿蜒的无名小河,让苍山上的牧场有着潮湿的气息。我们出现在那里,世界给人一种湿漉漉的感觉。那里真适合建造一些谷仓,为了那些撒落在地的牛羊,还可以为了自己,我真想在某个堆满干草的谷仓中睡上一个下午,睡上一个晚上,当然前提必须是空气不能太潮湿,干草释放着沁人的气息。这只是我的一些想法。大地上似乎没有谷仓,只有一些陈旧弃用的房子,里面什么都没有,像极了废墟。在那个世界之内,信号消失,只剩世界中燃尽的篝火,篝火旁被烘烤了一会儿还未干透的鞋子,还有明亮干净的星空,以及未沉睡的羊群在羊圈里发出的呼吸声,甚而是冲破夜色的小羊的叫声。真正的河流,在远处,闪烁着微微的亮光,照进内心。在苍山中,与暮色相遇,与清晨相遇,与一些树木岩石崖壁相遇,我必须要留意一切的东西,一切的美,为了去填补内心深处的空。一开始,我有意去寻找那些有着地域特色的符号,当发现一些符号真只是符号时，便不再那么刻意，不再像原来那样刻意触摸或避开地域性与民族性。面对苍山，特别是在那些白族村落或者彝族村落里行走时，我们无法避开的还将是语言学上对于一个世界的理解，有时可能是一种误读，有时又会成为独特的看世界的方式。

面对着高黎贡山时，我们发现了"高黎贡"在白族话中的意思是蝴蝶鬼，一个世界又被语言延伸到了另外一个世界，那是通过语言的路径所抵达的对于世界的认识。"蝴蝶鬼"，有着众多的"蝴蝶鬼"，一些人被它们迷惑，一些生命最终幻化成美丽的"蝴蝶鬼"。一种语言的表述，就可以让我们把想象彻底打开，我们能想象过往想翻越高黎贡山的艰险。"苍山"在白族话中是熊出没的地方，这又是另外一种语境中的山，我们又将由植物的世界抵达动物的世界，我们将发现的是山被单一化了，化作山中的某种动物，化作有着强烈象征主义的山。我们的想象又将可以无限展开。熊出现，熊在雪线上行走，一群熊，有老有幼，然后从我们面前消失。我们知道熊一直都在。我们知道熊已经越来越多。那些在苍山中放牧的人，见到了熊的影子，见到了一些羊被熊吃掉，还见到了一些熊往苍山下的村庄走去，去啃食那些将要成熟的苞谷。在冬日，那些熊沉沉睡去。只有像熊的山峦，像熊的雪的堆积，像熊的在苍山上空飘忽不定的云朵。

在苍山中的很多时间里，我是一个人，我努力排除更多时候用想象抵达苍山，我想真正进入苍山。我出现在了苍山的某个河谷之中，河床里堆满了大石头，河流就在那些大石头嵌在一起的河床里流淌着，因为季节的原因，流水不是特别大，流水的那种洁净感一眼就能看到。河谷中那些大石头的色调开始变化，变成沉郁的绿色。我选择了其中一个石头，坐于其上，眼前是流水，流水的喧响让人内心为之一颤。那时的河流是有气息的，忽浓忽淡的气息，一些砭人肌骨的冷气，里面有着那种雪水的冷彻，还有一些植物、一些动物的气息。我看到了溪流边有一些颗粒状的东西，麂子曾经来过，我看到了一些羽毛落在地上，那是白腹锦鸡曾经来过。我真是感觉到了那样的气息不断在内部充盈着，那是众多生命的气息在内部的充盈。这样的感觉，伴随着我不断进入苍山，多了起来。我突然想以这样的方式，坐在那些大石头上，给一些人，或者给自己缓缓讲述着那些如流水的对于苍山的感觉。

黑色笔记本

  我看到了那个在喧闹的集市上卖雪的老人。他早早就去苍山上背雪。那时,苍山上还有一些雪。冬日的苍山上,最美的色调就是雪色。与秋天不同,秋天最美的是那些突然之间就集体变黄的树木,像白桦林,像栎木林。在秋日里,我们还会看到一些变红的水杉,那样的红色同样很美,我们似乎能感觉是红在扑入眼眶。秋日已尽,已是冬日。老人指了指背后的那座山峰,是玉局峰。他并没有说自己就是去玉局峰背雪。老人的存在,像极了一首寓言诗,他就像是看到了聚拢在集市上的人们内心的喧闹与迷茫,为了帮他们去除一些忧虑才去背雪来卖。我跟一些人说起自己遇见了那个背雪的老人,很多人都面露惊讶的神色,在他们看来,这近乎不可能会在现实中发生。在苍山下,这样的事情确实发生了。

  苍山下的磻曲村,我出现在了苍山下的这个村落。小叔与我们聊着与苍山有关的一些东西。小叔说起的是来到苍山下这个村子生活的几十年时间里,所收获的各种人生况味。小叔不断强调,努力就会有收获。这么多年,小叔的身份不再是放牧者,他一直在另外一座城市努力工作,每年只有很少的时间会回到苍山下的这个村落。除了小叔,还有一些人,我们都不怎么能听得懂对方的话,我感觉自己一直是游离于那些人之外的。那时,我无比需要苍山。我朝苍山望去,苍山上斑驳的雪迹,在那些山脉间的缝隙里堆积、聚散,寂静的雪以及寂静的声音。小叔的声音消散,只有从灵泉溪那边传来的自然之声。

卖雪老人的身影再次出现。他会不会就出现在背后的苍山上,沿着小路缓慢攀爬着,进入苍山的那些缝隙中,然后小心翼翼地把积雪的表层拨弄开,纯净的积雪真正显露出来,老人喘着粗气,像呵护着自己最重要的东西一样,把干净的积雪放入背篓里的瓮中,他只能背起一小罐。我忘了问老人那一小罐积雪是怎样被他保存下来,积雪为何在那个拥挤闷热的集市上没有融化为雪水。我同样没有问老人,他到底是从苍山的哪座山峰上背回了那些积雪。老人就那样坐着,安静地坐着。买雪的人络绎不绝。只一勺,每人只能买一勺。人们借助一勺雪消暑。

当我再次回到老人所在的位置时,老人早已消失不见。我问了很多人,都摇了摇头。他们对老人并不熟悉,他们只知道老人每年总有那么几天会出现在那个集市上，只是卖一罐又一罐的雪。我想起了老人出现的那个集市，便是人们传说的那个可以看到一些亡灵的集市。当想起老人与集市之间的联系后，我猛然意识到老人出现在那里的时间，是农历三月，而不是我记忆中的冬日。莫非老人也是其中的一个亡灵，似乎用"亡灵"才能解释老人卖雪的行为所带给人的复杂感受。

我离开磻曲村时，已是黄昏。苍山上那些斑驳的雪更加突显，冰冷感也越发强烈，寂静感同样也很强烈。在朦胧的色调中，人影被暮色吞去，山影却还清晰，雪同样清晰。我很激动，我说不清楚是冬日的原因，让人感觉有点冰冷，还是因为暮色中的苍山和苍山上的雪给我带来了很大的震动。那时，我所见到的风景，真是美，空间与时间不再是条分缕析的，一些暗色正从村落里慢慢往苍山上聚集。那是苍山的另外一种黄昏，是我在这之前往往忽略的黄昏。老人退入黄昏中，老人退入苍山中，老人退入那些寂静与纯净的雪中，雪回到了苍山之上。

二

在阳溪边的那个木屋里住的那一夜，他觉得自己拥有了无数双耳朵。他看到了无数双耳朵，在夜空下，如那些警觉的动物一样都纷纷竖了起来。自然的声息日夜不息。还有一些很晚才从苍山上下来的疲惫身影，他们敲开了阳溪边的那个屋子。那个屋子，会让他想起苍山上的救命房，二者的意义相近，二者又有着不一样的东西。那个屋子里住着的更多是守山的人，出现在救命房里的往往是因生活原因要翻越苍山的人。他意识到在苍山中，自然会填补内心的一些空白，也只有自然会让他多少已经凸显病态的精神与心灵复活，他相信了自然的治愈和塑造能力，即便他已经不敢肯定自然系统本身的修复能力。

我生活在苍山下。不是苍山下的村落里,是苍山下的一座小城里。如果是苍山下的村落,经过村落就是苍山。有时雪还会落到苍山下的那些村落,却很少会落到我生活的这座城市。我给女儿读《小鼹鼠摘月亮》,我们不断重复着的内容是"月亮并不是我们想象中那么近",我们在讲述一种距离感。姑娘似懂非懂。当我们父女二人把头抬起时,刚好看到了行将从佛顶峰上落到苍山西面的月亮,姑娘说她懂了。我既离苍山很近,也离它很远。与苍山之间很远的那种距离感,是慢慢才出现的,是随着不断进入苍山后开始出现的。

在这之前,一直以为苍山离我很近,是可以每天透过窗户就能抵达的苍山。我确实推窗就可以见到苍山。那只是苍山很小的局部。苍山上开始落雪了,妈妈跟她孙女说着,她的孙女兴奋地望向苍山。苍山上的雪化了,如铁锈的山岩显露出来,妈妈停下了手中的刺绣望着苍山,妈妈一定是有了一些心事。苍山上空的云倏然而逝,露出了湛蓝的天空,湛蓝把山峦染蓝,爸爸掐灭了手中的烟蒂望着苍山,爸爸同样心事重重。这只是视觉上的近。

梦想者(或者是沉思者,或者是诗人,或者是其他的人),他们出现在了苍山中。他们中的一些人一直生活在苍山中。他们都携带着梦想者的气质。他们已经被我简化了，类型化了，他们本应更复杂。有时，在苍山中遇到的一些人，我都想把他们一一对号入座，这可能是所谓的梦想者，这可能是诗人，这可能是文化学者，这可能是其他人。真正能对号入座的人其实不多。一些人的身份，我们可以一眼就看出来，那是守山的人，那是牧人，而我们很难一眼就认出那是诗人或者是文化学者。

其中确实是有诗人。诗人从怒江边来到了苍山之内。诗人不无感伤地说着自己对苍山的那些感觉。诗人感觉自己再不从书斋中走出来的话，自己将被无法写作的焦虑长时间折磨，并彻底被吞噬。诗人开始在怒江峡谷中行走着，面对着怒江和怒江的支流，诗人还将面对着自己过往的纷繁记忆。诗人年轻时，曾经跟着一些大车司机，多次来过怒江峡谷。那时道路的艰险程度远远超过了现在。诗人开始与自己的过往相遇，年轻时候的自己，另外一些年轻的友人，还有一些年轻的村庄，以及一些年轻的河流。与自己的过往相遇的复杂感觉，诗人说不清楚是美好还是苦涩，美好的一定是自然的美本身（其中一个司机，在夜色中给他指着对面的山，那里有一个石月亮，一座有着天然破洞的山，洞的形状是月亮满月的样子。正说着时,一轮满月与洞贴合在了一起,月亮的光洒在了他们身上),一些旧友还在,还有那些偏僻的村落有了一些变化。苦涩的是一些人已经离世。苦涩的是有一些如废墟般存在着的村落,里面的人们已经离开,去往另外的村落,只有很少的人在那里如鬼魅般出现又消失,苦涩的还是阳光依然无法在怒江峡谷中的那些石头上久留。诗人有一刻觉得阳光和诗歌从岩石上坠落,滚入怒江,没能激起任何的水花,诗人意识到诗歌和阳光在面对着怒江峡谷时也是无力的。诗人离开怒江峡谷,来到了苍山中,他说自己印象最深的是有一座山叫老和尚山,那样的命名真是意味深长。诗人说,在这儿,除了自己,其他的都很慢,最慢的是苍山。

也真有文化学者。那个为了一种文化现象,在苍山下的庆洞村住了很长时间的人。作为文化学者,不是去捕捉那种瞬时的感觉,而是在长时间参与的日常生活中,慢慢发现那些即便已经过了多年,还在日常生活中存在的独特的文化现象。当我们聊起她的工作时,我羞愧不已。毕竟我在苍山中的很多村落里,都是急匆匆地行走着,有时最多在里面住一夜,然后又匆匆返回到苍山下的那座城里。她还跟我说起了自己一个人,去往苍山中另外一个村落里的经历。一个女的,可谓历尽艰辛才进入了那个偏远的村落里,那里有一个古老的盐井,还有一些人化上古老的妆容穿上古老的戏服在古老的戏台上唱戏。山被略去,她的目光只是放在了那些唱戏的人身上。我也曾去过那个村落,唱戏人那天没有出现在戏台,他们可能是以另外的角色出现了,只是被我忽略了,山同样被我忽略,无法让我忽略的是从村落中间流淌着的河流,宛若心跳的河流,河流已经很小,河床却很宽。她与我。世界在不同时间里的不同样子。

在苍山中,我希望自己的一些部分,能够被苍山重塑。现实中,这样的重塑确实也在发生着。当我从苍山中回到那个暗室时,我能够强烈意识到了一些东西的变化。在暗室中,我无比依赖内心。走出暗室,我无比依赖那些旷野。

黑色笔记本

你面对的是一个雕刻者。苍山中有着一些雕刻者。他们或是在自己的村落里雕刻一些东西,或是在苍山中的那些村落里到处行走,为需要的人雕刻一些东西。他们会雕刻门窗，他们还会雕刻一些艺术品。雕刻依靠触觉的同时，同样无比依靠视觉。那些诉诸视觉的木雕，雕刻的过程，也是美感越渐浓烈的过程。雕刻是不断在减去一些东西的过程，与泥塑的不断增补不同。艺术是不朽的。面对着那些可能会朽腐的木头材质时，我们又不敢肯定所有的艺术都是不朽的。我们还看到了一些雕刻的速朽。苍山中有着一些很厉害的木匠和石匠，他们雕刻的东西精美，细部值得被细细打量，也经得起打量。我们也意识到其中一些人，技艺精湛，却陷入一些狭隘中无法自拔。我们原谅了那些民间艺人。多少人又能在民间艺术的道路上，避开狭隘的荆棘与陷阱。

在木雕博物馆里，有着很多让人赞叹不已的木雕。艺术在那个世界里，以近乎不可思议的形式存在，一些好几层的镂空，你用手无法伸到内里，那是只有工具，只有雕刻者的感觉能抵达的地方。她雕刻的一些作品，被放入了那个博物馆。她在离木雕博物馆只有几百米的木雕街上，雕刻着一些东西。我出现在了她的面前。她说要为我雕刻一个丢失的灵魂。那一刻，我真怀疑自己听错了。我听清了，她说的就是灵魂。她说让我等一会儿，她正在为另外一个人雕刻已经遗失的灵魂。我看到她雕刻了一只蜘蛛。终于轮到我了，我观察着眼前的这个老人，是否与老祖（祖母）之间有着某些相似的东西。我差点脱口而出，如果我真在那时朝她喊一声"老祖"的话，她是否会答应我？如果她真发出了那种我所熟悉的声音，我真不知道自己将会怎样。她的双目混浊近乎失明。老祖的双目混浊已经失明。她说我把锐利的目光弄丢了。我戴着一副可以看清眼前世界的眼镜，我差点笑出声来。如果我把眼镜拿下来的话，眼前确实模糊一片。她一定发现了我在笑，只是这样的情形对她而言，已经很平常。她继续说话，你已经把内心的纯净弄丢了，你的内心深处团聚着一股浊气，你总是被欲望与虚妄折磨。她说得一本正经，那一刻，她让我想到的是苍山中的那些祭师，而不是一个雕刻工匠。或者那时她的身体里同时住着两种身份，她在两种身份间随意切换。她也将在一些时间里同时陷入两种身份不能自拔。我不再说话，只是点头，我相信她以一种神秘的感知能力看清了我。那时，明亮的光线穿过那个格子窗，雕工精湛，就一束光，照在了我们旁边。她说，你还丢失了很多东西，你等会儿看到雕刻的作品就会豁然。我开始感觉到世界的不真实，便匆匆告别了老人。我想从那个世界夺路而逃,却有意让步伐变得从容些。当我回过头看她一眼,想再次跟她告别时,我发现她的脸上有着一丝意味深长的微笑,像极了我一开始的讥讽。

我开始夺路而逃。我似乎听到了老人在那里笑着,那是年轻的声音。我再没有回到苍山下那个有着很多雕刻者的村落,即便那里有着那座让自己着迷的木雕博物馆。我怕自己回去的话,会不会真如那个老人所言,将会看到一个已经固定化了,一个已经变形的自己。我真担心那些抽象的被挂于嘴边的东西,突然就具象化。我知道她很可能还是会雕刻出一只很小的蜘蛛,只是颜色很浅,与常见的那些蜘蛛不同。在苍山中,大家早已达成共识,我们的魂就是一只又一只蜘蛛。当我们把它们弄丢时,它们就会幻化成蜘蛛的模样生活在我们的本主庙中,等着我们用祭祀仪式把它们找回来。如梦,又不似梦。其实有一些真是如梦一场。有着强烈梦幻气息的村落,以及有着强烈梦幻气息的苍山。

三

他那时不在苍山下。在那个边疆诗人谈论着边疆时,他回到了苍山中。他的肉身还在那个场之内,思绪却早已远离。他得以真正开始认识苍山,同样得以重新认识边疆。那一刻,他如同诗人的灵魂附身,他在苍山中开始变得滔滔不绝。他出现在那个被河流不断拓宽的河床里,与那些溪流对话,与那些石头对话,与那些草木对话。他并没有说话,也无须言语,只需要静默,一些对话在静默中完成。他在秋天回到了苍山中。秋天既是真实的,又是一个意象,苍山成了象征。苍山中的那些生命纷纷染上秋天的色调,他翻开了那篇写秋色的小说,文中描写了一些小人物的命运,他似乎看到了自己的命运,那些悲欢、那些苦乐、那些不屈、那些善良。诗人开始朗诵关于秋天的诗。他回到了那个场,他回到了那条街道。秋天一过,便是冬天了。诗人将写下一首关于冬天雪落满苍山的诗。

那是在离苍山很远的世界里,一个在写作题材上一直以边疆为重的诗人,让你意识到了一些词语的消失与缺席。虽然那里离苍山很远,你却无法不想到苍山。听了他的讲座,你写下过这样的随记:"他说生活在一个扁平的空间之内,往往很难遇到大恐慌,就在温水煮青蛙中,一切已经不再明晰,我们意识不到那些碎片化对我们的划伤,一些词语渐渐丧失,渐行渐远的忏悔、善良、人性、爱情、真诚、胆色、平和、谦卑、敬畏、博爱,我们只能且行且珍惜。一些词语被放大,被放大的功利、冷漠、自私、暴力、胆小与猥琐。他无数次提到与中心不同的边疆,他说只有一些东西,一些声音还隐藏在边疆,等着我们去寻找它们,去发现它们。当他说到这里时,你才意识到自己确实因为焦虑而没能平静地注视着脚下的土地,注视着那些斑斓的自然。你突然有了强烈的冲动,你想进入苍山之内,去寻找那些出现在苍山的人。曾经出现的人:担当、李元阳、杨慎、陈佐才,众多我所不熟悉的和尚,还有那些在苍山中出家的皇帝,以及当下生活在苍山中的普通人,像老祖一样的人,像一些沉默的民间工匠和艺人。找寻他们的身影,也是想重塑一种筋骨,那是你自己身上丧失已久的东西。苍山是你精神性的山,它早已包含了一切的山,同时还包含了一切不是山的东西。"

你是在苍山中,呼唤着一些词语的归来。你是在苍山中重新找寻着那些丢失的词语。那些隐藏在苍山之内的词语,它们同样正等待着你的出现。出现,然后重新把它们捡拾起来,并慢慢擦拭着,把落满的尘埃擦掉,把上面斑驳的铁锈刮擦干净,让词语亮起来的同时,也让世界亮起来,至少是让自我的世界亮起来。这些词语撒落在苍山中,需要你去一点一点把它们拾掇起来。它们所释放出来的光泽,就像是苍山中的那些溪流在阳光下闪烁,就像是大寒日苍山上还未融化的雪。恩师纳张元在苍山下的院子里,跟我说起进入苍山一定要把目光放在人身上,放在生命之上,生命才是最重要的。一些人将要出现,一些生命将要出现。

我出现在了一个简陋的庙宇中,那个村落所有的人都在那天出现在了那里。人们要在那里进行祭祀仪式,敬那些内心的神灵,同时也是一种擦拭内心尘埃的方式。那时,祭师很重要。这样的祭祀方式,一直存在于苍山之中,并在我们的精神深处成为一种普通的日常。它显得很普通,又不普通。我们习惯了在那些特殊的日子里,出现在庙宇里。祭祀仪式最后的环节,是看每家的鸡头鸡骨鸡尾。祭师能从它们那里获取一些东西。祭师从背后的田埂上抓了一把艾叶擦了一下油腻的手,开始看。看家财,看财路,看吉凶,看人的内心。祭师会委婉地以鸡骨来暗示鸡的主人,需要改变自己,需要内心深处一直有光,希冀之光,向善之光。一些人频频颔首,一些人面露羞愧之色,一些人因为这样的祭祀仪式而发生了改变。

  我想到了诗人。诗人不断出现在苍山中,是为了寻找光。诗人的摄影"要有光"系列,一直被他继续着,他记录着那些打在生活阴影处的光。诗人的"要有光"系列摄影,序号已经标记到了八百多,诗人已经把捕捉光的行为持续了至少两年。诗人曾经遭受过病痛的折磨。当我们出现在诗人家时,因为一些原因,诗人每天要喝的药没能及时到,正深受失眠症的折磨。我们出现在诗人家的楼顶,前面就是苍山,山岚早已从落日中消散,山烟冷寂。诗人就在我们所在的位置朗诵着那些描写苍山的诗歌,还朗诵着写给母亲、写给自己的诗歌。诗人有时会回到一楼,炉火灼烧,拨弄一下炽热的火炭,继续阅读和朗诵。我跟诗人说起那些朗诵的视频,有好些一定就是在楼顶拍摄的,楼顶拍摄到的风景太美了。坐于房顶,一些美就会扑面而来。此刻,是铁色的山,如果转一下身,就会看到同样在暮色中变成铁色的湖泊。一切的色调变得坚硬起来。是夏日傍晚,竟有一点点凉气。诗人穿着厚厚的羽绒服。我穿的是衬衣。他们说起诗人的穿着就是这样,大冷的冬天,他穿的可能是单衣,在盛夏,他穿的可能又是羽绒服。故意让肉身与时序的变化不同,肉身将适应另外一种内在的秩序。那时,适合谈论的将是关于生命的坚硬和坚韧的话题。诗人已经有一段时间深受失眠症的困扰。有时要熬两天两夜才能在极度困乏中睡去。

另外一个诗人说自己也有过受失眠症困扰的经历,是读书时,他们宿舍里患上失眠症的有两个人,他们都知道对方辗转反侧无法入睡,两个人成了双方失眠的互证,他们能相互证明不曾入睡过。他们在那种状态中苦熬着。只有卫生室的医生肯定地说他们一定还是睡着了,至少有一两个小时,只是自己没有感觉到而已。他们想了想,好像确实是如此,不然他们早垮了,即便是年轻的肉身也无法承受失眠的困扰。他们在医生的话里,找到了可以安慰自己的东西,也找到了支撑着自己往前的乐观和希望。有些时候,即便是虚无缥缈的希望,依然会给人无尽的气力。他一直无法想象自己为何会患上失眠症。无论是他还是诗人,他们的失眠症里是否有与齐奥朗患上失眠症相近的原因。他们之间是应该有着一些相似的东西。他们不仅是诗人,有时他们还是思考者。我们突然间就谈到了萌萌。话题的变化和转折都很随意,我们的谈话也很随意。他们说到了萌萌留下了很多日记和札记,只是手写稿的匆忙与随意,让很多字迹都很难辨认。如果有那么一门学科,是专门辨认一些手稿的话,萌萌留下的那些文字被整理出来后,又将是多么珍贵的一笔财富。暂时没有人去整理,暂时无法去整理,那些手稿成了迷雾一般的存在。我的书房里,有着《萌萌集》,好几本。那不是《萌萌全集》,犹记阅读张志扬时,他提到萌萌时的泪水涟涟。我们回到一楼,炉火暂时不烧,我们就在一楼的饭桌上聊着苍山,还聊着一些人的人生与命运。

我不断进入苍山中,是不是也可以算是对于一些光的寻觅?寻觅着一些特异的光,一些温暖的光,一些锋利的足以穿透你的内部,并把你划伤或者治愈的光。诗人从一座雪山脚下来到了苍山下，可以说是从一座雪山到另外一座雪山，诗人从一个更高的海拔到了一个相对低了些的地方，一些事物很相似，天地洁净，很多事物又不同，落日不同，诗人成了一个落日收集者，你也想成为这样的人，你也想收集落日收集光。诗人说你曾见过悲壮的落日吗？似乎在苍山下，很难见到悲壮的落日，落日里的寒凉气息并不浓烈。有个作家，一个曾在矿井里生活过感受过地下让人脊背寒凉的黑暗的人，他辗转多个地方，换了好几个工作，从矿工到一个有名的报社记者，然后辞职回到与自然很近的工作室里。他说自己也算是一个落日收集者，他写下了一些关于落日的话语，这里摘录其中一则："辉煌的落日。你看到落日的时刻是瞬间，转眼就会消逝。然而每次看到的时候，都会被这天穹之间落日余晖的美感所震动。是的，你遇见什么，看见什么，很多时候就是瞬间的因缘际会。我就是珍视出现在自己眼前的所见，将它们储存在心底和记忆。"（2022年1月8日）落日中，当雪粒不断从苍山上滚落到我的面前时，我感觉自己成了一个雪粒收集者，我更愿意成为雪粒收集者。我像极了那个去往玉局峰，或者是其他山峰背着一罐雪回到三月街卖的老人。我只是在用目光和感觉收集着那些有着质感的雪粒,老人去背的那个过程较之我要艰险很多,老人要在天还未亮之时就要出发。

诗人在苍山下离城市更近了,在原来那座雪山下生活的几年时间里,诗人一直就生活在自然中,过着近乎隐居的生活。诗人经常出现在苍山中,并录制下那些朗诵诗歌的视频,诗人在以自己的方式赞美大地与河流。我一眼就认出了那是莫残溪、那是龙溪、那是隐仙溪,我一眼认出了一些庙宇,那是三塔、感通寺,我还一眼认出了那些深入苍山的路,曲曲弯弯,路边有一些悬崖,悬崖上生长着一些草木,路边有一些树木,路边可能还有哗哗流淌的溪流,还有箭竹、冷杉,露水还挂在植物上面,一些雾气呼呼地从那些植物上扫过去。诗人时而驻足,时而行走,聆听鸟鸣树声风吟,一切都是缓慢的。他的诗歌里有一些是关于苍山的,苍山的原风景,自己慢慢靠近苍山的身影与心情,更多是在苍山中关心着人类的命运。我们是可以在苍山中关心着整个人类的命运,我们是可以在苍山中谈论一些看似宏大的话题。我们关心着苍山中的一些人的生存现状,我们还可以关心那些离苍山很遥远的异域国度中卑微的生命个体,我们相信自己同样感受到了他们内心的痛苦、无奈与希望。诗人的声音浑厚，饱含深情地念诵着那些有关生死，有关生命，有关亲人，有关温暖，有关善良，有关悲悯的诗歌。在那些厚实的声音中，我听到了对于生命的真切体验与思考。诗人曾无比靠近死亡，同时又靠着那些落入暗处的光亮与希望，在苍山下近乎奇迹般地病愈了。诗人比我们更加热爱生活。

黑色笔记本

佛顶峰下。我早就想去往佛顶峰。我早就想去往葶溟溪看看。在这个冬季，我不断去往苍山中看十八溪的样子。我想努力让命名与现实对应起来。我们往佛顶峰走着，不断往上，我们讨论着一些让人唏嘘的现实，我们在现实中的艰难，我们在生活中吞咽着的苦楚。大兵要面对着自己的工作与婚姻的双重困扰。我与他谈了一下，似乎在那里只适合谈谈他的工作。他似乎比我更适合进入苍山。在文物管理所工作的他，不断出现在我们所出现的位置。

那些考古的现场，让人唏嘘不已。历史与过往的气息淹没在那些荒野中，是苍山下的那些荒野中。我既想成为那些考古者中的一员,又不想成为其中一员,内心一直是矛盾的。面对着那些现场,你会无端生发出一些感慨。大兵他们早已习以为常,他们依然有着众多的期待,期待着那些土层之下不断涌现的信息。大兵带着我去那个正在挖掘的考古现场。他曾经在苍山下的某个考古现场(已经回填,我一直不明白挖出来,让一切变得清晰后,又把它们回填,这近乎就是一种悖论,似乎只是看看土层之下的东西,同时让那些土层混杂在一起,8层的土可能混杂在了表层土里)待了几个月,那时他拥有着比我更多的疑问,毕竟他是专业的,非专业的我只是想看看考古现场。

我更多是在感觉世界。他已经带我去了考古现场几次。几年前见到的那些人基本都在,那个复杂而悲伤地说起自己女儿的考古学家,他这天不在考古现场。我一眼就认出了那个从外省过来的专门负责修复古物的老人。正在挖掘的现场,他们介绍这里是以前的建筑,这是墙,石头墙体,我们看到了好多石头,像路,我站在石头上说这是路,被否定了,没有丝毫的犹疑。对称的墙体,对称的排水沟,一切似乎都是有矩可循的。荒野,野性,芜杂之下慢慢显露的与表面完全不一样的世界,考古的人可能是因为土层之内的那些关于某个朝代的信息，现在是建筑。葶溟溪，溪流清澈，河床要窄一些。金刚山遗址，剩下一些记号，剩下一些墙体，我们在墙体上行走，墙体之内各种植物在生长，冬日依然在生长，只有一些枯草，倒伏在地，只有一些落下的松针堆积在墙体上。我们坐在了墙体上，确切地说是坐在了枯草上、松针上。遗址的痕迹淡化，自然在凸显，自然会把人类生活过的痕迹重新覆盖。

如果没有考古者，很多的自然只是自然。考古现场里一些我们曾熟识的人，我本来以为他们早已从苍山下离开了，他们却一直都在，多少人就以这样的方式，暂时隐藏在苍山中，他们的命运被一些人遗忘，我们同样也以这样的方式被遗忘。当某一天，我看到了那些回填的考古现场上，长着众多的植物，我以为他们像那些考古现场一样再次变得悄无声息，他们将带着遗憾、唏嘘，抑或是其他什么而从苍山下离开了。他们依然还在，他们还在挖掘另外的考古现场，他们还将继续挖掘更多的考古现场，在他们看来，苍山下有着太多需要深挖才会浮现的东西。挖开表层土，然后不断往下。

那个一直负责修复文物的老人，坐在考古现场边，陷入了某种思考中,我们早已出现,他没发现,他的听力变得更弱了,在冬日的阳光下,耳朵也随着眼睛暂时微闭。只是出土了一些不用修复的瓦片,那些墙体痕迹的石头并不用去修复。不知道听力一直在减弱的他,在看到刻有"囚徒"二字的瓦片时,自己的感受将是怎样?时间覆盖一切。草木遮蔽了许多东西。只剩"囚徒"二字的瓦片,一些信息,可以提供想象的碎片。囚徒李,或者是囚徒王。这是一种记号。同时也是他们在成为工匠时,对于自己的认识:即便时间如何往前,他们曾经的耻辱与痛苦一直都在。那是属于某些时代里,一些人的宿命。我们都是时间的囚徒。在那些重复而旷日持久的考古工作中,他以及他的听力还能挥霍多少?他是否曾思考过这样的东西?囚徒,他同样也是某种意义上的囚徒。那个工匠有着强烈的感觉。面对着他的瓦窑,面对着自己的技艺,面对着人生,面对着时间,他可能突然就有了自己是囚徒的感觉。

那时,莩溟溪的流量远远超过了现在我们所见到的流量。那时,苍山十八溪,没有任何一条溪流给人会干涸的担忧,到现在一些溪流会在某些季节出现断流。我录了一段莩溟溪的流水声。那时,很少有人声的干扰。我已经录了好几条溪流的声音。我想把十八条溪流,每条溪流选取一小段进行录音,只是录给自己,听着不同溪流的声音,抵达那种寂静之地。工匠面对着旷日持久的重复,他失去了那种对于艺术新鲜的感受力,这是"囚徒"二字所给人的联想。我们都知道,很有可能并不是这样的意思。只是在很小的碎片上,就有众多"囚徒"这样的文字,它们排列在一起。它们真是太过醒目和密集了,醒目到你不得不去关注它,醒目到你不得不产生一些强烈的联想。也有可能那根本就不具有象征意义,而是生活中真实的囚徒。身份是囚徒,囚徒想把这样的身份努力抛却,那是一种耻辱,直到面对着那些瓦片,即便它们掩埋于地下,即便它们会成为碎片,最终这样的身份依然会重见天日,依然会从碎片重新聚集成整体。唯一可能与囚徒的愿望一致的是,他本人变得模糊了,他只是成了一种可能。他用众多的瓦片,用可能延续一生的耻辱努力完成自我的救赎。或者里面只有作为一个既是囚徒又是工匠的无奈,不知道他是否曾想过那些有着"囚徒"字样的瓦片,会有着对抗时间的力量。时间真能湮没和覆盖一切吗?考古似乎要解决的便是,让"时间能覆盖湮没一切"成为悖论,同样也是在面对着众多物与生命的命运感,一切卑微不如草芥,一切卑微不如泥土,泥土和草芥在我们面前把一切覆盖,他们需要借助把草芥除去,然后认真审视着那些泥土中会藏着的信息。

我们是一群时间的囚徒,艺术的囚徒,生活的囚徒。考古,一层一层挖,表土层,1层,到8到9层东西芜杂,越往下,相对明晰起来。一切相对清晰,一切将被回填,一切又将模糊起来,一切又将被覆盖。时间真可以让一切变得同一,时间真会消除一切隔阂,又果真如此吗?他们就在表象的重复中不断变老。生命的痕迹、文化的痕迹、记忆的痕迹,同样也是时间的痕迹。我并没有问这个考古现场结束后,他们又将去往何处,就像几年前我以为他们可能会离开,最终他们并没有离开。在苍山下,还有着太多东西需要被发现,对于他们考古者而言,还有着太多的可能性。这是那些考古者在酒的作用下跟我说的,我无法判断他们说的是不是实话,我能肯定的是他们需要苍山。佛顶峰下,他们更多是在触摸南诏初期的一些信息,老人说再往下一层,可能会有一些青铜器之类的,他们暂时不再往下挖掘了,一些东西可能彻底被掩埋。8层,碎瓦,囚徒,现实与艺术的囚徒。

四

有那么几次，他跟着一些文化学者出现在了苍山下的那些村落里。白云峰下的庆洞村、云弄峰下的周城、兰峰下的三阳村，还有其他的一些村落。他们变得很忙碌。他没有跟着他们走遍苍山下的那些村落。他一个人花了一个冬季走遍了那些村落。许多村落变得一样，许多村落之间又有着一些或显或隐的不同。有个文化学者跟他说："苍山更多是属于人类学的，当你进入苍山下的任何一个村落，都会发现一些让你惊讶的文化。"另外一个文化学者，带着浓烈的已经感染到他的情感，跟他说着自己终其一生也无法研究透苍山下的那些村落。他意识到自己与那些文化学者之间的不同，他自己不是文化学者。可以肯定的是，在与一些文化学者的交谈中，他发现了另外让自己陌生的苍山，他看到了多重的苍山。

夜色临近,我们在苍山下提到了白族的围棺舞。他回忆着是在苍山中的一个白族村落,某个人逝去,在举行葬礼前一晚,一些穿着白族服饰的男人,面部因化妆和灯光的作用显得惨白诡异,他们围着棺材跳着古老的舞蹈。看到那几个人同一的神色时,他只觉得毛骨悚然,他想逃离那个不真实如同幻象的现场。他把目光移到没有跳舞的人身上,只有不多的人像他一样静静地看着围棺舞。似乎只有他是坐立不安的。作为一个文化学者,能与这样的情形相遇,在不安与恐惧中,他又激动不已,那些惊惧被激动淡化,他近乎定在了那里。那是属于一个文化学者的激动,一个陌生又存在了多年的场景在黑夜中再次回到他面前。他跟我说,你能理解那时候内心的激动吗?我能理解。白族的围棺舞,我在脑海中想象着,毕竟我还不曾亲眼见过那样的舞蹈,我也无法肯定是否有机会能与这样的舞蹈相遇。我曾多次听到一些人说起围棺舞。我父亲也跟我说起过。那时我与父亲就在苍山中,在火塘边,光在闪烁,未燃尽的柴火被抽出来,我们都还不困,在没有电的情形下,我们往往很早就要睡觉。当我们各自躺在床上，屋外的世界里发出沙沙的树木摇晃的声息时，父亲开始提到了围棺舞，他说每到逝去的人要安葬的前一晚，一些人就会出现在逝者家中，在棺材前铺着的松针上跳舞。与那个文化学者所言不同的是，父亲口中的那些人的服饰早已没有任何特别之处。服饰的消失，是否意味着我们每一个人都能加入跳围棺舞。安葬姑爹前那一晚，已经没有人跳围棺舞。那种舞蹈，更多存活于一些人的讲述中。父亲跟我说起围棺舞的那一夜，我梦见了自己成为跳围棺舞中的一员，那种感觉多少有些复杂。梦醒后，我想象着，真正在面对着那样的围棺舞时，内心深处不知道会有怎样的震动。在梦境中，一个葬礼发生在了某个山谷之中，那个山谷，我貌似很熟悉，总觉得自己在进入苍山中时曾见到过那样的山谷。山谷四周都是悬崖，阳光无法照射进去，世界突然暗了下来，一条清澈的河流从山谷中涌出来，山谷中有着一些尸骨，一些坠崖的人，还有一些逝去的人被背到了悬崖下，我们一群人背着那个逝去的人，要把他安葬在那个山谷。梦境总是很怪诞，围棺舞在梦境中持续的时间不是很长。

那是苍山中的金盏局。那个村落里住着的是傈僳族。他们在安葬死者的前一晚，也跳围棺舞。与白族的围棺舞不同,他们没有化妆,穿着很特殊的火草布缝制的衣服,给死者送来火草布挂于棺材上面,当夜晚来临,人们开始围着棺材跳着舞。还有大先生①的讲述。

祭师的讲述,变成了佳燕的转述。佳燕在县融媒体中心上班,他关注着这个村落缝制的火草布与人的一生之间的联系,已经跟踪拍摄了两年多。他需要一场葬礼。他在这个村落里举行的葬礼上,听到了祭师用傈僳族语讲述着。祭师用汉语把讲述的内容转述给他。世界的起源被讲述,从开天辟地开始讲起,漫长的铺垫后,讲述开始变得无比真实和具体。具体到了死者,从出生、成长、衰老到死亡。祭师在以这样的方式,既完成了对一个人一生的追忆,同时也在以这样的方式,给那些跪着的生者一些濡染、启示和警醒。为了一生可以在祭师口中被完整地讲述,人们在那个隐秘的河谷中,努力活着。至少不能在自己去世后的葬礼上,被祭师无情地讲述。

是有人去世了。亲戚朋友在去往死者家中时,要带上一块长长的火草布,还要牵来牛羊。人们把布挂在棺材上面,

---

① 傈僳族称祭师为大先生。

为了要给死者铺路。铺好路,死者的灵魂才会在被抬往苍山中安葬时,有着路的指引,也才不会被路上的孤魂野鬼阻挠。那块布的作用,与以前在苍山中遇见的吹奏过山调过水调的意义相近。人们穿着火草衣围着棺材转圈,人们拿着竹子敲打地面,击打出来的声音很响,为了让死者知道有那么多人在送自己。葬礼上,最孤独的往往是狗。狗是这个民族的图腾。这曾经是一个靠狩猎和放牧为生的民族。在这里,没有人会吃狗肉。任何一个死者都有着与自己感情很好的狗。佳燕说自己每次拍摄葬礼时,总会遇到一些落寞的狗,它们靠着棺材蹲坐在地,眼睛与身体里沉满了感伤。佳燕还说自己需要一场婚礼,只是两年了,这个村落里还没有人举行婚礼。

出现在苍山中,文化学者不只是遇见了那种稍显诡异的民间舞蹈,文化学者还看到了苍山中其他一些依然存在的文化现象。文化学者也担忧那些文化现象会消亡,他为一些文化现象已经消失而难过,也为一些文化现象将消失而忧虑。有一个作家,曾为一些民间艺术的消失哀婉叹息过,有个手艺人在面对着没有继承者时的平静又深深影响了他的看法。一些东西必然要消失,不同的身份在面对着同一的消失时,态度和看法完全不同。佳燕又是另外一种视角和感觉,他也希望火草布不要轻易消失。

此刻,文化学者成了别人。一个女的,在这里似乎需要强调一下她的性别。她的勇气,令我在她面前显得很卑微懦弱。有个友人多次跟我说起,你就应该去往那些最偏远的世界与角落,在那些地方打捞一些有着鲜明异质感的东西。我频频点头,只是一直没有付诸行动。我还曾有过计划选择澜沧江的某条支流,从源头开始,至少沿着那条支流走到它真正汇入澜沧江的地方,同样也一直没有行动。只是不断把那本特别喜欢的书《沿河行》打开又合上。她一个人出现在苍山中的很多个村落,就一个人,有时搭乘那些微型车,有时是摩托车,出现在那些陌生的村落,有时住上一晚,很多时候要生活一段时间。一些道路狭窄颠簸,很是艰险。她说自己所感兴趣和所要回到的是过往的生活、记忆与文化中,那都是一些需要长时间停驻,才有可能在现在的生活缝隙中渗出来的东西。随着她进入村落的频次增加,形成了更为广阔的空间感,她感觉自己研究的方向就是苍山下的那些村落,那些村落已经值得她不停地往返,值得她一辈子慢慢咀嚼。她跟我说起的一些东西,在我一个人出现在那些村落时,就像是村落不想向我真正敞开一样,它们纷纷退回到记忆与过往中,我都没能见到。

我出现在了五台峰下的庆洞村,去那里是为了看看那个每年都要举行的"绕三灵"祭祀活动。她也出现在了庆洞村,她是去调查和记录"绕三灵"。她混入了祭祀的人群,她穿着华丽的白族服饰,在拥挤的人群中,已经很难认出她了,她成了众人的一个侧影。还有许多的文化学者,默默地出现在苍山中。当我无意间出现在苍山中,我可能就会与他们相遇。我在苍山下遇见了那些正在挖掘,然后又重新把挖掘的场掩埋的人,我还看到了那个花了近乎大半辈子在苍山中的那些村落中,拓印古碑的人。在一些时间里,我与他们相似,我们进入的都是一个完全让自己陌生又惊奇的世界。

我还出现在了苍山下的作邑村。我遇见了一个年老的民间艺人,他唱白族大本曲唱了一辈子。一问,他已经八十岁。他安静地坐着,偶尔与人简单交谈几句,他背后的厅堂里挂着的是记录着自己过往岁月的照片。一张又一张照片,我们看到了一个人的人生轨迹与一个人的衰老过程,时间很残酷。我们以为时间不止给了他衰老的身体,满头的白发与皱纹,还将夺走他的嗓音。他被推到了简陋的舞台上,周围簇拥着的是三个女儿和一个儿子,还有村中弹奏三弦的年轻人,他把折扇啪的一声打开,声音洪亮清澈,那不是我们想象中老人的声音。老人唱完,又回到了厅堂前,我们很激动,声音并没有随着肉身老去,声音定格在了某个年龄后,就不再继续往前变化,也不再退回到更年轻的时候。老人的声音,感染着我们,我们深知自己不只是被他唱的音乐感染,我们还被其他的东西感染。我们离开作邑村时,太阳已经从苍山上落下,空气变得冰凉起来。

  我见到了另外一个老人,带着一些大本曲本子,出现在了我们面前。古老的手工纸已经破损,残篇断章,一些曲子已经随着纸张的破损消失,那些本子记录着的是一种失去。那些文字是汉字,用汉字来记音,白语的音,白族只有语言没有文字。老人的目的就是希望相关部门能帮助他,至少把这些曲子传承下来,他说现在只有他自己会看那些本子,也只有自己会唱。我想到了作邑村的那个老人。我们跟他提到了作邑村的那个老人,他说那个人不会,他们唱的白族大本曲是不同的。他认为只有他自己唱的才是最好听的,也才是最正宗的。白族大本曲分为好几个腔,他们相互间一直存在着自己认为的高下之分。我们打断了老人,此时不是为了高下之辨，最重要的是要让那些破损的文字如何复活。最好的办法便是重新抄录，还需要老人把那些大本曲唱出来录制下来，只有这样才能暂时对抗时间。还有一种办法，是找传人，只是要找到合适的传人太难了。那些本子曾经被民间艺人狭隘地认为是家传的，不能外传。这会儿，老人放下了最后的倔强，他只希望它们能留下来。我们看到了不止一个民间艺人的无奈与忧伤。

黑色笔记本

他成了众多碑文的搜集者。他在苍山中的那些村落里到处找寻着古碑。让他感到吃惊的是，在一个很大的场院里，那是人们晒谷子的地方，他遇见了几百块古碑。当他发现那些古碑时，暮色落在了那个打谷场上，谷子的颜色顿时暗了下去。一些人开始扫着那些谷子，谷子被收入谷仓里，古碑就那样显现出来。当发现那些古碑时，对他所造成的冲击很强烈。那个人，因为职业的原因，因为真正懂行与热爱，面对那些古碑，他变得激动而感伤。

在他看来，那些刻满字的古碑，后面是人，是生命。古碑背后，同样可能存在着一些被篡改的人，篡改的一切，美化的一切。古碑背后，同样有着一些真实。我们是为了那些可能的真实而寻找和面对它们。他语重心长地讲述之后，我才真正有了去看看那些古碑的强烈想法。他想把那些古碑一块一块扶起来，像扶起一个一个老人，像扶起碾落于尘的卑微生命，他悲痛地意识到自己无法做到，那些古碑太重了。有那么一刻，他忍不住让眼泪簌簌往下掉，只有风在帮他轻拭着。只有自己才知道对于古碑的那种热爱。

他让人帮忙扶起了其中一块古碑，那是元代的碑，碑文的作者为苍山的风景所吸引，他在以自己的审美努力抵达苍山的美，像极了此刻的我，我不断进入苍山，同样也有着这样的希冀。前半部分是苍山的风景之美，后半部分不再是风景，而是自己在现实中的怀才不遇，那种苦闷与焦虑，我们都能理解。努力把那块古碑竖起来的他，同样也能理解古碑的作者。他知道，苍山中，还有一块很有名的《山花碑》。

那是用古碑铺出来的场子，古碑上晒着的是谷子，是金黄的谷子，是已经不像田里那般金黄的谷子。他朝村落前的田地望去，还未收割的谷子释放出生命的金黄，金黄随风飘荡着,他远远听到了谷子成熟的声音,他缓缓地闭上了眼睛。等人们把所有的金黄收入谷仓,他就要过来把所有的古碑扶起来。然后我出现了,我看到了那些贴着地面的古碑,那种情形是我在这之前从未曾想过的(我曾想象过一两块贴地的落寞古碑)。

它们是在什么样的情形下,被人有序地堆放在了那个场子里?那些古碑旁,一些草木正在生长着,长得繁茂。在那个稻谷成熟的季节,它们依然繁茂,那是不真实的繁茂。那些古碑上的一些文字被金黄的谷子磨去痕迹,古碑上残剩粮食的气息。我遇见了古碑的一种命运。如果细视,我们还将遇见古碑背后一些人的命运,就像他扶起来的那块碑的作者。当我来的时候,那块碑又倒了下去,又成为那些有序排列的古碑的一部分。远看,那是有序的场景;近看,有序开始变形,成了另外一种有序,或者是无序。

他说,自己要扶起的是一些生命与精神,那些撒落在苍山中,如那些撒落在古碑上的谷子一样的精神。他说,他有意在那个村落里住了一晚,他已经说不清楚是在梦中,还是真实的情形,他来到了那个晒谷场上,他说自己听到了一些很清晰的声音,他是顺着那些声音来到了晒场里。那是苍山下这个村落的背后，一些石匠在凿刻石头的声音，声音时而清脆，时而低沉，然后是一些人气喘吁吁地把凿刻出来的石碑抬到苍山下的某个神祠中，刻碑的人出现，在夜色中雕刻的声音，金石的声音。一些命运的叹息被刻入石碑，时深时浅，还有自然被刻入石碑，刻自然时，石碑突然变得柔软下来，溪流从石碑上流过，留下了河流的影子，植物的种子被刻在了石碑上，植物开始在石碑上生长。当我们看到那些石碑时，我们为上面长得繁茂的植物感到惊诧。他说自己听到了一块石碑的成形，那是一个会让人在暗夜中莫名激动，会不自觉流下眼泪的过程。我也在那个村落里睡了一晚，我也想像他一样在苍山的夜色中捕捉一些声息，结果那一夜我睡得昏昏沉沉，连半夜村子里的鸡断断续续鸣叫的声音都没能被我捕捉到。古碑，河流，植物，谷子疯长。

五

在苍山中,他发现了一些地名会让人感觉遥远,一些地名往往是在迷惑他的判断,一些地名在现实中确实很遥远。在苍山中收获的遥远感,并不会让那个地名失去吸引力,反而是那些更具有遥远感的地名,不断吸引着他。人们在苍山下的雪山河边,跟他说有个村子叫坡有顶,还有一个地方叫雀山。这些地方如其名,都很遥远。那时,如果县城离这两个地方不是很远,如果不是夜色已经渐渐临近的话,他一定希望他们那一刻就猛然起身去往这些地方。当意识到暂时无法抵达这两个地方时,他怅惘不已。他知道这些地方,他早晚会去。在面对着众多的有着遥远感的地名时,他知道自己要面对着地理意义上的苍山。

那是在苍山西坡,我们出现在了雪山河边。雪山河在哗哗地流淌。在浓厚的夜色中,只剩下雪山河的声音。雪山河把其他的声音都覆盖了。我们的那些闲聊,因为雪山河和夜色的作用,竟有了极为私密和神秘的意味。大家都谈到了我们有时是在感觉着世界。如何感觉世界这样的话题,适合在苍山中和雪山河边谈论着。苍山中已经变得稀少的那些祭师,他们就是在感觉着世界。他们卜卦,他们掐指,他们与我们觉得貌似的空的对话,那些行为都很神秘,都无比依靠感觉。我们谈论着,现在的我们很多人随着感觉日渐麻木后,只能依靠技术来认识世界。我们失去了动物的那种最敏锐的动物性,也就失去了对世界可能的说不清道不明的预判性。其中有个人说,自己有一段时间会无端心慌,总感觉那几天会有事情发生。果真发生了,一个至亲之人突发心肌梗死离世了。我们继续谈论着感觉。我们是需要感觉的,只是我们又无力改变感觉的消散。世界的神秘性,只能通过感觉,除了感觉之外,有些事情无法解释。另外一个人谈到了自己。他说自己的父亲是一个祭师。另外一个祭师预知了他父亲离世之时,身边只有两个女人陪着。作为长子的他,对此颇有微词,毕竟他们有五个兄弟。无论有什么特殊情况,至少会有一个人守在父亲身边。最终事实真是如此,一些意外和巧合,让他们在那个晚上都不在父亲身边。父亲无疾而终,这也让他们没能在父亲离世时陪着他有了理由。这些都无法被轻易解释。在苍山中,我们进入了一些民族对于世界的感觉与认识之中,我们在那些火塘边不再怀疑什么。我们说着一定要去金盏村看看,那里还在一些特殊的节日里举行上刀山下火海的表演。在那个村子里,现在只有为数不多的几个人还会爬刀杆。又一个在我们看来无比依靠感觉的世界与角落。我们还说着有时间再去一次雀山。

雀山很远。听着这个地名就感觉到了那种遥远。与打鹰山给人感觉上的遥远相近。我们曾去过雀山,我们对于雀山的遥远感受强烈。雀山,从字面意义上而言,山与鸟类联系在了一起。苍山中,很少会遇到以人来命名的山。苍山本身在白族话里就是熊出没的意思,它也算是用动物命名的山。诗人马上反驳我,在苍山西坡,他就曾遇到一座叫老和尚山的山。雀山虽然很远,还是吸引着我们。我们在出发前,他们就已经提醒了我。正在修路,路上积着厚厚的灰尘,车轮一过,卷起浓烈的尘土。一想到遥远,至少是离我们县城最远的地方,我就会想起自己生活的象图,我就会想起离象图还远的出生地下窄坡。它们都很远。雀山,它既可以指那座山,它又可以指那个村落。在雀山,我将看到一个彝族老人靠着柴垛烤着太阳。我的目光在老人身上停留了很长时间。她能算是独居老人吗?根据风俗,她的子女在结婚那天起就要分家过。即便如此,她与当下我们所熟悉的很多独居老人还是有些不同。虽然现实是随着一个又一个子女结婚,一个又一个子女从房子中离开,房子日渐空落。她的一些孩子住得离她很近,也有几个女儿嫁到很远的地方。我在跟她儿子闲聊之时,他竟提到了我的出生地,他说自己有妹妹嫁到了那里。在雀山,人们会在结婚那天办婚礼的同时,给结婚的子女建房子,到落日时分,人们停下来,剩下的让子女自己建。在雀山上,人们早已习惯如此。真正面对着要和自己的子女分开居住时,内心的复杂依然会有。雀山上过去的房子都是木头建筑。当我们遇到老人时,火塘暂时是熄灭的。其实,火塘并没有彻底熄灭,扒开火塘,一些还未燃尽的火炭又成为引子。在雀山,人们崇拜火塘,火塘日夜不熄。那只是一个老人的日常,我们看到了一个日渐萎缩的老人。那里就只有一个老人,她成了生命唯一的参照物。堆积着一些栎木柴,她就靠在它们上面,它们虽然未被点燃,但就像是一直在释放出温热的气息。老人如果是在房间里的话,在那个冬日里,火塘必然要燃烧着,栎木柴将被接连放入火塘。没有燃烧的栎木,是属于感觉的那一部分。同行的摄影者,喜欢拍摄一些黑白照片,老人成了黑白的人,老人衣服上华丽的部分被过滤了。黑白的人,黑白的世界,连卷起的灰尘,都是黑色的。老人被拍摄得更显老态了,她的神色也被拍得有些木然,现实中她的神色与黑白照片不同,近乎两个极端。我们之间将没有任何的交流,我们之间的语言不通。我们需要同一的语言,才能抵达同一个世界。我们的语言不通,我们对于世界的思考和认识方式,同样会有一些偏差。有时,我们抵达了完全不同的世界。

我对雀山充满了好奇。这个地名,与其他同样会激发人想象力的地名相近,我们先用想象抵达一个世界,那是与命名学相关的东西。许多地名就是想象力的结果。当想象力开始变得贫乏之后,一些命名也开始变得贫乏寡淡起来。我们会觉得那是一个偏僻落后的世界。我们无法肯定自己对于那个世界的认识。在冬日的午后,我们需要一点儿酒。大家纷纷举起酒杯。举起酒杯就对了。我们之间不再有任何隔阂。我们在雀山上,敞开了自己。雀山上的阳光变得很柔弱,风一吹就散。一些外出打工的人也回到了雀山。他们从广州回来。我们只能感叹，世界与角落早已经无法封闭起来，也无法像过去那样，地理世界也在切割着文化世界。我们在雀山，同样感觉到了一些独属于他们的稀薄气息。像老人一样穿着民族服饰的人，已经很少。主持祭祀仪式的祭师已经很少。真正的民间艺人已经很少。那些从广州回来的年轻人，他们穿着时尚的服装，他们戴着墨镜。他们突然唱起来自己的民族歌曲，又是无法被理解的语言。音乐比起用来对话交流的语言要好一些。音乐，可以被感受。世界，同样可以被感受。那些民族音乐，就是对世界的感觉。自然，亦如此。在雀山，我们回到了自然之中。那个村落隐于山间，冬日会让世界变得有些苍凉枯索，让自然收起繁盛蓬勃的一面。我们也可以说是回到了另外一种陌生的生活日常中。我们感兴趣的祭祀活动，暂时隐身。我们看到了世界相互趋同的一面。那是即便在那遥远之地，一些东西同样已经渗透得让人惊讶。如果在那里住下来，我们就能看到世界不同的一面，也可能会看到与这个地名相互平衡的东西。除了老人是一个人外，那一天，别的人都聚集在一起。人们沉浸于喧闹中，忘记了那个老人。

黑色笔记本

人们聚集在了庙宇里。庙宇往往是苍山中每个村落自己的本主庙宇。祭祀活动中,最重要的环节是为了寻找那些走失的魂。那些因魂走失而变得体弱多病之人,那些因魂缺失而萎靡不振之人,还有那些受到惊吓的孩子,他们纷纷来到了那里。等所有的祭祀活动结束,等把鸡头鸡骨头鸡尾巴上面所暗示的一切信息慢慢看完之后,那些因魂走失的人都留了下来。

我看到了有很多人留了下来,这也意味着许多人活在了失魂落魄之中。大家都需要把曾经的自己重新找回来,能否顺利,就看祭师能否帮自己找到,或者是自己跟着祭师进入庙宇中,自己能否在那些角落里找到。那种行为,似乎也在隐隐暗示着要想找回真正的自己,靠祭师的同时,还要靠自己。祭师拿着点燃的香进入庙宇之内,他们也跟着祭师进入其中。其中有一次,我也跟着祭师进入了庙宇。年少的我被一窝马蜂蜇了,昏睡了几天,等真正苏醒过来后,变得萎靡不振。不用去让祭师掐指卜卦之类的,父亲就肯定地说我的魂丢了,同样需要去庙宇里把它找回来。祭师口中念念有词,念得很轻,很少有人能捕捉到祭师口中的只言片语,大家都不会感到遗憾,一些人还感到庆幸,毕竟那些语言和表达虽与自己有关,交流的对象却不是自己。在我小的时候,曾多次认真听过祭师的话语,只能捕捉到一些人名和地名,那是具体所指的东西,别的我没有听清过。随着年龄渐长,对世界的感觉退化变弱之后,要听清祭师的话语就更是不可能了。

祭师用香熏着那些角落,里面有着一些蜘蛛网的地方,那是魂依附的虫子生活的地方。那是像蜘蛛一样的虫子。我们都相信自己丢失的魂就是那种虫子。它们有时很快被我们找到,我们有时没能找到它们,我们的喜笑颜开与颓丧失落都写在了脸上。没有找到的话,还将至少举行一次祭祀活动。找到的虫子,被放入炒熟炸成米花样的苦荞中,封存起来,放回家中。苦荞炸裂开来时,我们用锅盖盖着,依然掉得满屋子到处都有。为何我们的魂就只是那种虫子,为何就不能是其他的虫子,像竹节虫,像蝗虫,或者是其他的动物,像豹子,像老虎。我们细细思量后,觉得是如蜘蛛般,却异常小,小到很容易就被忽略的虫子是魂的合理。苍山中,我又遇见了一些人,他们依然是在找寻着丢失的魂,他们说要找回那种向死而生的力,他们还要找回健康而熟悉的自己。失去的自我,失去的自我的一部分,如蜘蛛般的虫子,或者就是蜘蛛,它们有着众多的眼睛,我们在寻找着自己丢失在苍山中的某些眼睛。

六

他出现在苍山中,他听到了有人在那些溪谷中交谈的声音。微弱的争论声里,他听到了他们谈论的话题。他们谈论着需要用漫长的一生,才有可能真正理解苍山。他们都颔首同意,即便花上一世,依然无法洞悉苍山。他同样感觉到自己在与另外一个自己,或者生活在内心的另外一些人,甚至是另外一些生命在争论,那些争论总是无法让他轻易入睡。在苍山中,远离了自己平时所熟悉的生活环境之后,即便是这样的争论时有发生,他却睡得很好。天空不再是平铺于他的头上,而是立在了他的面前。数着星星入睡,听着溪流入睡,枕着虫鸣入睡,抚触着风入睡。那时,人类很少,更多是自然。他强烈地意识到,在进入苍山的过程中,是为了不断重新确立自己与自然的关系。

在苍山中，我强烈感觉到了内心对河流森林草木星辰村落的渴望。一定会有人说我又开始陷入夸张的谵语状态了。在森林里一个人行走时,对于陌生与寂静的那种莫名恐惧,一直存在着,同时莫名的激动也不断出现。我进入苍山中的那些溪谷中,山谷中的那些景色,纯净,就像是被山谷中的溪流清洗过一样。山谷间的那些植物给人一种生长的力量。一些生长的植物。一个生长的冬天。许多个生长的冬天。溪流在目光中消失,溪流迷失在了苍山的褶皱里。那些溪流发出的不同声音,真希望是内心的节奏之一种。冬日暖和阳光下出现在那些山谷,与冬日阴冷下出现在那些山谷是不同的,我更喜欢在晴暖的天里出现在那些可能连阳光都无法抵达的溪流边。

在苍山中行走。有时,旁边有人。很多时候,是独自一人。总觉得在苍山深处,一个人的行走是危险的。如果,我们是几个人一起去往苍山深处,我们可以把内心的惧怕消除不少,重点是我们可以谈论苍山,我们还可以谈论着由苍山蔓延开来的诸多话题,像自然的话题,像自然文学的话题,像我们与自然之间的联系等等。一个人在苍山中行走时,有强烈的与一些人交谈的渴望，想谈谈在苍山中属于此刻和瞬时的感觉。我们曾谈到了寂静，我们谈到了纯净。我们面对着哗哗流淌的阳溪谈着寂静与纯净。那样的环境就适合谈论这些，苍山中有着太多这样的角落。是有了为数不多的同行者。我们真出现在了苍山中，我们沿着那些溪流往苍山深处走着，往往路是沿着溪流而上的，沿着溪流往往会有着一些路。

我们就在那些河谷里回荡着的声音中，开始闲聊。我们并不去争论对于世界认识的不同，我们就像是两个并不出众的哲学论者。我们相互交流着对于世界的判断。曾经我想象过在大河边，有着两个思想者，他们每天伴随着暮色与江流的声音，谈论着一些哲学的命题，谈论生死，谈论孤独与喧闹，谈论个人与群体，谈论自然与生命，谈论着人类的命运，谈论着人在现实中的谄媚与柔弱，还谈论着内心的枯索。他们争论着，争得面红耳赤，他们争吵的声音，被大河的声音吞没。他们在失去声音的同时，回归平静。在苍山中，如果有着这样的人，他们的声音同样会被吞没，被山风吞没，被河谷里摆荡着的树声吞没。他们意识到了那些树的声音，他们看到了河谷中流淌的溪流，他们暂时在自然面前停止了争吵。他们停止了争论,暂时静默地面对着那些自然。

在苍山中的河谷里,这不是想象的,是有两个或者三个人,确定了不是思想者,他们同样努力谈论着自然与生命,谈论着内心的孤独与喧闹(我谈论着内心),谈论着快与慢(诗人谈论着苍山的快与慢)。这样的谈论已经成为一种习惯。有些谈论,其实也是关于人类学,关于苍山的沉思。他们在一些时间里,觉得争论才是最有价值和意义的。有那么一会儿,他们意识到了暂时不需要去争论了,他们已经真正深入一个无人区,除了他们自己,没有人的痕迹,只有自然,只有那些如在大地的根系上一滴一滴淌出来的水。他们就那样静静地看着一条河流最原始的状态,水滴在聚集,小溪流在聚集,它们时而隐入那些灌木丛中,时而流入碎石堆中,时而又清亮地显现在人们面前,然后流入那条不是很大的河流。他们听到了苍山十八溪不同的声音,他们同样听到了有山鹰落在某条溪流边的岩石上,裸露的岩石与山鹰的色调相似,山鹰成了岩石,如果裸露的岩石像人,人是否会成为岩石。山鹰成为岩石,人成为岩石,岩石成为骨骼,世界并不是静默的,溪流依然流淌,树木发出的沙沙声依然在响着。他们相互望了望,自觉地一个远离一个,他来到了那条溪流边,另外一个同样出现在了溪流边,他们所面对着的是河流不同的段落,相似又不相似的段落,一条河流的几种形态。他们听到了不一样的声音,他们内心里面有了对于河流不一样的理解。工业文明的渗透性太强了,它们在这很纯粹的自然世界缺席了一会儿。他们以为不会再有工业文明的影子时,山谷深处,出现了电线和电杆。他们安静地听了很长一会儿,那真是物我两忘的境地,然后站起来,走近一些,沉默了一会儿,在离山谷越远,越接近一些村落时,他们又开始争论一些什么,只是河流正用它哗哗流淌的声音把争论又一次遮掩覆盖。这样的情景不再是想象,真正发生在了苍山之中。

黑色笔记本

苍山中是有那么一些思想者,这样的思想者与在高黎贡山中,与在大河边的高山峡谷中出现的那些人相近,又多少有些不同。他们面对的都是自然。他们面对着的是不同的自然。在苍山中,他们要面对的是挤入山谷有些阴冷的阳光,还有挂于树梢的落日,栖于岩石上的月光,以及山谷中那些在河床静默的石头,还有汩汩流淌的溪流,(一些不大的河流),一些庙宇,一些像我一样单独出现在河谷中的人。

我们在时间的记忆中找寻着这些人的影子。记忆中的那些形象,总是最难捕捉的。这些人出现在了苍山中,他们是寄情于山水的一些人,同时他们中的一些人还因为世事的困扰感怀忧世。那是一群孤独者,抑或不是。此刻,其中一个人的书就摆放在苍山下的那间暗室里。书被我打开了。他以近乎荒诞和偏执的行为来对抗着现实。他是过往时间里,在苍山中行走着的行为主义者,一个内心住满悲怆意味的行为主义者。退隐山中,活在自己的内心之中,用山水来养自己那颗破碎忧伤的心。他要在山中建一个房子,他还在山中凿一个石棺,只有那个坚硬的石棺才不会让自己腐化于泥土。

我们出现在了那个石棺前,这是实,而他早已消失,已经成为几百年前的亡灵,消失得就像是化为山中的青鸟,山中的青鸟应是他最想成为的生命,这既实又虚。石棺是坚硬的。在冬日,石棺同样是冰冷的。他出现在一些人的口中,他们说在苍山中是有那么一些个体即便在自然的浸淫下，依然无法放下内心对于人生与命运的思考，他们谈到了自己出现在苍山中同样也是命运无常的表现，同样也是对于现实与人生的无法割舍，他们谈论的话题是关于在物质时代人的精神世界。在黑色笔记本中，你记下了两个人的背影，以及两个人的声音，多音部，多音部里沉郁忧伤的部分。他们都是悲观主义者，忧伤是他们更多时候的声音，只是苍山中众多声音的一部分，又是不可以忽略的部分。在黑色笔记本中，他们成了没有转身的背影，你同样也没有对于他们的正面进行任何的想象。石棺，一些石头，坚硬的事物与灵魂，在苍山的深处，松风阵阵。

七

  他觉得自己就是一个梦想者。在苍山中,这样的感觉尤为强烈。在苍山中,他看到了璀璨星辰的坠落,他看到了在绝壁上攀岩行走的羊,他还看到了一些人正雕刻着那些星辰、岩石与羊群。也许只有真正的梦想者,才能与苍山中的这些形象相遇。它们出现在了幻梦中,在还未真正进入苍山时,他觉得这些形象都只是毫无血色的静止的形象。当随着进入苍山时间的累加,那些形象开始从幻梦中落到了现实中。那些形象在变得无比真实的同时,也让他意识到那都是一些从地上、从尘埃之上飞翔起来的形象。他不再只是一个梦想者。他只是习惯了自己的梦想者形象。

  苍山中将会出现至少一个梦想者。在加斯东·巴什拉笔下出现了梦想者,迷人的梦想者。因此,只能是类似的梦想者。梦想者拥有着梦想的权利,并不断往返于遥远的过去与未来。我出现在了苍山下的周城,一个因白族扎染而出名的村落。出现在我面前的是流动的蓝得透彻的天,蓝色的印花,以及蓝天之上随风飘荡的那些白色图案,白色与蓝色的生命。一个老人静静地坐在前面,如果从侧面看的话,那个老人顷刻间就坠入那块天色中,也将成为一个白色或蓝色的人。湛蓝与白净,清洁的色彩与精神,我们会无端把它们联想在一起。老人穿着的是民族服饰,包头上艳丽的花饰已经变得素淡幽蓝,蓝把老人的服饰近乎铺满。梦想者从老人身上慢慢地把目光挪开,他就这样再次看到了苍山。梦想者,应该是在这样的情形下,第一次真正意识到了苍山与内心之间那种隐秘的联系,一种应该归结为精神性与类似梦的东西。

梦想者说:我梦想能拥有一种语言,用这种语言抵达苍山,至少可以进入苍山。梦想者醉了吗?梦想者在苍山的火塘边,与很多人一起频频举杯,梦想者开始表露出了难得的洒脱。很多时间里,梦想者的内心苦涩而纠结。梦想者,以梦想者的目光来分析世界,他要表达的是烛之火、水与梦,以及梦想的权利。梦想者出现在了苍山中。梦想者坐在一个老旧的建筑里,人影慢慢浮现,世界中开始充斥着窸窸窣窣的声音,有人脱掉潮湿的鞋子,有人脱下潮湿的衣服,有人因为受寒而吸了吸鼻子。梦想者需要烛之火,有人开始把房间里的烛火点燃。梦想者需要水与梦,房子外面便是苍山十八溪中的一条。那条已经断了很长时间的溪流,再次发出了汩汩流淌的声音。梦想者缓缓闭上眼睛,关于河流的梦开始出现。苍山中的那个房子建在背风处,在草甸之中。人们把那个房子称为救命房,一些人要翻越苍山,其中有些人感到疲惫了,有些人感受到了阵阵的潮湿与冰冷,如苍山上的浓雾般无法驱散,有些人在暮色中刚好到了那里,有些人在半夜才拖着疲惫冰冷的身子出现,他们都需要那样一间房子。有人打开了房间,陆陆续续的人打开了房间。梦想者从苍山中找来了一些枯枝,火塘燃烧起来,房间里开始明亮起来,噼啪声时而响起,人们面面相觑,暂时不言语。需要温暖的火焰,需要火塘边温起的酒,把人内心的冰冷彻底化去,人声才开始真正出现,并喧闹起来。梦想者说在那个木头房子外面,看到了一些牛羊的痕迹,还看到了麂子的痕迹;梦想者继续絮叨着,说自己看到了那些已经在风中干掉的牛屎羊屎麂子屎,梦想者说自己同样在风中嗅到了它们的气息;梦想者还说自己在风中嗅到了浓烈的青草气息。青草开始苏醒,大地开始苏醒,人们也纷纷醒来。出现在救命房的人多了起来,其中有一些是牧人。梦想者在很小的时候,就知道苍山中有个地名叫救命房,那是直接以房子的作用来命名的。那个房子,依然不断被人修缮着,那些修缮的人,心中仅存一念,在苍山中可能会有那么一颗迷失的灵魂,需要那样一个房子来安放,还有着众多疲惫不堪的生命,需要在那个房子里休息一会儿,或者一晚,然后离开。那是真正意义上救命的房子。那个房子,是为了可能会出现的人而存在。梦想者听说了那个房子。还有一些人听说了那个房子。梦想者就这样与那些人在那里相遇,大家纷纷举起了碗,慢慢饮酒,火塘燃烧着,慢慢熄灭。

梦想者那时正在读《梦想的权利》。如果不是在救命房,就在苍山下。《梦想的权利》,或者直接是加斯东·巴什拉,太适合在苍山的任何一个角落读。梦想者还不是真正的阅读者。他觉得在苍山中读这样一本书真是恰到好处。他写下了随记式的文字:

《梦想的权利》。加斯东·巴什拉。有关梦想与沉思的一本书。艺术、文学、梦想，三部分都是围绕着梦想展开。苍山同样拥有这样的三部分。在文学艺术面前的沉思。一种看，与他的诗学系列一样，展现的依然是巴什拉作为哲学家却极具诗性化的一面，与其他很多哲学家的艰涩不同，有着那种诗意的飞升与轻盈。看，即思。在黑夜中找寻那种诗意的亮光，即便是摸黑，空气中释放出来的那种诗意气息，依然浓郁扑鼻。画家，画中呈现出来的对于世界的看，以及世界在画家的世界里的一种理想化，一种变形化，也是一种极具有梦想的看，看得细致入微，看得激情昂扬，看得色彩斑斓。对于画家，调色依然很重要，去创造一种新的色彩同样很重要，多少画家就是为了一种可能性的色彩而费尽心力孜孜以求。色彩，不仅仅只是色彩。烧煮颜色，用火造光。色彩同样有着各种维度，里面有着那种炼金术士的梦想。一些色彩，是耐心与激情的综合体，有时候写作同样如此。光亮与阴影，对于呈现世界很重要。世界就在光亮与阴影的不断切换中回到世界本身，或者是超脱于世界本身。我们进入了阴影中，同时我们又从阴影中走了出来。把光线置于耳朵之中，用耳朵去捕获世界中的一些光，那些正随着苍山变化而转折的光，让耳朵长上翅膀，那时鸟群飞到天空，让天空拥有了翅膀。"对之静观,人们会沉浸在巨大的精神梦想之中。"夏加尔的羊,它们爬上悬崖绝壁,它们在啃食云朵。(苍山西坡的那些山羊,爬上了形似绝壁的杜鹃树。它们开始从容地啃食着红色的杜鹃。杜鹃的那些枝条紧绷着,我们不禁要为那些羊担忧,担忧是多余的,山羊从容不迫,枝杈并没有断掉。在深山中,那不是羊,或者是羊,他远远地看到了不同的生命在啃食着黄色的杜鹃。)夏加尔的那些恋人们,从城市上空飞过,从山上飞过,像鹰一样落入山谷。(苍山中的那些恋人们,同样踩着梦幻的云朵,沾染着城市各种各样的色彩。里面的那些灰色,那些黑色,在飞入苍山的过程中,慢慢淡化。一些关于恋人们的传说发生在苍山中。)雕塑:唯有雕塑才能在脸部浓缩苦难与伟大。(苍山中的一些雕塑,被鹰啄去眼睛的雕塑,被掏去心的雕塑,还有着用凿子凿去手凿去服饰的雕塑,还有着其他一些不完整与完整的塑像。在面对着那些塑像时,他同样感觉到了艺术与生命的苦难与伟大。)铁匠:一位真正的铁匠不会忘却原始的梦想。铁锈同样在参与一种美,或者是制造了一种美。(苍山中的铁匠、木匠、石匠,他们让那些原始的梦想在苍山中努力发出一些声响,同样努力让一些声响回归静默。作为记者的小宝带着人早早就去往苍山西坡漾江镇的一个村落里,时间很早,夜色依然凝重冰冷,铁匠已经早早起来,燃烧的火焰中响起了打铁的声音,他们是去捕获那种声音,那种可能会从苍山中消失的声音。他让我跟着他们进入苍山中看那些工匠的生活现场,有好多次我都没能抽出时间前往。)"艺术作品要穿越一段寂静区域,等待孤独凝视时刻的到来。"你把自己想象成了孤独凝视者中的一个。梦想的刻刀(那是苍山中,一个木屋里,各种刻刀摆放在一起,雕刻者暂时累了,他们在火塘边喝着酒。古老的梦想刻刀,依然锋利。一些雕刻者将用这些刻刀雕刻出人们丢失在苍山中的那些魂的影子,它们就是如蜘蛛一样的虫子。我们都不敢肯定那就是蜘蛛的一种。)这是关于感觉的一本书。感觉的重要性,与熟悉的巴什拉的其他作品一样。空间的诗学。梦想的诗学。烛之火。水的精神分析(苍山中的溪流在流淌着,有个人抬着生锈的锄头出来,水中的倒影是锈色,那个人要去疏浚河流)。巴什拉要呈现的是由感觉和沉思所慢慢逼近的世界。我们也成了梦想者,我们自己也意识到成为梦想者的重要。

梦想者从阅读的状态中走了出来。梦想者已经迫不及待出现在苍山中。梦想者需要携带着因阅读沾染在身上的梦幻气息进入苍山之中。当他出现在苍山的半腰时,微雨,世界变得空蒙,在路边,一些茅草摇曳,老人在那种摇曳中忽隐忽现。他猛然意识到那应该是一个为一些人招魂的老人,老人抬着那些熟食,抬着那些茶水和酒水,蹲坐在地的样子,他很熟悉又很陌生。他已经有多少时间,远离了那种体验生命的另外一个场?抬起茶水,抬起酒水,抬起熟食,顺序与他记忆中丝毫没有变,口中还喃喃自语。那些压得很低的声音,他也熟悉,他掏空记忆,那些声音一直就那样轻微地被人讲述着,从未有过高声语之时。老人是因为自己耳背的原因,而担心自己不知不觉就已经把声音无限放大会惊扰到一些生命,还是那种仪式所指向的对象有着灵敏的听觉,即便我们怎么低声言语,他们都能够听得见。在苍山中,梦想者意识到自己还将与这样的老人相遇,更多是年老者,这值得梦想者深思。梦想者还将看到一些老人在微雨中烧剪纸,漂亮的剪纸上有些有文字有些没有,黑色的灰烬被他们认真地收到簸箕之内,抬到苍山中,倒入某条溪流,那些黑色的灰烬被慢慢漂得褪去了黑色。梦想者,曾经就抬着一个装满灰烬的簸箕,朝着一条被洪水冲得河床宽阔的河流奔去,那是一种极具有仪式感的行为。这些行为,有些发生在了那些固定的时间里，有些并不固定。就像此刻，虽然不是特殊的日子，梦想者却在微雨中看到了老人，看到了在那些油绿的草木中，老人与手中抬着的那些东西之间所形成的奇妙构图。那是属于苍山中一些人的物质与精神的奇妙联系，也是人、天与地之间的微妙联系。

梦想者，从苍山中走出来，回到苍山下的城市中，剪纸的老人再次出现了。老祖出现了，当她眼睛失明后，她偶尔还拿起剪纸刀想通过梦中的世界重新剪一些图案。剪纸因为颜色的不同，而有了斑斓的色调，一些栩栩如生的生命被再次剪出来，它们有着一双明亮的眼睛，那是老祖内心的眼睛，它们还有着一双混浊的眼睛，那是老祖真实的眼睛。这样的情景，梦想者以为只能出现在梦中。现实中，是有那么一些老人，其实不只是老人，还有一些年轻人（年轻人的出现，让他又惊又喜），她们剪出了让人惊讶的图案，那些图案不只是用于祭祀仪式（用于仪式的纸花，它的生命似乎随着燃烧而结束，其他的一些纸花却有了艺术上的意义。当然我把这样的想法跟一些老人说时，他们并不同意）。

黑色笔记本

蓝色,是一种梦幻而清澈的色调,是一种极具梦想者气息的色调,与黑色不一样。蓝色也会暗下来,褪色,然后成为黑色。色彩打落在人身上的光斑是不一样的。黑色笔记本中开始溢满蓝色。一打开,便是蓝色的河流在流淌。

人们在苍山中用植物、用人类的沉思与梦想制作着一种色彩,并突显着一种色彩。板蓝根、黄芩、五倍子、大黄等植物,人们从苍山中把它们采撷回来。一些蓝色的扎染布在那个村落的很多巷子里迎风飘动,一个老人用手轻轻抚弄着那些扎染布,她的面部开始在扎染布中忽隐忽现。梦想者的色调。老人在制造着一种蓝色的梦。老人也努力留住那些梦一般的蓝色。人们望向了苍山上的天空,那种湛蓝从苍山中滚落,蓝色开始把那个世界染蓝。人们的血液是蓝色的,人们的面部是蓝色的,人们的灵魂同样是蓝色的。我也想拥有一颗湛蓝的心,才出现在了那个世界。我看到了"它们是一个个干巴巴的词。丧失了精神特质与追求的词。是话语的书面表达,是符号,是固化的表情。独独不是语言"这样的表达,那时对于我而言近乎是猛然一击,我看到了自己也写下了好些干巴巴的文字。蓝色，当看到眼前的蓝色与老人，当看到老人正努力制造着一种蓝色时，我需要努力突显着蓝色，就像它本身在苍山下的好几个村落里就已经突显，却又不突兀，同时也不再是干巴巴的。

老人成了一个造梦者。在苍山中行走时，人们多次说起了那些会造梦的老人。他们为了与那些极为普通极为干瘪的生活进行对抗，他们需要让梦有颜色。真是这样吗？在苍山中行走，你只能接受那些看似矛盾和不可能的东西。至少曾经真有一些解梦者。那个老人缓缓地跟我说起了梦的色彩太适合蓝色了。他说他们都知道梦不只蓝色，梦还可能是红色的，还可能是紫色的，还可能是其他我们所无法描述的色彩，但是蓝色，让梦真正具有了梦幻的色调。当老人在不断强调蓝色时，那些被晾晒在溪流边的扎染布被风轻轻吹动，与天空的色调混杂在一起，有一刻，甚至融为一体。梦开始摇曳着。

有一刻，我怀疑是一些人提醒了那些老人，把梦与蓝色联系了起来。这样的怀疑是粗暴的。毕竟蓝色就在苍山下的那个村落继续随风飘荡，毕竟走入村落的任何一个角落，都有扎染的影子。老人再次陷入静默与沉思之中，老人再次进入自己制造的梦境中。她依靠着那些扎染布沉沉睡去,那是午后,我听到了她发出沉厚的鼾声。这可能是真实,也可能是错觉。真实的是有一个在认真制作着扎染布的老人。真实的是扎染布上并不是只有唯一的蓝色,蓝色只是为了凸显其他的图案。黑色变成了蓝色,黑色在褪色,抑或是其他原因,黑色笔记本变成了蓝色笔记本,老人变成少女,少女变成孩童,老人的瞳孔变得清亮,真正被纯净的蓝色盈满。

八

那是莲花峰下的溪谷里,褐色的岩石之上停着一只沉思的鹰。鹰在打盹,或者鹰也成了沉思者。一开始,他并没有发现鹰的存在。鹰好像是为了提醒他自己的存在,有意扑腾着翅膀起飞,飞过阳溪,过了很短的时间,飞回岩石上面,停住,骄傲地与他对视了短短的一会儿,然后把目光转了回去,朝着溪谷的方向。他无法肯定那是一只打盹的鹰,他能肯定那是一只在沉思的鹰。

我开始意识到,自己在当下最需要的同样是"重建与大地之间的感情"(语出《一平方英寸的寂静》)。我意识到重建的唯一办法就是不断出现在苍山中。我们出现在了苍山中的保和寺。保和寺在苍山的莲花峰下。

我们出现在保和寺时,世界并不是安静的,一些人出现在庙宇里举行祭祀活动。人数众多,各种语言交杂,异常热闹。出现在那里之前,我们就已经意识到那次的行走,必定不是为了寻找山野丛林中的寂静,我们的目的明确,就是那个庙宇。当离开保和寺,出现在万花溪时,我们才在溪流的声息中感受到了自然的寂静。我们暂时还没有离开保和寺。庙宇中的祭祀活动,我们都已经习以为常。只是那天在保和寺里,有了与过往的一些不同。与熟悉的单一语境稍有不同的是,我们进入了一个多声部的语境之中。一些人讲着汉话,一些人讲着白族话。语言之外,还有着松涛阵阵的声响。如果都不说话,大家所进行的祭祀仪式就可以说是同一个仪式。如果我们只是匆匆扫视一眼就离开那个现场的话,也将不会发现语言的不同在那个世界中交杂在一起后,产生的奇妙感觉。我们出现在了建筑的二楼,人群拥挤不堪,有两个祭师。我们看见了两个祭师在同一个场中,用不同的语言在说着什么。其中一个人用的是汉话,另外一个人用的是白族话。他们所代表的是不同的人,他们为了不同的人与同一个神灵,或者不同的神灵对话。他们沉浸于各自的世界中,相互间竟没有丝毫的影响。本来我们只想匆匆瞥一眼就离开保和寺,当发现两个说着不同语言的祭师时,我们决定等他们结束再离开。最终,两个祭师在各自的语境里,并无任何停顿和犹疑地完成了仪式。他们语速奇快,声音时高时低,隐隐中感觉二人还是想把对方的声音压下来。两个祭师似乎面对的是一种空。在我看来就是空,我没能真正进入那个语境之中,我只能辨别得出语言的不同,语言所表达的内容,我捕捉不到。我靠近建筑的窗口,朝窗外望去,看到了一些古木,一些庙宇的顶,还有远处洱海的碧波,以及可能正在洱海里面跳跃着的鱼。在那之后的几天里,洱海里面的鱼不断跃出水面,人们不知道它们那么活跃的原因,一些人在讲述中变得惶惶不安,一些人又在谈笑风生中变得无比自信。我们离开了保和寺,对那个庙宇的认识依然浅陋。

回到斜阳峰下的城中后,有个朋友跟我们谈起了保和寺,那时我们才真正意识到了对于一座庙宇认识的粗陋。很多时候,在苍山中,我们见到那些众多的庙宇时,它们往往只是建筑。总觉得在苍山中,即便只是把目光放在那些庙宇中,同样是一个丰富而庞杂的建筑世界。其中很多庙宇,远远不只是建筑,只是个人的关注点不一样而已。我们在进入苍山中时,所见和所感都因人而异,我们每个人将拥有着属于自己的苍山。一提到莲花峰,内心深处一直回荡着那些白族话与汉话的相互交错,以及由语言的交错感给那个世界制造的惊异感。在这之前,我只是见到了祭师用白族话与神灵对话,或者自语。两种语言在一个场中的交杂,同时里面又隐隐有着一股对抗的力(语言与语言所在进行着的对抗),这样的情形很少见。庙宇前的那些树,都是柏树。古柏,笔直,坐于之下,同样感受到的是自然的荫翳给人带来的那种阴凉与沉静。总觉得那不是庙宇给我们带来的,是纯粹的自然,只是古柏往往与庙宇紧紧联系在了一起,很多时候只要让人看到古柏就会想到庙宇。

黑色笔记本

那是依然存在的现实,是会让很多人每次谈起都会觉得不可思议的现实。一些谈论并不会因为重复谈论就变得寡淡,反而是增添了几分浓厚的意味。我们也意识到,那些现实将会伴随着那些老人的逝去,慢慢成为传说,慢慢成为苍山中虚幻的一部分。

一些年轻时候相恋却不能在一起的老人,在每年那些特殊的日子里，他们出现在苍山中找到属于他们的岩石或者树木，开始互诉衷肠，一些情谊将以这样的方式绵延一生。在苍山中，一些东西并不会消散，就像那些爱情，爱情将伴随着那些草木的荣枯有了永恒意味。在苍山中，在那些特殊的日子里，我们相信了爱情的纯洁与永恒。有一对老人被双方的子女搀扶着来到了苍山中，然后让他们在一起，特殊的日子结束，又把他们搀扶回家。那些人，因为年轻时候的种种原因相爱却又无法结婚。这样的人不止一对。每一次的告别都可能是诀别。每一次的见面都是在告别。里面夹杂着的复杂情绪，里面夹杂着的悲情因为一眼就能看得见的衰老而变得强烈，即便是作为外人都能感受得到，在外人看来，很不可思议。大家将慢慢理解他们。人们早已不再以那种太过世俗的眼光来看他们，甚而会无端指责那些老人。没有发生在我们看来不可理喻的指责。一对又一对的老人，一个又一个孤独的老人，一些孤独的老人，去年还能见面，到今年便已是阴阳相隔。在苍山中期盼着，最后期盼到的是空，原来还有那个一直相守的人，如今只剩下孤身一人。当一个老人在去年说好的那个地方苦苦等待着另外一个老人，被等待的人直到落日从苍山的东坡滚落到西坡依然没有出现，在苍山的阴影中，悲情感被熏染得异常强烈。再过一年或几年，那个孤独的身影也将在苍山中徘徊既而消失。

那个一直关注着这个文化现象的人，只有她才会关心着其中一些人的身影，她认识了其中一些老人，她关心着一些人的命运。她说在暗夜里，一些老人在苍山中抱头痛哭，里面有着一些让人唏嘘不已的东西，那是关于爱情、痴狂、忧伤与死亡的故事。在那里，你将会听到一个又一个悲情的故事，同时你又看到了美好的爱情并没有随着年岁的老去而消失。最让你感到欣慰的是，年轻人理解了老人，年轻人真正理解了爱情。苍山中的那些植物、那些岩石、那些村落都成了附属，爱情和老人出现在了最重要的位置。狂欢的节日，悲情又意犹未尽的节日，一些人老去，一些人逝去，一些爱情并未老去。

九

苍山于他而言,成为一种心灵的风景。他看到了自己的影子,落在了岩石上,鹰的影子也落在了岩石上。岩石似乎是坚硬的、永久的,又似乎是易碎的、柔软的。那些落在山谷间的阳光,一触到岩石,就会碎成剔透的颗粒,就会碎成苍山下某个村落晒谷场上的谷子。苍山的影子,一落入溪谷中,就成为另外一种风景。在溪谷中,他发现了至少有两座苍山。它们只是相似,它们只是命名相同,它们却不一样。在溪谷中飞过的鹰,不知道有没有发现两座苍山,或者它将以自己锐利的目光发现更多的苍山。

在苍山中,我们将会遇见各种各样的工匠。他们的存在与出现,都让我在想重塑一些品格的过程中很激动。他们以及他们所创造的艺术，便是形成那些品格的一部分。刺绣、木雕、银器、黑陶，以及其他。我出现在了一个非遗博物馆里。人很少，展品也少。这些少，并不能说明什么，或者恰好又说明了什么。工匠隐身。我只能想象着那些艺术品背后的人。我们在非遗博物馆里，轻轻地嗅了嗅，一些古老的气息、一些古老的雕工、一些可能古老的艺术品、一些工匠早已不在世上。非遗博物馆，很小，藏在暗处。

你走出博物馆，去往苍山。苍山中，被覆盖的艺术（那时你们谈论的对象只是那块照壁，那块模糊不清的照壁上，有着一些被覆盖的艺术，真正的艺术，真正值得咀嚼的艺术，真正可以把你的所有感觉器官调动起来的艺术。那些艺术正在照亮内心的幽暗，你内心多少是阴郁的，你太需要那些能把人照亮的光芒），藏在深山的工匠。在苍山中，与一些刺绣的人相遇。先是刺绣的人出现在了你面前。是在斜阳峰下的城里，一个博物馆之内，你见到了那些绣出来的作品，一些作品出自女人之手，出自像那个老人一样的女人之手，她们的手似乎是颤抖着的，却又不影响那一针一线的缝合。岳母戴着老花镜，正在认真地绣着什么，曾经岳母做了很多年的布鞋，布鞋上面的图案与花纹的要求很高，我见过好些岳母做的鞋,而最好看的是她给我女儿做的那几双。岳母的眼睛不再明亮,她是需要停下手中绣的东西了。岳母抬头同样可以看到苍山,在这个雨季,苍山上云雾缭绕,看到的是斜阳峰,局部的斜阳峰上植物的青绿有着不断被雨水和云雾清洗后的那种洁净与明亮感,对眼睛是好的,我想跟岳母说多朝苍山看看,我还没说就发现岳母偶尔会望向苍山,有时甚至偶尔会走神。岳母心中同样有着一些苦,像儿子一直还未成家还一直沉默寡言,让性情温和开朗的她常常也会陷入一些感伤中。

在苍山中,与那些被定义为绣娘的人相遇后,你才意识到有时并不只是女人才能成为绣娘,一些男人同样绣出了让人惊叹的艺术作品,那时他们都是民间艺人,而没有任何的性别之分。一些木匠,并不只是男人,还有女人,一些银匠,并不只是男人,还有女人。你在与那些人不断相遇后,你慢慢意识到自己看到的是艺术,是生命个体的艺术,而不是男人与女人的艺术。那是在马龙峰之下的世界里,一些女人敲打着银器,那种叮当的声音在世界之内回荡着,那时的世界之内是你个人的,是你个人的内心,一些精美的银器被制作出来,那是女人的手(你再次意识到了自己的偏见之后,赶紧矫正自己,那是艺术的手)。同样就在马龙峰之下,你见到了那个旁若无人地雕刻着一幅图案的女工匠(太多的工匠,你会在他们身上看到相似的东西,相似的专注,而你依然总是无法集中注意力,自己的思绪总是不自然就游离于世界之外,你暂时不去关注那个女艺人,你的注意力又一次被什么吸引。你意识到自己无法真正成为一个工匠,你缺乏那种孜孜以求与专注的精神)。他们也会停下手中的活,起身、抬头、活动筋骨,看一看苍山。

  我是因何而出现在了非遗博物馆?同样也是巧合,我出现在了那个相对隐秘的博物馆,它的存在像极了很多民间艺人在一些世界与角落的存在,它的存在就像是那些工匠现实处境的隐喻。古朴狭小的空间之内,一些东西只能泛泛存在着。那时,里面没有任何一个工匠,那些工匠是否曾出现在那个空间里,心情复杂地面对着自己创作的艺术作品。在博物馆的时间里,眼前出现的都只是那些艺术品,以及每一件艺术品背后的至少一个工匠。你在脑海中重新寻觅着真实的工匠。你跟友人说起了那些隐身的工匠。友人在"非遗"博物馆工作,他不断出现在苍山中,主要就是为了"非遗",我们是可以好好谈谈那些工匠,那些更多时候默默无闻的工匠,他们往往是几十年如一日地不断重复打磨着某种技艺。我对这些人很感兴趣。友人暂时把注意力集中在了那些工匠创造的艺术品上,友人很少触及那些人的命运,而那同样是有着强烈命运感的群体。

我想到了小叔,那个木匠,在苍山中的一个村落里建着房子。他还要去往别处,去往苍山中另外的一些村落,同样也是建房子,最近他建的基本都是庙宇或者戏台。我曾见到在苍山中为一些庙宇画壁画的一对父子,不知道他们是否与小叔在苍山中相遇了,还有可能是他们曾在一起建造着某个庙宇某个戏台,小叔负责建筑,那对父子负责墙体上的画。那对父子画的那些壁画,小叔同样会很佩服,他看那些壁画的眼光比我更专业,我往往只是把注意力放在了那些画所呈现出来的美学上的意义,而小叔可能看到的更多,毕竟那与一般的建筑不同。我兴冲冲地跟小叔提起了那对父子,小叔摇了摇头,小叔并不曾遇见过他们,连他们留下的壁画都不曾见过。当知道如此后,我多少有些失望。他们的相遇,一定将是很有意义的事情。我只能在想象中制造他们的相遇。小叔,即便现在已经满头白发,耳朵有点背,他依然行走在苍山中的那些村落,随着年龄日长,小叔行走的范围竟比年轻时候更大。另外一个木匠哑巴李文华,那个我曾经的师傅,他身上的命运感似乎比小叔更强烈。他与小叔一起建过很多建筑。他的一生所呈现出来的那种悲剧感更为强烈,一生独居,不会说话,却又极其聪慧。作为木匠的师傅,技艺精湛,他给我家制作的家具依然在那个幽暗的房间里,释放出一种艺术的光(与别的那些已经缠绕着各种暗黑色泽的家具不一样)。我师傅脑上长瘤,瘫床多日,身体的一些部位已经腐臭,才颓丧地离开人世,悲剧感强烈,令人唏嘘。

我没有在那个博物馆里,跟友人说起小叔,也没有说起我的师傅。我只是静静地看着那些艺术品。我努力想成为一个合格的观赏者。我在那些作品上看到了什么。我没能成为一个合格的观赏者,许多艺术在脑海中是空白的,是陌生的。此刻,我同样也是在用那些曾经被忽略的众多艺术来填充着脑海的空白那种复杂的感觉一直缠绕着我。在"非遗"博物馆的时间里,我真有了强烈的渴望,便是去往苍山中的那些村落,像友人一样,真正面对着那些工匠。他们沉迷于创作艺术时的面孔,同样吸引着我。他们的专注,是我所缺乏的。他们将以他们的行为影响着我。我希望真正被这些人影响。那些丢失的词汇中,还应该有着"专注"(属于工匠的专注)。我还与另外一个友人谈起了那些工匠。我兴冲冲地说起了苍山中的工匠。在那些工匠身上,有着我们稀缺的精神。

黑色笔记本

当铜壶被挖掘出来时,她并没有感到诧异,她以为这次挖掘出来的依然是原来常见的那种铜壶。当那个负责修复文物的老人,把上面的泥土和尘埃慢慢地刮擦干净后,铜壶变得不再那么常见。经过在苍山下几年的挖掘考古,那个铜壶依然是唯一。铜壶上有着羽人的图案,别的那些铜壶上都没有羽人。作为考古者的她,在苍山下第一次遇见了这样飞翔起来的物。铜壶要羽化的感觉。飞翔被时间的尘土,一层一层地覆盖。她觉得如果自己没有小心翼翼地把那些尘埃拭去的话,它总有一天真会融化消失。她说自己成了一个梦想者。她成为考古者中的一个,就是想把苍山中那些被掩藏着的东西挖掘出来,她对于那些美的东西,那些可以打开无限想象空间的东西很痴迷。我出现在了她所说的那个村落,一切平静,一切消失。考古的现场已经消失，就像考古的人不曾来过一样。也许某天他们还会回来。随着他们的离开，那些现场重新被填了起来，在草木繁盛之际出现，只有草木，只有那些不断生长一直在生长的草木。

她想轻轻地抚触着那个铜壶，她知道自己不能，那个翅膀被她接触后可能就会折断，翅膀从铜壶上折断，掉落在地，在现在的空气中将彻底消失。需要经过专业的处理。那时她在几重身份间转换，她开始意识到自己的内部装着好几个自己，那些自己都想把考古者的身份掩盖，内部那个作为纯粹审美者的她最终占了上风。她成了一个纯粹的审美者。

铜壶羽人出现在了博物馆里，躲在暗处，她一眼就知道它所在的位置，这与她在苍山下一开始考古时的茫然无措不同，那时她更多靠运气，你无法肯定一层又一层的土下面会有什么。铜壶羽人出现了。她以为自己会遇到更多，她感到一阵窃喜，不断深挖，不断把范围扩大，就仅此一个铜壶，也仅此一个羽人。她慢慢平静下来，一个已经足够。她又回归到了纯粹的审美者，那种穿越了多少的时间，依然释放出斑斓灿烂的羽翼，已经让她不再贪婪。她在苍山下的那个村落里，长舒了一口气。然后带着那个已经经过专业处理的铜壶羽人，离开了村落。落日从苍山上落了下去，天色渐暗，一股冷气袭来，羽人已经不在她手里，羽人已经被放入博物馆。此刻的我，落日将尽，我还舍不得离开苍山下的那个村落，我也在想象着那些色调单一的土层之下掩埋着类似羽人的东西，那里可能掩埋着会让想象飞升的翅膀。一些想象的翅膀被泥土与草木覆盖，在苍山的晨昏中，一些人寻找着那些想象的翅膀。

十

他意识到在苍山中的很多时间里,自己进入的就是时间无比缓慢的维度。他告诉自己,一定要慢下来,也必须要慢下来。只有慢下来,世界的细部才会展示给他。许多人迷失在了快速的维度之内。他觉得自己在一些时间里,像极了那些文化学者,他们在苍山中的一些村寨里,一住就是很长的时间,他们还会花费很长时间不断回到那些村寨,他们拾起了过往的一些文明碎片,他们也因为一些东西只剩下碎片而变得感伤不已。那些人跟他谈起内心的感伤时,他也想在苍山中感受着一些让人心痛却又让人迷醉的消失与破碎。时间甚至会倒流会穿梭,回到一个过往的生活的场之内,当完成那样的回归时,我们可能就会拥有一种特殊的观看世界的方式。

我开始了一个缓慢地观察苍山的过程,无比缓慢,无比漫长。我们出现在苍山中那个叫花甸坝的地方,在那里住了一晚,那是一个无比漫长又奇妙的夜晚。我们一些人坐着微型车在狭窄陡峭的土路上颠簸着,雨水刚刚清洗过花甸坝,一些牛羊在草甸上自顾自地啃食着青草。那是与在苍山下的城完全不同的世界,城已经看不见,信号也已消失,一切与现代文明相连的东西变得稀薄,只有电灯的存在暗示着与文明之间的联系。那些草甸会让我想到在苍山中放牧的日子。如果借助文学之眼来看那个夜晚的话,那于自己又将是一个旷古的夜,我曾经用旷古形容过那条大河的黄昏与落日,而此刻我想再次使用"旷古"这个大词。有很多次,在面对那些大词的蛊惑时,我往往失去了判断力而迷恋它们,它们在很多时候都只是虚夸的代词。你意识到苍山是一体的。梦中的苍山,同样是苍山的一部分,梦想者梦到了一部分真实,梦到了生长的岩石,梦到了在暗夜里悄悄绽放的花,梦到了做梦的植物,梦到了一些在这之前不曾见到的塑像,梦到了与诗人在苍山上的相遇。除了没有与诗人在苍山中相遇外,别的那些梦中的事物,都在我进入苍山的过程中，一一与它们相遇了，而且相遇的场景与梦中太像了。这是无法说清楚的。我跟一些人说起，他们都觉得我是在胡诌。一些人曾有过梦中的事，在后来的现实中真正发生了，这能解释吗？如果诗人那时出现的话，一定会跟我说暂时不要纠结于此。

另外一个诗人，我们出现在苍山中。他说自己最近一直在思考的是"辽阔"二字。如何让自己的诗歌抵达辽阔，如何让自己抵达辽阔，这对于自己是很艰难的。诗人说自己的辽阔应该在手中紧握着依然在颤抖着往外滴落的酒里，那种滴落的情形，竟让我无端想到了我们在祭祀中有意让一些酒泼洒在苍山中的情形，两种情形间本应该没有任何的联系，却联系在了一起。当诗人提到了"辽阔"之时，它们真就联系在了一起。诗人同样在苍山中不断行走，在他看来，那将是自己最接近辽阔的方式，那同样也是让"辽阔"不再变成大词的方式。诗人跟我说，自己最讨厌的是大词，我们要警惕大词。我是懂诗人的，我自己又何尝不是在努力寻找着一种"辽阔"。就像当年他说自己寻找"流水"时，我同样深信不疑。我跟诗人说，他应该去往苍山西坡或者苍山中的牧场里放牧一段时间。我曾经是个牧人，我总觉得羊群能让自己知道真正的辽阔。那夜,我们在苍山西坡,我走出了房间。如果那夜,诗人也在西坡,他一定很激动地冲出房间,真正看到苍山中夜色无边的那种辽阔,那是一种黑色的辽阔。诗人第二天给我打了个电话,我们说到了在苍山中出现的那些诗人,担当、苍雪、李元阳、杨慎、陈佐才,等等,我们想在那些人身上捕获他们对于苍山的感觉。诗人说,我们不能绕开他们,他们就在那里,他们早已成为我们在理解苍山时的重要存在,我们怎么可能绕得开他们呢?即便他们已经逝世了那么多年,他们依然很真实,真实得还不曾离开一样。他们出现在了苍山中,他们的身影让多年后的我们沉迷。他们在苍山中完成了他们生命最重要的表达,一些人因落寞与痛苦寻求苍山的抚慰与稀释,一些人在苍山中重新寻找到了自我,一些人在苍山中逝去并葬于苍山。一些人在提到他们时,也说如果自己在苍山下逝去的话,就让自己的那些友人把自己抬到苍山,葬于苍山。我们在苍山中寻找着他们的影子。他们早已变得模糊,清晰的只能是关于他们生命的一个梗概,但一个梗概,一些诞生于苍山中的诗文已经足以下酒和慰心。如果内心深处刚好沉压着一些块垒的话,与他们精神上将有着更重要的契合度,也往往会让我们明白,我们微渺的艰难与痛苦，在他们那些被时代裹挟带来的苦难与心灵的痛楚面前不值一提。森林莽莽，一些孤冢被古老的藤蔓植物缠绕，阳光偶尔才会穿过密林打落在地。诗人去寻找着那些孤冢，我们踩着厚厚的腐殖层，慢慢靠拢一个又一个古老而现代的灵魂。

黑色笔记本

演奏古乐的人都不在。只有两个老人蹲坐于简陋的书院门口，晒着太阳，时光寂静而冷清。我一开始以为他们同样是那些演奏古乐的人，他们的形象与我理想中的演奏古乐之人很符合。他们不是。我们之间出现了语言上的障碍。我们陷入了一个答非所问的尴尬境地。语言往往能更好地让我们抵达清晰的世界。此刻，语言也是无力的。

两个老人再次沉默，他们静静享受着冬日的阳光。我们注视着那两个老人，似乎也是在注视着一个村落的日常。那些古乐，便是打破这个平静得看似平常的世界的东西。我进入那个演奏古乐的场中，墙上挂着一些乐器，鼓之类的被放置在地上，板胡之类的被挂于墙上。乐器上，无灰。

我伸出了手，在脑海中模仿着其中一个演奏古乐的人，我先要模仿的是一个老人，他颤抖着往乐器处挪动着，然后颤抖地把乐器拿了下来，在演奏的过程中，那些我们所会担心出现的属于时间的颤音，却没有。我的手，在面对着那些乐器时，竟然也会莫名颤抖着，有一刻，我感觉那些乐器在召唤着我。我知道，自己无法演奏其中任何一个乐器，我最多只能成为一个拙劣的模仿者，只能拙劣地模仿其形而无法模仿其神，我赶紧把手缩了回来。你无法说清任何一种乐器背后的人的命运，在面对着那些有着锈迹的乐器，你同样只能简单捕捉到乐器的命运而已。两个老人与我。当我说要离开时，他们却听得很清楚，还跟我说下次过来看演奏的现场。演奏的现场开始，演奏的所有人开始变得严肃。

在那之前，我还不曾见到过演奏的现场。我只是听过一些人的描述，围拢在火塘边的讲述。他们描述的是自己被一种古老的音乐所感动的情景。那时，古老的音乐所具有的最初的那些功能，已经都被他们忽略，他们也完全不用在意那些音乐真正的功能，他们只需在意那种音乐对他们所产生的最直观的震颤。他们不敢相信，那样的情景竟发生在了苍山下的那个村落之内。

　　他们给我描述时,我有一种不可思议感。老人们的手指,以及那些陈旧得发出炫目亮光的乐器,给人的都是一种对于时间的不屈感,时间的作用反而是让他们的手指在弹奏过程中,变得更为熟稔流利,那些旧物上扬起了会让人的内心温暖的光泽。我便是在他们的描述中,有意出现在了那个村落。他们一再跟我强调,那样的情景并不是你想遇见就能遇见的,那是属于村庄的秘密,那是属于时光的秘密,有时那些秘密被一丝丝的阳光猛然照亮了,就在那一刻,我们突然捕捉到了那种光亮。对此,我深信不疑。

　　我只是去看看古乐演奏的场。与我想象中的场没有多少区别,它的简陋甚至超乎想象。我再次确定了一下,那种音乐还真存在吗?那些乐器还被人们演奏吗?那些老人突然听明白了我的问话,他们肯定地回答我,依然存在着,那种音乐早已成为那些老人生活中最为重要的一部分。姑姑一定是需要那些古乐的。这时,我才真正意识到那些古乐有着最重要的作用,便是安魂。我在那个空空的角落里,看着那些乐器,那些乐器像是被一些人从墙上拿下来,拿下来如斑点般的乐器,我看到了无数双手,各种各样的手,被时间染上痕迹的手,被乐器本身磨破的手,一眼就看到了那些手的不一样,与看到那个一生都在用竹子编织东西的老人的手有些相近,粗糙、关节变粗变形,相近的还有演奏乐器时声音并没有因粗糙而滞涩,老人编织出来的竹器很精美。我闭上了眼睛,古乐开始响了起来,一些情绪会被古乐影响,甚而彻底爆发。那些老人,缓慢地走入了那个破旧的建筑。建筑与人,相似的生命,相似的命运。

  猛然觉得,建筑外静默的老人,正在默默地咀嚼着命运的音符。他们缓缓地把那些乐器拿了下来,安静地坐在自己的位置上,等人齐了,演奏开始,演奏着被自己咀嚼过的命运。一些人同样会从那些人中离开,生命的彻底离开,他们会为那个逝去的熟悉的人演奏,他们同样也在为自己演奏,为他人安魂的同时,也在为自己安魂。其中一个老人逝去,他的声音是否会影响着整体?至少那些老人能清晰地感觉到某个声音的消失。当他们真在我们面前演奏时,他们只是表演,我总觉得那些老人不会表演,而是很快就进入了被生命的不断往前营造的氛围中,一种忧伤与凄凉感,一种由生命的孤独制造的忧伤与凄凉,那时,我所感觉到的便是如此，我说不清楚自己的感觉是否准确。那是我不很懂的世界，那是属于那些老人与乐器的世界，那是在很多时间里并不会发生的演奏。传说中的那两个乐师，目睹着他们那个群体慢慢减少。他们从很远的地方来到苍山之下。音乐是喧闹的，至少演奏开始，众多的音符开始飘散。随着人数的减少，声音慢慢消失。慢慢变得顾影自怜一般，最终弹奏的那曲便是弹奏给自己的。那些从中原过来的乐师，他们在遥远的异乡中，努力让音乐抚慰着苍山下的一群人，同时也努力让音乐抚慰着自己内心的慌乱，一种离乱的情绪总是困扰着他们。他们面对着死亡，死亡不断让人的数量减少，让人感到有些不可思议的是在那些文字中，只是记录着一个又一个人的消失，这是历史诡异的一部分。

剩下两个。数字是"2"。清晰地记录着其中有一个是吹笛子的老人。另外一个同样也是老人。那个老人已经忘记了自己所擅长的乐器。当在苍山下的那个村落里看到那些老乐师时，我看到了那个黑色笔记本中记录着的那些乐师的影子。他们之间的命运感，变得特别相似。我还在黑色笔记本中的一些段落里，看到了记录着有关诗人的命运，那些曾经出现在苍山中的诗人。那些诗人与那些乐师之间也有了一些联系。苍山下,隐秘的角落里,两个命运多舛的乐师,演奏着最后的古乐。

十一

他突然间意识到苍山有着分明的节气。在这之前,他已经忘记了节气与苍山之间的联系,他以为那早已是割裂的,变化多端的气候已经改变了很多东西,也打破了一些平衡。在大雪日,面对着一场下到苍山半山腰的大雪,与几年前落到苍山半山腰的那场雪很相似。云雾一散雪满山,苍山被雪覆盖,苍山被雪与雾清洗,茕茕独行的他感觉到了那是苍山最美的时刻之一。只可惜大雪日的雪景与那日一样,转瞬就落入了暮色中,当第二天醒来,半山腰的雪早已融化,他再次有了强烈的那就是大雪日的感觉。

苍山有了节气,大雪日真下了场大雪,雪下到了半山腰,下时雾气朦胧,雾气散尽,雪影出现。大寒日,苍山上的雪正在融化，在苍山下，耳朵冰冷，溪流同样冰冷刺骨。我在大雪日出现在了苍山中，是为了去看看雪落入溪流的情景。大雪日，我爹和哥出现在了深山中的牧场，积雪已经很厚，雪花还继续飘着，栎木上时不时堆积着的松软的雪会扑哧掉落下来，掉落在了父亲和哥身上，还掉落在了牧场的牛马身上。羊群听到了他们的声息，羊群嗅到了他们的气息，开始叫唤着。他们打开了羊圈的木门，与冰冷完全不同，混杂着羊粪气息的热气朝他们扑来。我能想象那样的情形，天然的草场都被雪覆盖，父亲和哥种植的草场都被雪覆盖。已经有一段时间，父亲都在割人工种植的草，晒干后把它们背入谷仓。大雪日过后的几天，父亲都要和哥去往牧场，有时我的母亲和嫂子也要去帮忙，面对着越积越厚的雪，父亲和哥两个人忙不过来。

我依然出现在苍山中一些落着雪的村落，我想围拢在火塘边去听一些老人讲述着关于苍山古老的记忆。我匆匆离开了苍山中的那些村落，家人要不断出现在牧场的情形搅扰着我，让我心绪不宁。我曾在放牧那几年里，多次跟着他们以那样的方式面对着深山面对着那些牛羊。在下雪的日子里，那些牛羊马都只能靠喂养，需要等雪慢慢融化之后,才能把它们赶往深山的草甸。大雪日,父亲用红枣马驮着玉米秆朝牧场走去,面对着漫天大雪,他跟我说马最终驮的是雪,他们抖落雪,卸下了潮湿的玉米秆。他们拿出了仓房里的干草给那些牛马,他们还捆绑了一些栎木叶子喂羊,他们在水槽和羊圈之间挖出了一条路,喂给羊群一些水。羊群战战兢兢地簇拥着朝水槽方向走着,羊群的叫声此起彼伏。父亲提了几桶冰水,里面还有未融化的雪,哥哥也提了几桶水,那些牛和马浅浅地饮了几口。他们再次踏上回家的路,回到山下的家时,夜色已浓。我给母亲打了个电话,她说父亲和哥哥刚刚进屋。大寒日,他们依然像大雪日那样去往牧场喂养那些牛羊马,那些牛马一年四季不知道山下的那个村落,当它知道有那个村落时,往往是被卖掉之日。只有一年特殊,那年的雪比今年还大还厚,父亲负责在山上喂羊和喂马,哥和我负责把牛群赶回山下的那个村落里放养,那是唯一一次把它们赶回来。我问父亲今年还需要把它们赶回来吗?父亲说再等等看。我知道父亲内心深处的担忧与希望,如果雪再下一晚的话,他们只能那样做。

还有与他们一样的牧人去往深山。他们必须要那样。我的二叔开始出现在山中。他看到了他家冻死的马。父母亲听闻此消息后，不只是为二叔悲伤，也为我们自己悲伤，我们家的几匹马也不见踪影，它们生死未卜。马群很容易会迷失在大雪中。我的三叔开始出现在山中。还有其他一些放牧的人，也出现在苍山深处。无论是大雪日还是大寒日，看着落入那些稀疏草木中的雪时，大家都知道那些熊还在冬眠，那些经常能见到的野猪也暂时退入茫茫雪野中。有野猪跟着家猪回到了牧场，面对那样的情形，野猪并没有受到侵害。一些女人出现在了深山，她们同样是牧人。我的那些亲人，将会在深山遇见一些彝族人，他们都是牧人，他们面对的世界都是一样的，他们之间还是有着一些不同。他们都用流利的白族话交谈，谈论那些牛羊马，谈论着一场又一场雪对于他们的意义与影响。一场又一场的大雪会影响才产下不久的羊羔，同样还会影响到一匹跟着黑色的马迷失在雪地里的小马驹。那匹黑色的马，并不知道当一场雪落下时，要往牧场的方向走，一些牛羊回到了牧场，那匹黑色的马无影无踪。在大雪日和大寒日，父亲已经不抱任何希望，哥哥和我不断往山顶方向走，想在白色的世界里一眼就认出黑色与红色，那将是燃烧着的、较之刺目的白色又柔和些的色彩，我们一无所获。当雪慢慢融化后，让我们一家人惊叹和感到不可思议的是黑马领着小马回到了牧场。那是某年的大雪日，或者大寒日，我已经无法确定，我唯一能确定的是下了一场很大很大的雪。由大雪我能想到的就是那天应该是大雪日，我们都相信苍山是有季节的。在大雪日和大寒日，我们出现在深山的牧场，在垛木房里把火塘燃烧起来，在炽热的火塘边，可以温上一点儿酒，用酒来驱寒，再慢慢去砍一些栎木树的小枝杈，上面的栎木叶子饱满而肥绿，那是与冬日相悖的色彩。在走出垛木房之前，父亲开始给我讲一些传说，那些传说可以下酒也可以暖心，父亲肯定地说，终有一天你会需要那些故事的。只是面对屋外茫茫大雪，讲述的情致减弱了不少。

黑色笔记本

塑像与其他庙宇中的相似。我们仔细一看，发现了不同的东西，塑像穿的鞋子有一只是女人的绣花鞋。人们说那是一个偷情的本主。在这之前，我们并未认真细视那些塑像。那个我认识的文化学者，与我不同，她在面对着那些塑像时，都想从任何的细部找到一些解读的密码。她发现了那只鞋子。还有苍山下那个村落里的人们知道那只绣花鞋。这个村落的本主,每天晚上都要跑到一个白族村落里找自己的情人,每到鸡鸣之时便赶回庙宇中,有一天早上他睡过头了,匆忙赶回的过程中,穿错了一只鞋子。

人们并没有介意自己信奉的竟是这样的本主。这里面甚至没有本主的忏悔不安,以及那个村落的人的大度原谅,里面丝毫没有掺杂着这些东西,掺杂得更多的反而是正常的七情六欲,古板、严肃且生硬的形象消失了,人们在苍山下相信了即便是神灵、即便是自己村落的本主都将深受情欲之苦。那时本主变得真实,变得与现实的距离很近,甚至成为我们可以触摸的一部分。人们对此津津乐道。人们并没有因为这样一个本主塑像的存在,而不去举行祭祀活动,祭师在举行活动时一直很虔诚,只有在活动结束时,祭师才会和村落里的人忍不住调侃一下那个独特的塑像与本主。

那个人提醒过我,要好好看看这个塑像,多少人只匆匆扫视了一眼塑像,就离开了。在苍山中,有时你会独自一人面对着一些物事,你需要自己去发现一些东西。在苍山中要慢下来,他又想到了诗人说的一定要在苍山中让自己慢下来,只有慢下来,你才会发现一些东西。你发现了那些塑像,并不只是把它们当成苍山中关于信仰的一部分。塑像,不再严肃,我们在轻松的愉悦中谈论着的是世俗的日常。

十二

那是在一个甲马博物馆里，他看到了那些行将落寞的雕版。博物馆本身的特点让他无端担忧。那个甲马博物馆，里面有一些以古旧的甲马和古旧的物摆放布置的房间，好多都是旧物，旧的木床、帘子、桌椅。他感觉只是自己过分担忧了，在苍山中，由那些雕版制造的甲马纸一直被用着。他通过那些随意堆放的雕版，进入了记忆与想象中。当别人的记忆成为他的记忆，就像是被他长时间忽略的那些孤苦无依的生命，突然之间就成为他极其重要的部分。人们处理那些雕版的方式，也是人们处理记忆的一种方式。他翻看着其中一块雕版，图案是一只乌鸦，雕版本身是乌鸦的墨色，如果不凝神细视，乌鸦将会被他忽略。

甲马,拒绝成为符号的甲马。甲马并没有真正死去,并没有只是成为图案,成为雕版上的甲马图案。在苍山中,甲马还被用着,雕版还被用着。与鬼神世界的联系,便是借助于那些古拙的薄薄的图纸,它们被粘贴于一些院墙上随风飘荡,它们更多是被一些老人在风中燃烧,类似风中的祭语。在苍山中行走时,人们就这样一直进行着。大家都知道那是甲马纸。我进入了那个制作甲马的作坊里,甲马图案上内容的多,让人惊叹。甲马的世界,同样是让我们感到有些不可思议的世界。我们将在众多的图案面前,感觉到甲马对于苍山中那些村落的重要。甲马会消失吗?有可能。甲马,有可能最终会沦为一种符号化的存在,一种具有时间感的东西。我们暂时不用担忧,在苍山中行走时,我们总是与众多的甲马图纸相遇。它们被放置在用于祭祀的簸箕之中,它们被贴在建筑上,在风中飘着,其中的一个簸箕就是被我抬着的,甚而一些甲马纸就是被我贴着的,甚而到了具体的时间,它们是我被撕下焚烧的。我出现在了一些稻谷地里,那是苍山下无疑,有个妇女抬着一个簸箕出现在了那里,除了一些熟食茶酒之类的祭祀用品之外,最为显眼的是里面摆放的那些甲马纸,那个人拿出了一张,点燃焚烧,口中还念着什么,太轻,我只听到了将要成熟的稻谷在风中飘荡的声音。我沉醉于此,当回过神后,那个人把所有的甲马纸都已焚烧完毕,然后就在稻谷地的田埂上跪了下来磕了几个头,那是在祭拜五谷之神。那样的情景,如果不是亲眼看到的话,很多人可能不相信。在苍山中的那些村落中不断行走之后,当对白族的甲马知道得更多一些之后,就会发现那只是现实日常最为普通的一部分。

由甲马纸到甲马的雕版。那块已经用了不知道多少次的雕版,那是纯净的暗色,那是在一个制作甲马纸的工坊里。那个简陋的工坊,因为制造的是甲马,让工坊有了更为深刻的意味,也让这个工坊区别于其他的工坊。雕版旁是一张甲马纸,上面的文字就是"精神甲马",这块"精神甲马"的雕版的存在,都在给我们一些暗示和直接的意味,甲马是精神性的,确实就是苍山中那些村落一直延续下来的在精神深处占据着独特意味的东西。也是那块甲马在提醒着我,让我对甲马的存在突然有了种区别于过往的在意。甲马是曾从我生活的空间里暂时消隐,其实它们一直还在,就像苍山中其他的很多东西一样,被我们忽略。此刻,它们无法被我忽略,众多的甲马纸开始从记忆中如洪流一般冲了出来。相对而言在我的日常生活中占据的位置不是很重的是那些雕版，真正面对着它们的次数屈指可数。此刻，我真正面对着那些堆积着的各种雕版。有些雕版不断被用着，就像那块"精神甲马"的雕版，它一直用着，还有一些雕版也同样在使用着。一些新的雕版出现，一些有着众多传说故事渗透其中的雕版出现，还有一些有着强烈的特定时代意味的雕版出现，那是与现实有着强烈相连的雕版，它们只是成为一些时代的粗暴意味的见证物存在，它们已经不再被使用。如果是一块已经很长时间没有使用的雕版，一眼就能够看清那些沾染着灰尘的黏附性的暗色，我轻轻地触摸了一下那块雕版，手上沾着的是尘埃的微弱叹息。在庙宇中，或者在其他燃烧甲马纸的过程中，我感觉到了生命的卑微感，同时卑微与高贵并存。我也曾经成为燃烧甲马纸的人，我只是在做一件已经经过了时间层叠背后一直延续着的事情，那是生活的一种日常与习惯，我们并不需要去强调那个仪式，一切在自然发生着。当某一天，我在苍山中，特别是在一些特殊的节日里，不再见到甲马纸被燃烧，我真说不清楚这样是否意味着一个世界的某些方面已经经历了透彻的变革。

还有一些歌者，一些传统的讲述者，他们同样变得日益稀缺，不仅仅只是在这个具体的苍山中，还存在于那个叫乌鸦冻死山的山中。无法想象在一些讲述中，竟然会有那么多的乌鸦被冻死，一座山便也因此而重新被命名。当我出现在那里时，正是冬季，确实如讲述中那般冷。那时，我真希望能在那个世界里看到乌鸦的身影。在人们的讲述中，自从那次发生了那么多的乌鸦冻死之后，乌鸦就从那个世界之内消失了。伴随着那些乌鸦的消失，那个世界在这之前通过乌鸦的出现，通过乌鸦的叫声来得到一些关于生命的暗示行为，也便不复存在了。那个世界至少失去了一种透视死亡的方式。人们又再次聚集在了本主庙前，通过祭师看鸡头鸡尾鸡骨头来获取关于生命的一些暗示。也就在乌鸦冻死山，我知道了苍山西坡有一户人家饲养乌鸦，养了四只。这已经足以让你捕获一些诡异的东西。世界那不可思议的部分，依然存在着。在那些不可思议面前，你开始变得半信半疑，你开始成了一个怀疑主义者，这与一些时候，自己会无端成为悲观主义者一样。我找寻着一些民间歌者。那个女性歌者开始给我们唱白族的大本曲，调子依然是那个调子，一些内容的强行植入，让它的某些味道丧失了，它不再纯粹，它不再仅仅是清洁精神的一部分。你无法轻易评判，毕竟那些民间艺同样也在努力挣脱现实对于它们的离弃。

黑色笔记本

一个有着乌鸦的雕版。毫不起眼。现在我已经很难见到真正的乌鸦了。每当偶尔见到乌鸦时，我不再轻易去厌恶它的一切：它的叫声，它那漆黑而略显丑陋的身影，它飞翔的姿态，它眼神中对于腐尸的渴望，以及可能还因为一些偏见的介入而繁衍出的其他。乌鸦，一直被我们认为是来自冥界的声音，它能嗅到行将落幕的气息。我一直拒斥着乌鸦的出现。

我们只是偶尔会谈到乌鸦。乌鸦只留下了一声轻微的叹息。叹息声中，复杂的情绪缠绕交错。我又见到了一只乌鸦，就只是一只，我看到数量时，感受到的就是让脊背发凉的孤独。"一"与孤独实在是太过亲密了。享受孤独吧。"我"就是一。"我们"有时也可能是一。久违的乌鸦，以及并不久违的孤独。那时我恰巧就在祖坟地里，抱着自己才几个月的女儿，在一个又一个祖宗的坟前磕头。女儿的注意力有那么一会儿被那只乌鸦吸引。我的注意力也被乌鸦所分散。我跟女儿说,那是乌鸦。当我把头转过来时,女儿再次把手指指向了乌鸦,在这之前,她从未见过任何一只乌鸦。女儿还把手指指向别的地方,她指向了那些松柏树,我深深吸了一口,空气里弥漫着一股细微又繁密的气息。

有一个冬季,在那个村落冻死了无数只乌鸦。我本来想用"上百只",在讲述史中不是上百只,它们在人们口中所留下的感叹,所承载的不只是上百只那么简单稀少,我想象着无数只乌鸦尸横遍野的场景,那将是怎样让人惊叹和可怖的场景?那个讲述者哈了一下手,左手包着右手一会儿,然后用力地搓了一下手掌。当看到他这样之后,我也情不自禁学着他的样子搓了一下手。天气确实很冷,在这样的天气里谈论着关于发生在类似天气里的事件,有一种强烈的代入感。正下着一场雪,我们就在那个讲述史中冻死过乌鸦的世界里,我是专门为了乌鸦冻死的事件出现在了那里。在这里,是曾冻死过无数只乌鸦。我对讲述者感到特别满意。那时古木森然,居住在古木中的人们显得异常渺小,在众多的野兽虫鸟面前,人无疑就是异常虚弱渺小的存在,那样的量在那时的人们眼里永远是无法企及的。现在人口数轻易就达到了人们所无法想象的数字。那个冬天,也冻死了一两个人,都是老人,这样的情形在人们眼里太过正常。乌鸦的冻死,在他们看来就不是那么正常了,毕竟在那之前,他们是见到了那么多的乌鸦,却从未见到有乌鸦冻死。

人们在温暖的火塘边,感受着来自火神的力量时,慢慢在记忆中细数着乌鸦被冻死的事件,细数的结果是让他们感到更为惊讶和恐惧,他们从未见到过一只乌鸦的冻死,也从未见到过一只乌鸦死亡的尸体。乌鸦的死亡与鹰的死亡,在人们口中同样变得特别神秘,它们的来处没有被确定,它们最终还消失无迹,那样的无迹让人们想到了那些类似踏雪无痕的生命。那么多乌鸦的死亡,必然是引起了人们不小的恐慌和不安,有很长一段时间里,几乎所有人都在躁动不安地到处说着这个惊异(应该是灵异)的事件,他们相互传播着让人感到更为不安的话,他们说那是暗示,将暗示一些可怕事件的发生。祭师也失去了平日的坦然与平静,那几个不多的祭师各自坐在火塘边,慢慢闭上眼睛,想从静默中得到一些神启,只是让他们感到失望的是他们并没能收获任何的东西,他们只是收获了更为强烈与持久的不安。他们安葬了那些乌鸦。

人们的担心最终并没有发生。人们也在安葬那两个老人的过程中，暂时忘却了那么多的乌鸦被冻死。真的没有任何事件的发生吗？我有点疑惑地问他。并没有发生任何事件，如果硬要找一些事件的话，在乌鸦冻死之后的五年还是六年时，饿死了一些人。乌鸦在冰冷的冬日飞到雕版上，雕版用墨色把乌鸦的真实覆盖，乌鸦变得比现实更为浓黑，乌鸦生活在了黑色的山中。

十三

他看到了那个老人,有一刻他产生了错觉,那人像极了老祖,他朝着那人奔去,他有点颓丧地发现那并不是老祖。其实,他真不知道现在的自己该如何面对老祖,老祖也一定不知道该如何面对他。老祖的形象,早已变得模糊。老祖的记忆是否还清晰?老祖的记忆是否已经不断在简化,简化得只剩下自己的丈夫一人。

天下着雨。苍山上雾气迷蒙。我出现在了苍山下的某个村落里。那是煨桑的老人。雨中出现那样的情景,总会让人感到吃惊和感动。那样的情景,我太熟悉了,每次再遇见时,那种吃惊与感动却一直莫名出现。她像极了我的母亲。她像极了我的奶奶。她像极了某个我熟识的人。她最像老祖。我不知道老祖将以什么样的方式从我的文字中退场，她似乎是该退场了，她以那种远远超乎我们意料的缓慢在衰老，无可避免的是她已经很衰老的现实，一些气息正渐渐远离她衰老的肉身。每想到她终将要从我的文字中退场，内心总会感到不舍，同样也会感到隐隐作痛。总觉得我不应该用文字一次次打扰她，她却早已成为内心中关于人生与命运的标尺，你随时会不觉间就想到她。我已经有多长时间，不敢去打听关于她的任何消息。自从知道她失明后，我便没有了勇气，曾经一直希望像老祖一样的人一切都安好，也许只有让他们真正退入记忆的空间，成为记忆中不再生长的一部分，内心才可能有一点点安慰。有时，我们在有意淡化悲剧的时候，悲剧色彩却在加重。关于老祖的记忆在打听到她失明前定格的话，老祖的身影一直就是经常出现在高黎贡山中那个很小的庙宇里的样子，已经老了，已经不会继续衰老了，眼睛依然清亮，手依然很巧，可以剪各种祭祀用的碎花。

她们生活在苍山中，一些人已经只是留下了隐隐约约随时可能被切碎和抹掉的影子，一个背影，一个转身，一声哈欠，一声叹息，一个笑容。这些隐约的东西，在眼前的老人身上变得清晰,我所熟悉的那些人,她们都会做眼前我所见到的老人在做的事情。煨桑,抬一些熟食出现在野外,倒掉熟食,在旷野中给天空给大地给溪流给花朵给一些神灵给一些貌似的虚空敬茶敬酒敬熟食。我多次参与其中。我跟着奶奶,还是跟着妈妈,抑或是跟着姨妈,同样是在雨中(雨出现得很频繁,频繁得让人感到有些不可思议,而在这个冬季雨稀少,寂静感浓烈的雪更少,苍山顶,还没有雪)。我也意识到当自己从老人身边离开,这些珍贵的东西又将化为眼前苍山上的一抹色调,白色的,蓝色的,铁色的,或者是其他的色调?我想跟老人打声招呼,我知道在那样的情形下,不能轻易侵扰了那样的氛围,老人在营造着一种氛围,老人同样也是在进入某种氛围。我进入那种氛围了吗?我似乎进入过,又似乎从未进入过。

　　如果没有遇见老人的话,我就会把这样的情景暂时忘记,至少它将被尘封到记忆之中,记忆是需要眼前这样的情景来唤醒。我被唤醒了。当记忆被唤醒之后,我再次从老人身上把目光暂时移开。移开,然后又迅速折了回来。老人所做的那种行为里,有着出现在旷野中,与那个空间中的生命进行对话的意味,老人一定会喃喃自语。果然,老人在翕动着被年老拖得有点无力的嘴唇,注意细微处,老人的目光,老人眼中泛着的清泪,是雨水或真是清泪。那种自语在进行着,持续了很久。

黑色笔记本

在苍山中,我们如候鸟一般。那个人在给我讲述他每年到那座候鸟迁徙的必经之路上等待着候鸟时,我们还谈到了自己很多时候很像候鸟。在谈到候鸟时,我们都谈到了候鸟在迁徙过程中所释放出来的那股力量,那是一股让我们痴迷的力,也是被我们随意歪曲和解构的力。我们希望拥有那种可能已经被我们曲解的力的再次出现。

我们静静等着,我们静静地等着迁徙的候鸟出现。那个人朝山上指了指,浩浩荡荡的候鸟就是从那座山上迁徙着,它们追寻着月亮星辰的光精准地找到了多少的候鸟迁徙过的路径,它们在暗夜里以麇集的方式迁徙着,而在白日,我们很难见到那么多的鸟聚集在一起。候鸟迁徙的季节,我们总会约着人来到那里捕鸟,我们捕鸟的目的就是想在捕获的鸟上做一些记号,然后再放生,我们也曾在那之后的一年或两年时间里,重新捕获那些我们曾标注有记号的候鸟,这样的概率太低,很多候鸟躲藏在了那些数目惊人的鸟群中无法让我们再次捕获。

我们知道像我们一样的人还有很多,候鸟在迁徙的路上要不断经受可能被捕获的惊吓,还有一些人用火的光吸引着候鸟,他们还准备了一些网,许多候鸟在网罟中被制服,然后等待它们的就是血腥而残忍的下场。候鸟一直就是以"我曾经飞翔过"的姿态迁徙着。这样的姿态被我们定义得有些简单。可能候鸟的迁徙中,是有着可以简化也可以繁复化的定义。我问他,他们是否有过捕一些鸟把它们养起来。毕竟在那些候鸟中,有一些不同寻常的鸟类。我突然把话题引向了乌鸦。

乌鸦不是候鸟,是留鸟。那我们的话题可以说从候鸟滑向了留鸟。那是在苍山西坡,有一家人养着乌鸦。在苍山西坡,有一些牧人,他们赶着羊群,赶着牛,赶着马进入那些高山草甸,然后又进入黄昏中,染上黄昏的色调。那家人与别人不一样,他们还饲养乌鸦。当确定是乌鸦的时候,内心里多少还是有着一些复杂的感觉,那是极其不现实的现实,乌鸦就像是在时间里迷路的生命,它色彩的黑,它携带着的那种象征意义，那是预示着死亡的生命，它们在空中哇哇哇叫着，就像因见着生命的衰败与即将离世而号啕大哭。这样的生命，它本身的丑陋与象征的不祥，它的出现往往让人有种沉陷于欲望与虚妄的沟壑而恐惧不已感。乌鸦的出现，对于很多人而言，就像困在了浓烈的黑色中。乌鸦，要吃一些腐肉，肉被他们专门放置到腐烂，他们似乎已经习惯了那些腐烂的会让人呕吐的肉。空气的气息里，是有着一些腐烂的东西，一些人都不敢深深吸气。

他们养着四只乌鸦。为什么是四只？似乎这同样是值得深究的数字。数字将与乌鸦本身一样神秘。四只乌鸦，与那些在苍山西坡不断出现的乌鸦没有什么不同，它们又有着一些强烈的不同。四只乌鸦，被放飞出去，它们不只是在苍山西坡，它们从苍山西坡飞过，飞往苍山的东面。饲养乌鸦的人，是一个老人（本以为是与祭祀有关的人，事实却不是），一个和善的老人（至少在我们相遇的时候，他呈现给我们的便是和善感。在人们的讲述中，同样如此），这也增加了饲养乌鸦这个行为本身的诡异。我们在讲述着这个事情，讲述着乌鸦和那个老人时，诡异的氛围被我们营造着，人们都不敢相信会有这样的现实。

苍山西坡，不只是苍山西坡，在整个苍山，同样有着太多不可思议的现实，这同样也具有魔幻现实主义的意味。四只乌鸦，从笼子里飞了出去，老人说它们会回来的，老人打了个口哨，四只还未飞到很远的乌鸦飞了回来，乌鸦朝我们看的眼睛里面暗含着太多东西。老人在饲养死亡，他一直希望这四只乌鸦能看到他的最终老去，老人想通过这样近乎极端的方式，让人们意识到自己生命的消退与彻底消失。这只是我的猜测与过度解读。老人依然在饲养乌鸦。没有人劝他不要养乌鸦。老人说，有那么一天这些乌鸦会彻底从这个世界，至少是苍山西坡消失，它们将会重新找到一些东西，它们将真正以乌鸦的方式重生，毕竟自己终将会离开人世。乌鸦飞过，一群乌鸦，那四只乌鸦混入其中，它们还会回来吗？我近乎自问，那个老人很肯定它们会像平时那样飞回来，到时归来的还有正在下山的牛羊。你想起了在苍山中，曾有一些人家养鬼。躲在黑暗中的乌鸦，以及出现在明亮中的乌鸦，是否真通过它们的聒噪暗示了一些未来的可能？当我们在苍山西坡，喝得有些微醉时，我好像听到了老人说自己就是在饲养着能看到亡灵的眼睛。那个饲养乌鸦的老人好像还说，你看四只乌鸦又飞过了西坡,它们会飞回来的,它们早已无法抗拒一些习惯的东西。那些乌鸦确实飞了回来,酒意渐浓中,一切显得无比魔幻,这同样是一个魔幻现实主义的土壤。

十四

他来到了那条叫磨坊河的河边。河边有一个破旧的磨坊，屋顶上面落满碾磨出来在空中飘扬，又坠落下来的面粉，磨坊里有着粮食与青草还有河流的气息。他一直以为磨坊的时代早已过去，在看到磨坊那一刻，他竟有那个时代还未远走的恍惚。磨坊的时代，在苍山中，同样已经成为过去。那些流量变小的河流，似乎已经带不动一个上面落满了时间之灰的磨坊。就在磨坊河边，他听说在苍山中一个隐秘的角落里，人们种植着大片的葡萄，人们在那里酿制葡萄酒。

作为记者的小宝问我想去苍山西坡什么样的村落时，我顿了顿，说最想去的还是他多次跟我说的那个制作火草布的村落。那个村落的人，在六七月份，去山上采集火草的叶子，在清澈的河流里清洗，揉搓下火草叶背面的白色绒衣，然后捻线，放在房檐风干，纺织成布，再做成衣服。在那个村，到现在还穿着那种用火草布做的民族服饰。我想看那个制作的缓慢过程，我还想去看看那些制作火草布的人。小宝说现在肯定是去不了那个村子，那个村子很远，至少要在那里住一晚，有些东西的保留背后就是遥远的空间与目光。有一天，在雪山河边，我无意间见到了那个村落里的人。他就是一个会制作火草布的人，没有我想象中的老，看着还很年轻，他还会上刀山下火海。一些特殊日子里，他会和一些人在他们村表演上刀山下火海，他们用舌头舔了舔炽热的火炭，他们赤着脚踩入了通红的火塘，他们光着脚爬上了锋利的刀架。我还不曾亲眼见过那种表演，那是苍山中隐秘的不可言说和解释的部分。在大部分的日子里，这个村落与其他村落一样普通，那些殊异的部分被隐藏起来。

小宝说那就去河西村，那里有苍山西坡唯一还在用着的磨坊。河谷中的磨坊，那是苍山中随时被露出外面的部分。我们来到了河西村。磨坊河边的水磨坊，许久未用。磨坊里，残留着一些黄豆，已经潮湿，一些嫩芽正探出来。潮湿的世界里，粮食的气息，植物的气息有点淡薄。与我想象中，磨盘一直转动着的情形不同。刚饮过酒，一身酒味的人，不断努力着，水磨纹丝不动，整条磨坊河的流水，似乎已经带不动几十年的老磨。

磨坊河同样带不动那颗很轻的核桃。在等着小宝去找人打开磨坊的间隙里，我来到磨坊河边，被洪水冲刷的河床很宽，流淌着的溪流很小。一颗核桃出现，那是完全可能会被忽略的核桃。那是众多不被人收的核桃之一，在那些有着众多核桃树的村落里，因为核头价格的低，众多的核桃挂在树上没人打。核桃有些落到地上，有些竟挂在树干上干掉，很长时间挂于树梢，它们变得越发轻，轻得风都无法把它们吹落。当我这样以为时，现实轻轻地打了一下我的眼睛。那个核桃在我的目睹下，被风轻轻摇晃了一下，落入河中，壳剥落，核桃在水流的漩涡里打转，一直在重复着。河流有着让核桃以及其他物事重复的力量。河流的一些东西，正慢慢发生变化，那个世界的一些东西也在慢慢发生变化。一些东西在减化，像此刻磨坊的数量。

那个醉醺醺的人说水磨坊是在二十多年前从别处买过来的，以此反推，河流应该是经过了至少一次或几次重新命名？在那之前的很多年里，在这条磨坊河上，一定还是有着一些磨坊。在我的记忆中,苍山中的很多河流上都有着水磨坊,一条河流上可能就有好几个水磨坊。一些人背着麦子出现了。一些人背着面粉离开了。一些石磨便不再转动了。看着眼前酒还未散之人的无力疲惫,以及磨坊始终不动的静态,"唯一还使用",似乎也停留在了过往的某个时刻上。一些水磨坊被洪水冲走,一些被废弃,彻底从苍山中消失。

只是为了一个水磨坊,而出现在了那里。理由简单而纯粹。有时,我在苍山中的行走就是这样。我们都意识到了即使怎么努力,也不能再使石磨转动起来了,便停了下来,他不再像一开始那样冷淡,突然变得很热情。他跟我们谈了很多,从石磨开始,到他父亲,再到他。在他看来,对于他家而不是河西村,石磨变得无比重要。石磨确实转动不起来了,我们都多少有些颓丧疲惫,石磨变得不再重要,存在的意义开始消解。

离开河西村,时间还不算晚,小宝说,我们还可以去雪山河看看。那是与河西村不同的方向。磨坊河和雪山河之间,又有着一些相似的东西。在苍山中,我们会发现一些很相似的河流。我们出现在岩桥上,风一吹,岩桥轻轻晃动,近百米,还是近几十米的下面,就是雪山河。岩桥边的那些庄稼地，出现了一些裂缝。过桥，是岩边村。我们暂时没有时间去岩边村。只能想象：一些小孩从岩边村过来，过桥，胆战心惊地一次又一次走过那些裂缝，去往另外一个村落读书。雪山河边，烤酒的人，说自己可以喝下两公斤白酒。燃烧的火，扑鼻的酒香，我把自己的身影放入火焰之内。雨季里苍山中会有很多蚂蟥，一些人为了蚂蟥，带了一瓶白酒进山。雨季我们要进山的话，要先喝点酒。那个说自己能饮下两公斤白酒的人说，自己有次进山，喝得醉醺醺的，蚂蟥就不敢近身。

黑色笔记本

苍山中的那个秘密花园。只有在传说与童话中才存在着的秘密花园。在秘密花园中，没有任何那些地下室的幽暗与粉尘。秘密花园，藏在了暗处。秘密花园在苍山深处。我们只知道秘密花园是存在的，至少是曾经存在的。秘密花园里面有着种类和数量都异常繁多的植物，它们在以自己的方式生长着，它们有时也会相互挤压着对方的生存空间，这些都将被我们忽略，我们在贫瘠的植物世界之中生活得太久了。我们还知道一些竹子密密麻麻地把秘密花园围在中间。当看到许多的竹子时，秘密花园就有可能在那里。秘密花园，除植物而外，里面还有着各种飞鸟走兽，它们只食植物，飞鸟走兽与植物有些不同，飞鸟走兽和谐相处。许多人对于这样充满童话意味的讲述并不引以为然，还觉得这样的讲述太过简单了。

讲述的人意味深长地朝苍山指了指。就在那里。秘密花园是曾存在过，那些被山藏起来的人，他们都去了那个秘密花园，而暂时忘了回来的路。秘密花园中有一些飞鸟。我们是谈论到了飞鸟。我们是谈论到了要让飞鸟变得更为现实一些，他言之凿凿地讽刺我把飞鸟置于一个虚空的境地，他说只有你自己知道是什么飞鸟，而听者将会陷入混乱迷茫的境地。如果我是一只飞鸟？我是有了这样的假想。这样的假想背后是我正陷入一些困境。我的困境也是人类诸多困境中的一种。我们是不停地陷入许多的困境之中，很多时候，我们不知道该如何从这些困境之中脱身。以一只飞鸟的方式脱身，这是我能想到的最好方式了。飞鸟，同样有它的困境，那我就不想成为那种有困境的飞鸟。为自己提供一条退路。飞鸟，飞鸟。我只是见到了模糊的身影。

世界变得迷蒙模糊。在那条大河上弥漫着厚厚的雾气。它们在雾气之下。它们是雾气的一部分。在苍山中,它们成为那些树木的枝杈,在雾气中抖了抖潮湿的羽毛。秘密花园。飞鸟。走兽。那只黑熊,从秘密花园中走出来,把苍山中某户牧民家的一窝蜜蜂掏了,蜂蜜被它舔舐干净。

十五

他觉得自己暂时远离了世俗与文明。在苍山中行走时，他经常会有这样的感觉。他要沿着一条条溪流行走，只是为了感受溪流的不一样，从命名开始的不一样。他看到了那些溪流所释放着的纯净感与原始的野性。在那些溪流的源头，他看到了细微的溪流呈现着那种原始的散漫、慵懒与柔弱。

静静感受着阳溪的声音。苍山十八溪中的一条。也是十八溪中有电站的河流。电站会改变一条河流。电站不只是改变一条河流。那个很小的电站改变了一小段的阳溪。那是一个人的阳溪。以为越往苍山深处走，苍山中的那些溪流将越来越像。事实并不如此，只有不断出现在一条又一条溪流边，并有意把它们的喧响录制一段（必须要找寻那些最特别的段落），我觉得这样就可以基本说得出来哪种声音是属于那条溪流。那是独属于每条溪流的声音。我在听着那些声音（我录制了好些苍山河流的声音，我在录制的过程中是受到《一平方英寸的寂静》的启示，或者我只是在抄袭与模仿，回到苍山下的城里后，会经常打开录音，静静地听着那些寂静的流水声，那是属于我一个人的寂静，那是属于我对抗喧嚣的一种方式），想分辨出它们之间的不同，一些河流轻易就被我分辨出来。我在脑海中重新回到了那些河流，它们流量的多少，流经的河道，它们所受到的植物与沙石的阻挠，它们触碰着植物时发生的轻微变化，还有一些水鸟的声音，甚而是植物的枝丫坠入河流发出的轻微声响，这些东西都让那些河流有了自己的个性。在录制的过程中，一些声音被我忽略，我以为自己仅仅只是录制了河流的声音，殊不知安静下来再次凝神细听后，才发现了自己无意间录制了除了河流的喧响之外许多苍山中的声音。那是阳溪的声音，那是阳南溪的声音，那是中溪的声音，那是灵泉溪的声音……但是，当它们从苍山中流淌出来，汇入现代文明之后，它们开始变得很相似，它们成了一条河流，它们最终汇入洱海中。

一个人在苍山中行走，在苍山中那些本以为会遇到很多人却没有的村落，有着强烈的宁静感。宁静感在自然的丰沛面前变得越发充盈，同时也在一些时间与空间里变得荒凉与可怖。从山谷中飞出来的鸟的身影里，寻找那些古歌的最后唱诵者的影子，寻找那些古老传统的讲述者被安葬于苍山中的记忆，鸟儿的语言里有，植物的气息里有。寂静的可能，那些总有种遥远感的声音，那些由植物、由河流、由风、由飞鸟组成的和声。你在城市中生活的时间里，你的感觉已经闭合，只有你意识到如此，只有你觉得自己必须要出现在苍山中了，不然你将变得更加迟钝，紧紧闭合的感觉将很难再次被打开。你需要这些寂静之声的唤醒。具体到那一刻，你需要的就是阳溪的唤醒。你差点就错过了阳溪。当看到"阳溪"的指路牌时，你毫不犹豫就朝阳溪的方向走去。从阳溪开始，应该是从阳溪开始，你花了很长时间，至少一个冬季，其实远不止一个冬季。沿着苍山十八溪一条河流一条河流地走。很多时候，只是你一个人。尽力避开人，你说不清楚，自己为何会那样排斥人的出现。排斥人的痕迹，可能你希望置身的是一个纯粹的自然，你近乎有些病态地把自己放置在某条河边，坐着，沉默，听河流的声音，那时，你不知道该和谁对话。你想用那些河流的声音填补内心的黑洞。那时,就只有你,如果要对话,你只能跟自己对话,响起了内心的回音。与自己的对话并没有那么顺畅,你想大声说话,却没有说话的欲望。那时的寂静需要你保持沉默。沉默而安静地聆听。你所希望的打开才真正被打开,你所希望的那些忧伤才能真正感觉到它们的存在,你甚至会有一种感觉,那些会让你潸然流下的忧伤才是填充世界最重要的东西。

  此刻,再次回到阳溪的声音。我们在阳溪旁边选择自己的位置,就为了静静听听阳溪的声音。我们之间至少间隔着一两百米。我们停止了对话。周边只有自然的声音,如果还有什么不是,那便是我的心跳与呼吸。水声不断撞击着胸膜,那种近乎不可信的声音正以这样的方式,与有意压低的呼吸与心跳之间完成某种交流,那无疑是精神的交流,又好像不是。远离了城市与村庄。远离了农业文明。我们在往阳溪深处走的过程中,慢慢离开了苍山下大片大片的良田。猛然发现电线杆依然在往苍山深处纵深。我们再次确定,工业文明无处不在。苍山的深处,同样无法远离人类文明的进入(那时似乎除了电线杆以外,人类文明的气息变得淡了,我们的脑海里依然有着强烈的意识,我们确定了一下,再走上五个电线杆,电线杆成了距离的替代,然后在阳溪边坐一会儿，好好听听流水声），一些鸟一直鸣叫着，即便我们出现了很长时间，它们对我们熟视无睹一般，它们并不现身。我们只是听到了它们的声音，从声音上可以判断出它们是哪种鸟类。不远处阳溪哗哗响着，被一些拦沙坝拦了一下，突然坠落，我们听到了那种坠落声，在山谷中形成一些回音，声音的一种叠加与变化。鸟声成了被水声弱化的部分，又不能完全忽略，两种声音的交杂恰到好处，其实那里不仅仅只有两种声音。慢慢地，我们发现鸟声同样在努力挣脱河流的声音，至少想覆盖一点儿河流的声音。有只鹰就在我们前面缓缓飞升，丝毫没有受到惊吓，尽情展示着它漂亮的羽翼，以及飞翔的姿势，由近而远，贴着山崖，从容地消失。

阳溪的流量很大。苍山中同样有着一些干涸的溪流（在苍山中，我一开始以为那是不可能的，现实是有一些泥石流般冲刷过的痕迹，已经没有水，只有一些裸露在外的乱石），像汇入阳溪的好些支流便是这样，那是此时我们所见到的干涸。苍山十八溪，在别的一些季节里，同样有断流的，像葶溟溪。在立冬这一天，我们出现在了十八溪中流量最大的阳溪边，我们还来到了葶溟溪边，我们听到了葶溟溪发出的水流声。作家北雁跟我说起了葶溟溪，他看到了这条溪流有些季节的断流,以及现在的汩汩流淌,他录下了荨溟溪的流水声,说是以这样的方式不让荨溟溪断流。

  苍山中。再次出现在阳溪。依然是熟悉的阳溪的喧响。我远远地就认出了熟悉的那个河段。苍山中的那些溪流,每条溪流都有着自己的声音,我用自己的方式继续给它们标注记号。越往苍山中走,越会发现河流是有色彩的。上次来阳溪边,我发现了河流的声音,这次我发现了河流的色彩。河流的色彩杂糅了植物的影子(不只是植物在水中的倒影,还有着一些植物真实地在水中生长,植物成了铁锈色,干净的铁锈色,泛红),天空的影子(那时天空只有稀少的云朵,那是天空的蓝色),石头的影子(河床之内的石头、河水中的石头),还有从容鸣叫与飞翔的鸟的影子(其中就有鹰的影子,它没有发出任何声音,从河谷中飞起,飞出山谷)。这次同样发现一些干涸的溪流。同样有着各种正处于幼年期的溪流的影子,它们可能只是这个季节出现,然后就会夭折,也有可能会呈现生命的另一种,不竭,不断汇入阳溪。在苍山中独坐,多次独坐,内心感觉到了一些颤抖,那时说不清楚是孤独的颤抖,还是源自饥饿的颤抖。

  从苍山深处走出来。阳溪从苍山深处流出来。一些村落出现在眼前。阳溪在未流入村落之前,可以说那是阳溪最后在尽情释放它野性的时候。我穿过一些灌木丛,倒钩刺沾在我的鞋子衣服上,我还要穿过一些乔木林,来到溪流边,与以前来阳溪边时那样独坐一会儿。我听着阳溪的声音。与原来独坐的那段稍有不同,阳溪发出了另外的声音,哗哗的声音中夹杂着一些水鸟的叫声,我抬眼望着,这次至少有四五只水鸟,都是以前常见的,它们都往往是独自在沿着阳溪飞行,或者是停留在阳溪河道中的沙石上。我与那些水鸟间有了一些联系,只是那些水鸟一直在与我保持着适当的距离,我们之间唯一的相似是在那一刻,我们都与阳溪很近。

友人说当看到"阳溪"和"灵泉溪"时会莫名把它们联系在一起,"一条灵泉溪,一条阳溪,它们的名字,让我想到大地的两面。在地表上哗哗流淌的是阳溪,在地表下踽踽独行的必然是灵泉溪。我如此相信地表的两面,就像我相信一个人生命的两个面,生与死,阴与阳,就像我相信,天经地义,相信两条溪水的流淌会永远滔滔不绝,相信河床的延伸会永远崎岖不平,相信河道里疏密不同、形态各异的石头,会让两条溪水一直发着各自不同的声音"。那似乎是友人呓语式的独语。友人并没有面向我,而是把目光面向苍山。面山无语。时间过去了近一年,友人问我阳溪和灵泉溪是不是露出了干涸的河床,它们并没有干涸的迹象,露出干涸迹象的是苍山其他的一些溪流,最让我无法接受的是莫残溪在那个冬日出现了短时间的断流。

黑色笔记本

面对着昨日的世界,同样显得很艰难,那就是一个昨日的空间。一个可以看得到时间的空间。没人会反驳。人们出现在那里,为了时间,为了那些与时间一样恒久的艺术与空间。你好好感受一下,是不是有着时间河流在流淌的声音?是不是有着时间凝固在一起的很形象的东西?鸟群扑腾而出时,你知道了是什么。

有那么一段时间,你不断出现在那些建于城市内的博物馆(很实的空间),同时不断出现在苍山中。出现在苍山中,发现一些空间,此刻,没有建筑,只有天然的岩石堆就的空间。在这些空间里不断交替行走着,自己似乎对于那些古物,对于那些艺术品有着强烈的渴望,只是在面对着它们时,又往往会觉得有哑口无言感。这些空间相似,这些空间又不相似。半封闭的空间,藏于岩石之内,风雨的侵蚀不是那么强烈,反而是来自人的力量的破坏感很强。

那些艺术品发出一些低语,我出现在那里,似乎就是要聆听那些低语,那是一个很安静的地方,只是那些低语依然很难捕捉,低到如那只从上面爬着的蚂蚁发出的声音,那只虫子在雕像上行走驻足停留徘徊低嗅(以各种我们所能想到的接触艺术的方式),它正追寻的是某种气息,时间试图遮掩却无法覆盖的气息,艺术品在那个空间内拒绝着人们的触摸(除了目光,除了无尽的想象力),中间隔着一层生锈的铁栏杆。曾经那些雕塑并没有拒绝人,人出现在近旁,用凿子用刻刀把那些雕塑的一些东西拿了下来,局部与碎片的艺术化已经被削弱,它们就像是一些东西从上面飘落下来,一些目光掉落了,一些手指掉落了,一些耳朵掉落了,掉落的似乎都是那些感觉。那些感觉的东西,似乎就是为了让那些雕塑避免来自外部侵蚀时带来的疼痛感。我们在看到那些残缺的雕塑时,会有悚然的疼痛感。

当那些雕塑在那个空间里存在了很长时间之后,它成了另外的空间,甚至有了庙宇的某些作用,一些人开始赋予那些雕塑除了艺术之外的价值。有些空间便有着这样的作用，它们成了连接某些东西的纽带，人们得以在这样的空间里真正感觉到天地人联系在了一起，还有物质与精神也联系在了一起，同时二者还可以相互平衡，心灵能得到平静，生命能在俗尘里找到自己的重量。那些雕塑在那个空间里，早已不只是艺术品，当它们是纯粹的艺术品时，因为受到了人们的破坏，它们的艺术感早已不是完整时给人的那种惊喜感，那种一直被强调的狂喜，那种一直被我们热忱地津津乐道的东西，也在破碎面前减弱了不少。

在破碎面前，我们的思绪在进入那个空间时，会莫名有些烦乱和低落，即便我们在讨论它们的艺术价值时，往往会暴露作为外行的无知与浅薄，那是我们即便用多少的形容与感叹都无法抵达的真实，我们甚至说不出来那些雕塑的成功之细节，一些人在强调那些雕塑在跨越时空中无人能出其右的艺术价值，而当我们在面对着这些破碎不完整的雕塑时，艺术价值有时被忽略，我们会把注意力集中在一些特殊时代里人们内心的动荡与狂暴，我们会因为这些不完整，无端产生忧虑感。完整的被否定，艺术的那种流畅感的否定，那些庞杂纷繁的被否定，美感的被否定，同时也是美感的被唤醒，似乎在面对着那些残缺不全之物时，我们对于美的痛苦感受会格外强烈，我们在那些残留中努力还原对于艺术与美的强烈感觉。它们最重要的价值，是让人会思索那些不完整，以及让人变得有些忧虑。有时，一些忧虑同样很重要的。

一群鸟儿可以飞来，它们是飞来了，只是我们出现的时候，它们没有出现而已，它们往往都是在夜间出现在那里。在漆黑的夜里，那些不完整的塑像，在夜色的作用下，在月光的作用下，在星辰的作用下，它们的不完整不再那样突显，它们的忧伤似乎在鸟群的呢喃中减弱了甚而是消失了。当看到鸟群留下的痕迹时，我们的内心变得复杂，毕竟曾经在那里，不只有着鸟的痕迹，还有着人的痕迹，鸟群叼来了泥土，鸟群留下了粪便，而人类留下的是不完整，人类带走了一些雕塑可以穿透黑暗的目光。鸟群看到的东西，将比我们看到的更多，鸟群从雕塑那里得到的东西也比我们得到的更多，鸟群在暗夜里把那个空间当成自己的鸟巢，那里有着一些鸟巢，面对着黑压压的鸟群，有时它们拥有的是一个更大的鸟巢，一个天然的鸟巢，一个由艺术品组成的鸟巢。那里，将最终只留下些什么，让岩石回归岩石，留下凿子与耐心都已经无法雕刻的坚实，那些民间的工匠突然在面对着那些岩石时，不知道该雕刻什么适合的艺术品而手足无措而慌乱逃离。鸟群成了艺术品的一部分，是其中时有时无的部分，是其中虽然不在场却无法被我们忽略的部分，它们就像是其中没有心的雕塑，一颗活着的心，一颗只有在暗夜里才会从尘世中归来的心，是一只鸟成了那颗心，还是一群鸟，有一群鸟挤进那个小空间的迹象。雕刻的是空出的心形，是故意留下了那么一个空间，一个掏心的塑像，一个被掏心的塑像，同样也是关于塑像的传说，又不只是传说。苍山中这个塑像的存在，说明或者暗示着很多东西。苍山，岩石，塑像，心灵，空间的诗学，鸟与人类，批判的缺失与存在。

十六

  他明白老祖和苍山中像老祖一样生活着的人，他们尽力让普通贫乏的生活中弥漫着一些美好，同时让那些美好尽可能得到延伸堆叠。他至少感觉到了来自其中一些人精神与生命意义上的延伸，对现实不屈的态度，对生命意义的努力拓展，延伸到了自己身上。他有时会有错觉，他活在了一些老人的影子里，他突然间变得不再年轻。在苍山中，他突然间就随着坠落的暮色暂时老去。

  让自己拥有一种宽广，精神意义上的宽广，以及作为苍山那个空间具有的宽广。当"苍山"出现，即便只是这两个字出现，那种我所想要的空间感就会出现。在这个二月，从如脸的窗口往外望着那些未化的积雪时，猛然意识到至少苍山的那部分只能付诸感觉。我与苍山之间,隔着一个灰尘堆积未好好清理的窗户。在这个二月,我们一家人开始认真擦拭着窗户,距离感在灰尘的暂时消失后,变得近了。我与苍山之间的距离,只是一扇窗户。我跟女儿说苍山上落雪了,快从窗户那里看看。女儿说奶奶已经告诉她了,她也看到了那些落在苍山上的雪。我看到了苍山上的雪消融了,一些云影替换了原来雪的位置。我意识到要走出房间。我出现在了苍山西坡的那些村寨里。

在这之前,我们在苍山西坡的村寨里,见到的都是一群人在打歌,众人参与,打歌往往发生在夜间,在篝火旁,喧闹的世界,人们在那样的情景下尽情释放着自己,尽情享受着快乐。当我们在融入那些喧闹后,又隐隐感觉到了自己只是暂时忘却了世界中充斥着的分歧与苦难,我们知道至少那些属于个人同时又是群体的苦难一直还在。似乎只有众人簇拥在一起,内心深处的那种无尽的孤独感才会有所稀释。在苍山西坡,我们习惯了这样群体喧闹的方式。打歌是为了度过漫漫长夜。打歌发生在了苍山中的一场婚礼后,那时获得的就是快乐;打歌还发生在了一场葬礼前,那时大家通过这样的方式纾解内心的愁苦。我不曾想过,在苍山中,还会遇到与我们习惯的完全相悖的打歌,只有一个人的打歌。

在我们去往雪山河的路上,他们跟我说起了那个有着一个人打歌的村寨。在他们的讲述中,我对于这样的世界开始很向往,毕竟这是与我的常识不一样的世界。在苍山西坡,一个人在那里跳舞,独舞的意味。别的人不能参与。出现在了那个村寨,现实之一种。有人就在我们前面打跳,自己唱着些什么,用自己的彝族语言。因为这种语言与自己熟悉的白族话不同,在听着那种语言的过程中,竟进入了一个奇异的世界里,那只能是语言的陌生所可能抵达的陌生,以及一种奇妙的误读。我不用去关心语言。其实,我又怎么能轻易忽略那些语言呢。即便说的都是白族话,在苍山中,因为小的山河村落的切割,让它们有了一些细微或明显的差别。语言背后,我们遇见了一些独属于这个世界的生活方式,甲马,对歌,鬼街(鬼与世人的节日,更多是鬼的影子,许多人说在那个民族近乎狂欢的节日里,你会碰到很多已经逝去的人,一些人带着对逝去亲人的无比思念,在那个特殊日子里,出现在了苍山下的那条街上)……

一个人的打歌,也是祭祀仪式之一种。不知道那是祭祀时的舞蹈之前,我们觉得那是沉醉于近乎虚幻中从而摆脱孤独的舞蹈,那是极简主义的舞蹈。这也是我们在面对着那种舞蹈时,最为合理的解释。有些时候,在苍山中,很多的东西都变得不再那么合理。那些不合理的东西,不断冲击着你的内心,让你的内心在面对着那种情境之时,会对世界产生新的认识。同时,在各种解读面前,它又马上以悖论的方式出现,让人不知所措。在苍山中,我慢慢放弃了那些放任的臆测。

在苍山中,那种看似孤独的舞蹈,其实并不孤独。那个跳舞的人说,自己是在与苍山中的那些树木在共舞,你们看到了那些树木在舞蹈了吗?我望向了树木,树木静止不动。那是给自然之神跳动的舞蹈。一些人这样说。一些人好像这样说过。现实与我们所希望的似乎完成了平衡。苍山西坡的火塘边,火塘的火焰渐渐暗下去,我们在火塘边开始感觉到了睡意,其中有人不希望我们睡去,他到外面的星空下向星星借了一抱柴火,房间再次亮了起来。我们看到了有个跳舞的影子。跳舞的人,真实的身影却看不见。不只是我一个人看到了那样的情景,我也不敢跟人说起自己看到了一个跳舞的影子。当我还在犹疑时,有人把我拉了起来,我们一起跳舞,跳起那个白日里我们所看到的一个人的舞蹈。它成了一个群体的舞蹈。当自己也成为舞蹈的一部分后，再感觉不到那是一个呈现孤独的舞蹈。世界，给人呈现了另外一面。

苍山西坡的这一晚，我们所感受到的便是世界的多重维度。在众人尽情舞蹈时，特别是在其中一夜，打歌发生在夜空之下，那夜繁星璀璨，我们忘却了在苍山中还有一些属于孤独与忧伤的舞蹈。那一夜，我说不清楚是否有着一些孤独的影子也混入了我们中间。那一夜，有着各种思绪复杂的人，同样有着各种单纯的人，我们面对着的是同一个火塘，又是不一样的火塘，身处同一个夜空，又是不一样的夜空。那一夜，我并没有梦到自己在苍山中，跳起那个简单的舞蹈。当回到苍山下的那座城后，其中有一晚，我竟然梦见了自己在苍山西坡的一个村落里，不是那些我所熟悉的村落里，笨拙地跳着那个舞蹈，一步，两步，七步结束，然后重复，然后开始慢慢有了变化。我猛然意识到岩画中有着那些舞蹈的影子。

黑色笔记本

一片茂密的森林有着太多的可能性。这样的一片森林存在于一些讲述者口中。茂密的森林,把一些东西遮蔽,遮蔽了争斗,遮蔽了伤痛,表象很平静,我们只是看到了森林的表象,同时无比依赖表象。光线无法穿透的密林,在厚厚的腐殖层上留下炫目的光斑,里面生活着许多野兽虫鸟,一些现在早已绝迹的野兽虫鸟曾在那片密林里聚集着,有时它们会走出丛林,其中有些会被狩猎者捕获。

当一片密林消失,密林就真只存在于讲述者的口中。有时,我们对于密林的渴望甚至会有些许病态的意味,病态的意味不断在加深,很多密林已经很难恢复到原来的密林了。在面对着讲述者时,我多少是悲戚的。悲戚却无力。讲述者口中的茂密森林。讲述者口中依然还有老虎出没。只是当我朝讲述者所指的世界看去时,哪里还有森林的样子,只是一个被火烧人砍后的荒漠地带。众多的树墩,裸露着,那是树墩的密林,除了树墩,再无其他,其实就在我以为真没有其他时,我看到了一些在树墩所在的空谷里翱翔着的鹰。鹰与树墩,相互的,这时二者所给人的感觉惊人地相似。茂密森林,就只有在回忆之中,就只有在那些山神和山鬼共同出没的时间与空间里。正下着一场淅淅沥沥的雨水,一些云雾正萦绕在山腰,有一刻我恍兮惚兮地感觉到那里有一片茂密的森林在随着云雾游走。

讲述者看到了我眼中的云雾与森林。他说现在的很多时间里，他们就是以这样的方式再次与一片茂密的森林重逢。那时森林的茂密程度超过了你的想象。那时村子就在森林之中。那是几乎与世隔绝的村落。他一个人从那个密林里走了过去。只是两次。内心里面由兽类与密林的繁密度制造的恐惧差点让他窒息。他拖着疲软的步子在密林中穿行。无意间与一只黑熊相遇，并被黑熊撕烂了脸的事件浮现出来，那是真实的事件，那是真实的别人，有一刻他强烈地觉得自己很可能会成为下一个与黑熊偶遇的人。黑熊并没有出现。他只是多次见到黑熊的巢穴，里面没有黑熊，里面没有温热，多年以后他才意识到那时的黑熊早已看到了它们与密林的结局而先后从那片密林消失。

他再次指了指，那里平坦如砥，只有一小片稀疏的竹林，就在那里，曾有一个简陋的木屋供人们歇息，几个赶马人在那里歇了一晚，那时还有老虎出没，大半夜他们听到了老虎拖着其中一匹马往密林里跑去，他们听到了老虎的喘息声与马的嘶叫战栗声，没有人敢出去。那是一只野兽的自由与霸道。在强烈意识到与野兽共同生活着的时间里，对于自由，对于镜子里的自我的认识被放置到了森林中对自我的显影之上，那时森林是镜子，兽类飞鸟是镜子。有那么一会儿，讲述者所处的并不是当下，而是另外一个时间之内。他陶醉于那个时间之内，有那么一会儿，给人的感觉是已经无法从中抽身。如果不是我在旁边，如果那时我发出了声音（不合时宜的声音，于他而言是异常粗暴的声音，声音的出现直接让时间出现了裂痕），他就会从那个时间之中回到了当下。

  茂密的时间丛林里，人类想象的空间在丛林中不断拾掇着时间的谜。在那样的时间丛林中，我们所需要解决的是什么？或者当时的生存状态与思想状态是个什么样子？这些疑问出现在我的脑海里，没有被我说出口。讲述者是能回答其中一些问题的，至少他能回答他那已经变成切肤一般深刻并结痂的印象。一片森林，真是一面镜子，真是一面能照见历史照见人性的镜子，在这面镜子里我们看到了一些时间的荒诞与粗暴，我们也看到了内心深处无法驱除的欲念，我们也看到了一些平凡小人物被时间的洪流与旋涡卷裹着的无奈与卑微。

十七

空间的诗学。梦想的诗学。水与梦。那时,他在阅读加斯东·巴什拉。这些都是加斯东·巴什拉的书名。这样的阅读发生在了苍山之下的那个空间里(具体是在那个暗室里,此刻,他再次把他的书拿了出来,就是为了翻一翻)。当他出现在苍山中时,他有意带了《梦想的权利》,他再次成了梦想者。

在怒江边教书的第二年还是第三年,我遇见了加斯东·巴什拉,那种相遇的激动只有自己才能感受得到,阅读的感受像极了那条大河的流淌,像极了那条大河的清澈透蓝。在与苍山间的联系越渐紧密后,除了继续重读或新读加斯东·巴什拉,我还有意重读了《天藏》,第一次阅读《天藏》是在怒江边。这次是苍山下,山上雪迹斑驳,无尽的蓝天,在苍山内的某个河谷读一定会更好,如果那个山谷中还有着一些人家,还有着几个读书的小孩,在怒江边时,这些都能满足,这也让初次的阅读充满了奇异而激动的感觉。我要把它带到马龙峰下的山谷中,或者是清碧溪旁,或者是其他山峰下的山谷与溪流边,那些环境太适合读这本书,有着不多的几家人,那些人所说的语言是白族话,或者彝族话,或者傈僳话。这样的世界与角落在苍山中真存在着,你知道自己一定会在某些时间里进入那样的世界,并进行着对于一本书的阅读,你一直沉迷于那些干净的语言、阳光、河流、雪山与寺庙之中,充满象征意的世界,极具音乐性的西藏,借助哲学与宗教的拯救,可能与不可能,充满智性的对话,结构与形式等等。一些在那些文字中找寻到的熟悉感,苍山所给人的那种熟悉感,同时一些不一样的东西也在凸显,我所想寻求的更多是那些不同感。我同样需要走出作家宁肯的影响,那些我知道的影响一直存在着。这样的阅读与苍山之间是不是隐隐有着什么联系,其实我并不能肯定,我唯一能肯定的是遇见加斯东·巴什拉,其实也是遇到了至少进入苍山的一种方式,宁肯同样给了我至少一种方式。

苍山在我内心深处是模糊的,就像是一个影子,一个于我如影随形的山,一个无处不在地对我产生影响的山。随着时间的推移,随着不断进入其中,我对于这座山的认识和感受,也必然会呈现出另外一番样子。苍山是活的,一座活山,一切都将是活的,一切都将是很难界定的,也可以说这是一座无界之山。"从我的窗口望出去,便是苍山"(我的表述),这样的表述有些很熟悉,我想起了加斯东·巴什拉的表述:"从窗口透过屋顶之间的间隙,我们可以看见山冈。"我在这里近乎是在盗用他的表述,同时也在盗用他的一种感觉,或者最准确的应该是我的感觉在此时此地,与他的感觉之间形成了某种意犹未尽的重叠。梦中的视角,我们在梦中突然之间抬了一下头,轻轻地把窗子推开,背后便是苍山,苍山顶上正有一轮明月,清晖与苍山顶的雪迹交错,突然明月从山背后堕下。这是真实发生的吗?我一直有着这样的疑惑。梦中的色彩,竟然只剩了苍山上的那些白。梦中的苍山,其实苍山在那些已经变得有些稀缺的梦中,也已经很少出现了。我们在这座城中慢慢咀嚼着属于个人对生活的感受时,苍山依然很少出现。当苍山不只是属于稀缺的梦之后,苍山开始出现在了我们的日常生活之中。

有个朋友一直计划着要走遍苍山十八溪,他想做一些扎实的田野调查,我们都深知那个计划的难度。我还开玩笑说,那我就走遍苍山十九峰吧。其实这同样谈何容易。你不只要面对着苍山十九峰那奇崛的美,你还要面对着行走中无处不在的危险,你不仅要面对着那些如刀锋般的山石与光秃秃的断崖,还要面对着艰险的路途。我是走了几座山,往往山下烈日炎炎,山顶却烟雾笼罩风声鹤唳,让人在行走中会无端生出恐惧。众多的山峰,我往往抵达半山腰便因隐隐的担忧而折返,很多时候,连箭竹和冷杉的影子都见不到,这两种植物往往是苍山海拔的象征。有一段时间,我们一直津津乐道于苍山的一切,在我们那样的讲述中,同样也有着太多想象在起着作用。如果没有想象,以及一座山本身所具有的那种想象的诗学意味,我们的讲述将会变得无比简单,也将变得没有任何想象的掺杂。他去做田野调查了,他是环着洱海写了一本书,苍山十八溪的计划还一直被搁浅着,我那苍山十九峰的计划在走了几座之后就更是搁在一边。我的行走只能算是浅尝辄止,苍山十八溪,我都去了,往往只是走了一小段,就不敢继续往苍山深处走去,苍山十九峰同样如此。友人简内,一座山峰一座山峰地攀爬,只是他一个人,用他自己的话说,苍山太复杂,不敢随意邀约人。我打心底钦佩他。这里不经过他同意抄录一段他一个人爬兰峰时的随感:"兰峰是苍山最奇俊的山峰,沿途风景冠于苍山十九峰。峰脚有高山黑龙潭、双龙潭、黄龙潭等高山冰碛湖,有遗世孤绝之美,特别是黑龙潭,更有侘寂之美。由低往高有灌木林、箭竹林、冷杉、草甸等不同景观。登顶可见刀刃状之山脊,两侧洱海坝子和漾濞尽收眼底,其势其险跌宕人心。"

当离开苍山,苍山就剩下一个可供想象的空间,需要从记忆中重新去努力把那些形象叠合在一起的苍山。它不再是清晰的,它不再是形象的,它成了一个近乎梦想,近乎梦的空间。当我在这里触及苍山,更多是在重塑一种内心的苍山,在那些如梦般洒落的片羽中,找寻那些让记忆与内心最深刻也最微妙的东西。我就生活在苍山下,对于整个苍山,我依然需要依靠记忆,依靠那些进入苍山之内的经验与感觉。我在这里,是在记录下一种感觉。用感觉的碎片来回应日常生活的碎片化,也是在用一种碎片化来对抗另外一种碎片化。

获得一种新生,这是最近一段时间以来,我对于苍山的那种渴望,就是渴望这样一座山,一座会让我们真正慢下来的山。在一座内心能真切感受到那种快速所带来的焦虑与迷惘的城中,苍山开始以它的方式不断出现,并不断对我们的思想产生作用,从对于思想的作用开始,慢慢让我们感受到那种真正的重生。我最终希望的是能让我们看见苍山的形象,让我们重塑苍山的形象,让我们在记忆中保存形象。

黑色笔记本

是在苍山下。刚下了一场暴雨。时间已经不是冬天。春雷滚滚。暴雨敲击着坚硬的房顶和建筑外柔软的植物。诗人开始讲述,他面对着近百人。一些人安静地聆听着诗人的转述。他在强调着。他讲述的一些东西,是苍山中的一些老人跟他说的。他再次强调着。他说到了苍山下的大理是末端的前沿。地理位置上的末端,又是另外一些世界与文化的开始。

他先是讲到了斯诺与洛克曾经同行过的趣事,内心深处的相互鄙视,洛克为了采集杜鹃标本和其他植物种子的过程中,即便出现在荒野中,还是要穿上庄重的衣服,摆好桌子,拿出刀叉食物红酒,才开始吃饭,过程无比繁琐。当这种行为还发生在荒野中的奔走过程中时,显得无比荒诞,相反斯诺胡子拉杂满脸污垢,一个庄重严肃,一个放浪形骸。他们从苍山下分开,洛克去往雪山下的丽江,斯诺跟随马帮朝博南山方向走着。

他讲到了苍雪和担当,苍雪离开鸡足山途径大理,去往江南,成为江南僧众的首领,两个与苍山有关的名僧,在时代的动荡面前,内心依然是悲愤的,都需要浊醪来浸润和释放。

他还讲到了杜鹃船。这是在这之前,我进入苍山的时间里,未曾听说过的讲述。许多讲述深藏于苍山。一些讲述以很奇妙的方式出现。关于杜鹃船的讲述,竟以这样神奇的方式出现了。杜鹃船,在苍山的云海里漂浮,朝着悬崖绝壁飘着,把悬崖染成红颜色或者黄颜色。苍山中有着大片大片的红杜鹃,在苍山海拔较高的那些山崖间,还长着黄杜鹃。诗人问他们,看到的那些杜鹃是不是像杜鹃船,他们说的杜鹃船是否是一种比喻。他们打断了诗人,他们不知道比喻,那就是杜鹃船,用杜鹃林组构在一起的船,用杜鹃干枯的枝干建造的船。洱海早已看不见,苍山中还有着用同一种植物铺陈长着的湖泊。在马龙峰与玉局峰顶,往下看就是红色的杜鹃林,有时看到的是黄杜鹃。当杜鹃花过了开放的季节后,我远远看到的都只是杜鹃,红杜鹃和黄杜鹃的区分变得很模糊,几乎就不再有边界。杜鹃把悬崖下的山谷长满。在苍山中,会看到这样的情形,杜鹃长到了苍山十九峰峰顶。当云雾缭绕,世界忽隐忽现之时,有些杜鹃悬空地长着,我们看到了它们交缠在一起的气根。朝苍山的西坡望去,依然是杜鹃,近处的那些杜鹃低俯着身子,长得矮小,海拔再降下来一点后,大棵大棵的杜鹃出现,每一棵下面往往落满了行将枯萎的花瓣。杜鹃船,风一吹,杜鹃在摇曳飘荡,这很有可能是现实给人的错觉。诗人想跟他们解释那是错觉。他们立即反驳诗人,那就是现实,那远不止是传说与讲述。苍山下生活的人们,他们做的一些梦境中,总会有着杜鹃船的出现。诗人的梦境中出现了杜鹃船,无比清晰,无人摆渡的船,是风在摆渡,是无数动物和植物的亡灵在摆渡的杜鹃船。许多杜鹃花在云海里鲜红地败落,风一吹就落,它们开始朝峭壁挪移自己的身影。被云海随意切割成不同形状的船。

苍山下,艳阳高照,到近四千米的山峰上,雾气在来回高速奔跑，天空只是偶尔露出一点清澈透蓝的影子。世界的复杂多变，在这里体现得淋漓尽致。从美丽的黄龙潭继续往上，一些古木枯枝的影子映入水中。离开高山湖泊的绝美，进入悬崖绝壁的艰险之态。诗人进入历史的场中，看到了马疯掉近四十万匹的叙事，那是忽必烈的大军翻越苍山时发生的。诗人倍感疑惑，在什么样的情形下，马匹才会瞬时间疯掉。诗人离开了苍山。在远离苍山的世界里，这个问题一直搅扰着自己，他开始四处打听。在苍山中，一个人行走时，他只是一些时间里习惯沉默与自然给人的压迫感，他有了与任何遇见的人相互对话的渴望。进入苍山深处，出现在那些绝壁旁，在恐高的眩晕中，很少会遇见人。诗人在潮湿的空气中，触摸着绝壁上的杜鹃染下的红色，那就是女人嘴唇上涂抹着的口红胭脂。没有人出现。诗人在那种近乎惊厥的晕厥中，匆匆逃离那些悬崖绝壁。诗人体验到了某种奇异的临界点。多年以后，诗人一直没有忘记跟一些人说起马突然发疯的记录。终于有了答案。那个人跟诗人说起马在两种情形下会突然发疯，第一种就是踩在悬崖绝壁上有悬空的错觉时，会突然发疯；第二种是在怒江金沙江澜沧江上过溜索时，马匹真正悬空，也会突然发疯，一些因发疯坠落的马让另外一条金沙江断流。诗人恍然大悟，翻越苍山需要面对太多的悬崖。四十万匹战马就那样不可思议地在苍山中发疯了。一些马进入苍山，驮着的是游客。与文字中描述的马不是一个种类，这是我们能肯定的。诗人并未坐过杜鹃船。只有一些亡魂可以坐那些杜鹃船。当要面临搬迁的老人，说无论如何都要先念经让自己的魂回到苍山中。一些亡灵开始摆渡着那些杜鹃船。

在苍山中，会经常遇到一些陌生人。都要跟他们打声招呼，问问他们从何处而来。只是问一些各种各样奇怪的问题。他只是想跟那些谜一样的人打声招呼，他无意捕获那些人的人生与命运。你要去哪里？这是我的问。去修理一下杜鹃船。是有个老人的回答。总觉得是听错了。当回过神，确实是老人在回答时，我还想问问老人，为什么在讲述中会出现一个杜鹃船时，老人早已隐入苍山中。我朝苍山奔跑着，想追上老人，面前的世界是空的，老人早已消失无不见。老人是否真出现过。老人会不会跟我说，那是与爱情有关的传说，如果真是的话，那得多感人，这近乎是诗人的原话。

十八

他进入了另外一些极具象征意义的苍山。他在那些山上看到了现实中苍山的影子。他同样也深刻感觉到了它们与现实中那座以"苍山"命名的山之间的不同。他在不同的山之间往返,往返于现实世界,也往返于精神世界。

此刻的苍山是打鹰山。我无意间问了他们一句眼前的这座山叫什么名字。打鹰山。与鹰联系在了一起。与现实中那座叫"苍山"的山很相似(苍山,白族话中熊出没的山),苍山与熊联系在了一起。同样很相似,在打鹰山没能见到任何的鹰,在苍山我也见不到任何的熊,即便我深知它们一直都在。当我知道这座山的山名时,感觉这是一座有着一些乖戾之气的山,而事实并不如此,我们感觉到了世界的静谧,甚至我们看不到任何的悬崖绝壁。在讲述中悬崖绝壁在我们所看见的山背后，那是我们所无法看到的世界。如果我们有意去看看的话，我们还是可以看到一座山的真实，从一个切面抵达另外一个我们所根本无法想象到的切面。如果不是友人对那些山名相对熟稔的话，我们将会在没有被命名的世界里，很容易失去对于一个世界的想象。就像"苍山"这样的命名，会让人情不自禁就进入一个想象的世界。

在一些山名在一些地名面前，我真成了那个梦想者，那个想象者，由命名抵达一个世界的真实，或者是抵达一个世界更为虚幻缥缈的那一面。我们是为了那棵古梅。一棵古老的梅树（古老的时间与古老的生命力），与那棵我们在花桥多次见到的元梅不一样，这是一棵唐梅，时间的厚度在不同的树之上被人看见和触摸。我们只能感叹古梅的生命力，与我们熟悉的那些梅树的相对脆弱不同。如果没有时间的厚度在时间面前的显影，我们将很难分辨出那两棵古梅之间的区别。我们只能感受到它们之间在地理上的距离，在两个不同的世界之内，距离感凸显。

当"打鹰山"这样的命名出现后，我的想象与注意力已经暂时出现了停顿与转移，转移到了命名本身山本身，那棵古老的梅树暂时被我忽略。即便我深知不应该那么简单就把它忽略，那棵在这之前从未见到过的古树里，有着太多可供咀嚼的东西。面对着古老生命的那种感觉，有着太多的意犹未尽。那时的古梅长得很好，还是有好些树根表面暗示的是生命的一种终结，枯槁的样子，枯槁中是生命继续生长的影子，生命在一根枝杈上再次开始，并让那一棵古树的气象显得不那么简单，反而是让人惊叹，一树繁盛，结满果子。生命的另外一种形态。在苍山中，我们就是在与一个又一个不同的生命形态相遇。

一些老鹰在山中的悬崖峭壁中筑巢。有着众多的鹰。一些人爬上那些悬崖，只为了捕获一只鹰，然后带回打鹰山的村落里熬鹰，曾经有一些熬鹰师，他们都已经退入讲述与传说。已经没有人去打鹰，只有一些人偶尔才会有打鹰的想法。我抬头，看不见一只鹰。鹰躲在了时间的空无处。鹰离开了这座山，这是一座从命名开始就带着一些驱逐意味的山。我们只能想象有很多的鹰在这个世界里翱翔。那时，我想成为一只鹰，鹰的形象，我很熟悉，又多少有些不熟悉。我看到了它停在了很多个角落，永远都是孤独而高傲的一只，它们似乎就不曾成双成对出现过我面前。我都只能远远望着,总会产生一些错觉,色彩在光线下的那种作用,让鹰既显得有些真实,又显得神秘而虚幻。我看到了它在天空中翱翔的样子,真实的鹰,真实的飞翔。那是在另外一座山上,具体是山谷,许多枯树桩密集,众多的鹰在树桩上空盘旋,它们有时会停留在其中一个枯树桩上,那样的情景让你无法忘却,只要提到鹰,那个情景就会再次出现,里面多少有着一些悲壮而忧伤的东西。只是真有许多的鹰吗?

在打鹰山下,鹰消失,一切成空,一切只剩下险峻的老鹰岩,只有鹰才会出现在那些岩石的缝隙中,被山风撩拨。只剩下山名,只剩下山下的几个村落,只剩下一些古树。打鹰山这个地名,困扰了我多时,甚至为之失眠。是否有些夸张了?我确定了一下,并没有。在真正的苍山中,将还有着多少这样的命名?除了苍山十九峰之外,那些更为细微处的山的命名。

黑色笔记本

死亡以各种各样的方式发生着。小说家讲述的是文艺的死亡方式。

在苍山中,我们将遇到两个相似的死亡方式。死亡与命运。命运与死亡。命运注定了那些人在限定的时间里走向死亡,当人们发现这样的时候,内心无疑将是溃败的。小说家讲述了一个小说故事:另外一个很著名的有着世界声誉的小说家写了一个故事,某个家族的人总是活不过五十,家族中的人都发现了这个情形,他们意识到自己就像受到诅咒一样无法挣脱命运。家族中的有些人活得战战兢兢,有些人活得坦然无顾,很长时间以来,从未有人想过要与命运对抗,但这样的人终将会出现。家族中的其中一个人,在意识到了缠绕着家族的可怕命运后,他暗暗发誓要与这个貌似无法抗拒的命运进行对抗,他通过各种方式让自己变得足够强壮,也通过各种古老的祭祀仪式消除了思想上的包袱。小说家说到这里后顿了顿,让在座的听众猜猜,这人会不会活过五十岁。很多人都在猜测他能活过五十岁吗?众说纷纭,只是所有的猜测都建立在苍白的理由之上,那都是些无法令人信服的理由。我所尊重的小说家朝我望了望,我是在那时想起了那个在苍山中生活了几辈的家族,最后我不好意思地把头低了下来,那个小说家口中的对于命运的态度吸引着我,吸引着我们。小说家顿了顿,然后近乎得意地说,最终他竟奇迹般地活过了五十岁。这个在小说家问我们的时候,我们很多人都是这样认为的,我们差点惊呼与我们想象的一样,莫非我们都具有写小说的才能?我们还没有从沉浸其中的得意里回过神,小说家说出了一个让我们惊呼的结尾。他在成功活过了五十岁之后,就开枪自杀了,这真是我们都没想到的,而那篇小说就是如此。我们想象着那个人成功活过五十岁之后,将会开启自己新的人生。我们一时所表现出来的得意转瞬在这个结尾面前失去色调。我们的想象变得暗淡无光。

　　这时我觉得是有必要把那个真实的家族摆出来。那是苍山中的家族,他们总活不过六十岁,他们在努力抗拒着命运,他们也在提心吊胆地活着,很少有人会在平静中等待着死亡。那个家族的命运与小说家讲述的那个小说一样,现实与虚构惊人相似,同时现实与虚构之间还多少有一点点距离,那个家族的人除了他而外也没有人活过六十岁(六十和五十似乎只是数字上的区别,小说家所在进行的是一个经过了缜密构思的数字,而六十就那样很真实地摆在了我面前,活到五十岁容易,活到六十岁就相对要难些,只是一个人都活不过六十岁这有点说不过去,毕竟周围很多人都活过了六十岁，活过了七十岁，甚至还有人年岁过百，在这样的情境下，五十和六十就没有多少区别了)，与小说中一样,这个家族的人对于命运的态度都是一样的，其中同样有一个人活过了六十岁，就在他顺利活过了六十岁之后，在举行祭祀活动的晚上，他的仇家制造了一起意外,仇家本应该朝天空放枪,却意外地把枪口一低,他就在仇家前面。在燃烧着的火塘边，人们看到了血肉模糊的尸体，这样在他刚有了要好好继续活着的想法时就被杀了。

两个不一样的结尾，一个真实发生，一个在虚构中发生。在那之后(小说家不再讲述那个家族的"在那以后"了，小说是可以那样戛然而止)，直到现在，那个家族的人依然没有活过六十岁的。我们是经过了精确的统计。其实对于那个不是很庞大的家族而言，关于死亡的精确统计，其实很简单。

十九

他出现在苍山中,为了那些溪流,不只是为了名字美妙的十八条溪流,苍山中有着不止十八条溪流。他能感觉到自己内心对于那些溪流的渴望。当他感到自己长时间生活在同一个地方却倍感无所适从时,他就去往那些溪流边。他感觉到了这个行为暗含的抒情与矫情意味。

泪水蒙住双眼的经历,有时在苍山中那些暂时无人迹的世界里会出现。一个人进入苍山,必然要忍受枯燥却莫名沉压着自己的各种复杂情绪,你在变得无比敏感的同时,也意味着可能会为一小会寂静而止不住泪腺的崩塌。我们知道,那些角落早已布满人迹,我的出现只是在一些人迹上面,再增添一点儿或深或浅的印痕,或者是把那些已经有所淡化的人迹再次加深。有时,我希望自己不会遇到任何人,竟有这样极端的思绪,任何一个人的出现,都将是对自己努力营造的氛围的破坏。

我出现在了白石溪。把村落抛在身后。河流把村落抛在眼前。在白石溪越往苍山深处走的路上,我看到了半山腰的庙宇,红色的,映在蓝天之下,显得格外的红,一切被蓝色洗过一样,被洗过的红,被洗过的黑。苍山顶,是被洗过的白。那时,我知道与苍山中众多的庙宇一样,里面将有着一些人影,现实竟与我的希冀不一样,没有人出现,没有去那个庙宇的人,也没有人从那个庙宇里走出来。那可能是一个孤寂的庙宇。也可能是冬季的阴冷,让人们都蜷缩在了那个红色的建筑里。有些矛盾的是,我开始希望能有一些人出现,与刚进山刚刚在白石溪边停留时不一样。当发现确实没有人影时,一些隐隐的忧惧出现,我折身朝山下走去。途经一个果园,一辆摩托车,挂在摩托车上的衣服,红色的衣服,红色的摩托车,果园的土是红的,人却不知道在哪里。人继续隐藏着。我有种强烈的渴望,想与人交流的渴望。有一次,我偷偷进山,在暮色侵扰下才再次疲惫地出现在村落与山之间的森林防火点,我明知道要被那个独自守山的人骂,我还是故意和他说了几句话,让我没想到的是他竟然没骂人,而是语重心长地跟我说了几句一个人进山很危险之类的话语。

　　白石溪,同样在那一刻只属于我。我的白石溪,我的白石溪的下午。坐在白石溪旁一条细小的溪流边,冥思,或是断想,或只是纯粹坐一会儿,这条无名的小溪最终将汇入白石溪。在汇入之前,它与白石溪是不同的,一眼就能看到的不同,一闭眼就能听出的不同。白石溪与灵泉溪之间的区别,是不断沿着溪流往上的过程中,有很多拦截沙石的坝,而灵泉溪,我所到的地方,已经很难继续往上了,很少有拦沙坝。灵泉溪中有一些较大的黑色石头,那些石头的阻挠,让灵泉溪的声音时而哗哗地响,时而又沉静一会儿,那是属于灵泉溪的声音。白石溪,河床很宽,沙石冲散开来。白石溪的河床中,有着许多裸露的白石,只有水流量足够大时,这些白石才会被水淹没,那时白石不再是白色的。水中那些真正的白石,在水影的作用下,不再是那种透明的白,而是灰白。白石溪,似乎是形象化命名之一种。你在面对着这个命名时,在命名的暗示下你把注意力都放在了那些河床中的石头上,可能是命名带来的一次误导。蓝天与沙石。你的注意力终于开始从那些石头上暂时移开。蓝天之下的苍山顶,依然有着一些白色的雪迹。

有时,竟会有一种强烈的感觉,一些河流正等着我,一些河流的声音正等着我。当真正面对它们时,它们不断让我感觉到的却是恐惧。进入苍山,总有着一些莫名的恐惧伴随着我,那是整个苍山带给我的。即便有着这样莫名的感觉,我依然要出现在苍山中,出现在这些纯粹纯净的河流边。这些河流里面没有掺着任何杂质,这些河流会把一些杂质清洗。那些河流不断擦洗着我,或者一些人的眼睛。当然,面对着苍山中的这些河流时,它们会用自己的方式呈现着它们的不同,我越发肯定只有把苍山中大大小小的溪流全部走完,才能真正明白山与水的奇妙联系。山谷对于那些溪流的塑造很明显,那些溪流往往只能用发洪水的形式对那些河谷进行一些冲击与重塑。溪流的力量同样是不可小觑的,苍山中的一些村落一些建筑,被那条看似不大的河流淹没。在苍山中,我们看到了记录水灾的碑文,用古汉语写下依然是密密麻麻的,它们被放在那些经过重建的建筑前面。当与那些碑文相遇,我们才真正相信了那些溪流所具有的不可估量的力量,我们也似乎明白了一点点那些拦沙坝存在的意义。也许那些溪流已经多年不发洪水,也许它们每年都在发。

　　冬天最适合出现在那些溪流边,与雨季不一样,与草木繁盛虫蚁出没的季节不一样,在冬天可以大胆拨开那些泛黄干枯的植物,重新回到溪流边。而在其他季节,看不见的虫兽可能就蛰伏于那些重新开始生长,或者正在缓慢生长的植物之中。那时只能远远地听着溪流的声音,那时只能在很少的时间能通过那些相对宽敞的路走近溪流,那时与溪流之间保持着的是一种忽远忽近的距离。

　　有一段时间,我的行走,似乎只与溪流有关。印象深刻的是,沿着龙溪往上,为了能保持与溪流之间的距离,能回到溪流边,我拨弄着那些植物,想在植物中找到回到溪流边的路。一些冬瓜树下,众多的蕨类植物与暂时停止生长的植物。蕨类植物中,枯黄的扑倒在地,有一些霜白。那条路不同,即便是冬天,那些植物依然以在其他季节里就已经表现出来的生命力,长得繁茂很难让人轻易从它们中间穿过。只能返回,只能重新寻找路。远离了龙溪,只有溪流喧响还不断提醒着你,河流就在不远处,在苍山的寂静面前,河流的声音会让人安静下来。你开始往河流的方向走,河流的声音是此刻的方向,努力往河流走去,却有着太多不同种类的植物继续在阻挠着你。河流再次出现在你面前,由于水的流量在这个冬天的小,你最终发现可以沿着河床一直往上,去发现苍山中那些溪流的不同,至少是发现这条河流的不同。沿着苍山中的很多溪流到了某处之后,就再也无法继续往里走,只能靠想象来完成对于它源头的抵达。在面对着那些溪流时,我都在河边静静地坐一会儿,听河流的声音,录河流的声音,记住河流的声音,到后来当把那些录音再次放着,我就能分辨出每条河流,每条河流与流经之处之间产生的碰撞声。声音不同,耳朵成了目光,目光成了耳朵的一部分。

黑色笔记本

不是在白石溪旁边,而是在桃溪与中溪之间。在那里,生死之界并不明晰。那是生死离得最近的世界。当我出现在那里时,人寥寥无几。在那个世界里,我不敢怎么跟那些人交流,毕竟我无法肯定自己看到的将是活着的人还是早已逝去之人。

那是一个静默的世界。一年的大部分时间里,那条街都是寂寥的。只有在那些特定的日子里,寂静顷刻间消失,喧闹顷刻间就把那条街挤满。我有意在那个相对寂寥的日子里，出现在那里。当对这条街有了一些了解之后，在寂寥中出现在那里，竟然还会感觉到有些怪异。在那条街上生活的人，一如往常，与平日里没有任何区别。只有对歌台旁的古树在风的撩拨下发出一些声响，只有树上的鸟鸣叫着，那些声音只是静默世界的注脚。我出现在那里，是因为想去看看苍山十八溪的其中一条。我寻找着十八溪的源头，我以为十八溪最终的归宿就是洱海。源头似乎相对清晰，而溪流流着流着就可能消失，最终并没有流入洱海。那些消失的溪流，注定已经无法成为任何一条大河的支流。

我出现在了中溪边。是在一座石桥上，没见到中溪的影子，也听不到中溪流淌的声音，我知道那只是一些东西把中溪暂时隐藏了起来。当我出现在那里的时间，苍山十八溪所有的溪流都流淌着，那是让人激动的流淌（在另外一个季节出现，我看到了一些干涸的河床）。我出现在了桃溪。我一眼就看到了从拦沙坝里流淌出来的清澈溪流。从桃溪，我可以想象中溪的流水。那条街出现在了两条溪流中间。我把目光从两条溪流上移开，把目光放在了那条街上。重要的是那条街，那天重要的是那条街。我有意让自己缓慢穿过那条街道,那样的缓慢总是很难。

　　许多人都曾信誓旦旦地说起过,说得绘声绘色,说得都不由你不相信,某个逝去已久的人朝着他们露出诡异的神色。要与死人相见,就要出现在那个街市上,街市上人山人海。一些人出现在了那里,只是为了见见自己过世的亲人,在那么多簇拥的人中,遇见自己想遇的人,实属难事。一些侧影相遇。一些背影相遇。当我出现在三月街时,人影早已消散,唯剩一些因为内心的失望,而顾影自怜,久久不想离去之人,这些人,忧伤,苦闷,他们正吞咽着悲伤的苦水。一些人又一次被我误读。时间淡化,时间是永恒性的,众多人可以出现在同一时空。当我进入一些人讲述的那个世界时,世界之内开始弥漫着魔幻的意味,我们面对着的是真相吗?那时我们并不纠结于此,我们早已适应了这样的讲述,我们早已习惯了人们对于时间和空间的模糊。那不是有意的,那是已经延续了很长的时间,是一种奇异的遥远目光在现实之上的折射。

　　桃溪的水流在哗哗流着,有段水泥的河床格外醒目,被洪水冲刷过的凌乱石头堆积的河床,同样醒目。有人来到了桃溪边,那时天有点阴凉,人影在溪流中被冲成碎影,他蹲了下去，用手轻轻拨弄了一下水，然后捧了一捧放入口中。我也想朝桃溪走去，也想像那个人一样蹲坐在水边一会儿。那个人朝我看了一眼，眼中只有纯净如雪，如雪的目光就像挂在树上，静静的，成了整个树林的眼睛。内心猛然一惊，那同样不是自己在现实中所熟悉的目光，目光似乎来自于另外一个世界。

二十

  他进入了苍山下的一些村落里,遇见了一些民间艺术,遇见了一些人,他对那些艺术有了大致的了解,他沉迷于一些艺术形式中,对那些民间艺人的命运感却是陌生的,那些人不会轻易就把命运感袒露。

  半封闭的空间。密闭的空间。这些都是我们作为旁观者时,对于那个空间的认识。它是密闭的吗?不是。还有开着的窗户。当把窗户关起,还有那些窗花,那些由格子组成的窗花,一些光线依然可以穿过那些窗花。门是开着的,雕花的门,把门关上,雕花的门上依然有着窗花样的小空间,也是为了光线可以进入。

  那个房间里,有一些绣娘,她们那时候沉默着,你无法知道她们真正的个性。你依然是一个旁观者,就是旁观者,她们似乎察觉不到你的存在,她们成了静物,她们成了画中人,她们在画中刺绣。针线,布料,一些画,堆放在一起,画上有了第一针线,第二针,绣娘的手开始快速地动着,穿针走线,不是形容词,画不再是静态的了。那些人也不再是静止的。你们之间依然没有交流。那个空间对于她们的意义和对你的意义完全不同。你打破了那个空间的安静,那是能听到她们手中的针不小心落到地上的安静。你是对她们绣出来的作品吸引过来的,她们就像是用手中的线拉着你的心,心会变得细腻,你内心空间里灰白的一面也被那些绚丽的色彩充盈着,慢慢把灰白覆盖,慢慢把灰白浸透,黑色与白色都成了装饰的色彩。

绣得栩栩如生,成了评价的标准,是唯一的吗?她们在那个空间里,证明着是这样又不是这样。你是从那些在山野间边放牧边唱白族调边绣鞋垫的人,慢慢知道在苍山的某个地方有着绣娘的存在,她们心无旁骛地刺绣。她们住在一个古老的建筑里,那里有好些古老的建筑,她们所进行着的也是一项古老的技艺,一项往往并不会随着社会往前变化会越发精湛的技艺,人数也并不是随着时间的往前会增加,与古老的建筑一样，都遭受着时间的无情蚕食，也都变得越发珍贵。图案与寓意，图案不只是纯粹的图案，我们看重的是寓意，我们看重的远远不只是寓意。美感很重要，作为旁观者，当面对着那些图案时，我们内心最真实的感受是捕获美后，美在内心深处的激荡。

我除了出现在这些小城中古老的建筑里，我还出现在了那些村落里，两种不同的空间，那些刺绣的人和绣出来的东西往往有一些不同。我们还面对着的是很缓慢的时间，那同样是时间缓慢的维度，许多的作品都需要一个很缓慢的过程，那是考验耐心的技艺与过程，我们可以慢下来，我们只能慢下来。那些绣娘正用耐心呼唤着一些东西的醒来，她们要呼唤一些生命的醒来，植物要醒来，植物要生长，竹子要开花，蝴蝶要醒来，蝴蝶要再次在清澈的泉水边翩翩飞舞，牛羊要再次出现在高山草甸。我还看到了一个绣娘绣的是蝙蝠，许多的蝙蝠象积在一起。那些生命都太常见了，它们都是生活日常中我们常见的。一些生命正在孕育，你在那个空间停留的时间不是很长，需要时间，需要在那个空间里花更长的时间，你才看到了植物缓慢生长的初始，你才看到了某个生命慢慢睁开了眼睛，它们还没看清刺绣的人，它们还看不到惊叹不已的你。飞来了一些鸟,飞来了一些蝴蝶,天空中的云朵开始消散,天开始变得湛蓝,河流在山谷中缠绕,山变得陡峭,雪落在了山上。那是现成的刺绣。一些刺绣才开始。一些刺绣才完成一半。一些刺绣行将结束。针穿梭着,那幅刺绣将有多少针线,那是无法数清的繁复,完成让人诧异的针数,然后收针。出现在另外一个世界之中,在雪山下的那个村落里,那些刺绣的内容变得丰富起来,变得陌生起来,一些陌生的人出现,一些陌生的物出现,一些华丽繁复的元素组构在一起,一些画面不可思议。

你想拿出手机拍摄其中一幅刺绣,你看到了禁止拍摄的字样,陌生与唯一就发生在了雪山之下。雾气突然消失了,雪山猛然就出现在了你的面前,那种纯净感的突然出现,让人恍若梦中。有个作家面朝雪山开始阅读写作思考。你们刚刚谈论了关于封闭与狭窄的问题,你们还谈论了一个世界和一些人形成了某种看法和思维后,就很难被打破,很难再接纳一些不同的观看世界之道。这样的情形在云南这块土地上尤甚。在苍山中同样也如此。你离雪山越来越近。你至少要比那个作家要近。你看到了不同于以往常见的刺绣。那同样是不同的对于世界的认识。在那个村落里,有着好几家刺绣的，它们之间的一些东西很相似，我们看到了绣娘在使用图案表达寓意时的相近。在传统中进行着变革性的组构，无论是在雪山脚下，还是在另外那个小城中，都显得很难。绣娘们所要进行着的并不是变革，他们进行着的只是在延续传统，并些微地在画面中进行了一点点改变（至少有一幅刺绣将被放入博物馆）。

那是极具女性化的世界，刺绣的人都是女性，你一直以为现实就是如此。直到在苍山中的某个村落里，遇到了一个男性，那时只有他的作品才是女性化的，似乎女性化的东西更具有强烈的美感。一些人会反驳你。在那个空间里，没有人会反驳你，面对着你的浅薄，她们依然沉默，只是面露羞涩的笑容，没有人反驳你，而是继续沉浸于穿针引线之中，一分心可能就会出错。你还不能进入那个空间。需要得到她们的首肯。不然你就成了粗暴的个体。你可以进入那个空间了。她们内心深处可能依然在排斥。只是她们并没有表现出来。你只对她们绣出来的东西感兴趣。难道你就不对那些绣娘的命运感兴趣。你是对她们的命运同样很感兴趣。当你去关注着她们的命运之后，她们开始很像一些在你脑海中已经成为标尺的人，眼前的这些人中没有老人，年龄也能暗示着关于年轻的东西,年轻的人,年轻的群体,以及年轻的艺术。那些老人在深山中。一些老人从深山中走出来,你就跟在她们后面,老人们往往步履蹒跚。

　　你想跟她们谈谈那些绣品。那些已经绣出来,那些将要绣出来,那些可能会绣出来,那些可能绣不出来的作品。她们就在那个空间里,一个对于想象力有着天然消除感的空间里。她们绣出来的东西,在你的想象中,呆滞,笨拙,真实的情形,并不如你所想。她们绣出来了一个想象中的世界,一个只能在想象中才会存在的世界。我努力描述其中一个世界,一个火的世界,火燃烧着,成为人,成了树叶,成了星辰,这些都是燃烧着的色彩,能感觉到燃烧的火焰对于人的灼烧,一个变形的人,变形的树叶,变形的星辰与河流。当这些东西已经以变形的方式出现时,我们无法肯定那些就是人,就是星辰与河流,就是在空中飘荡着的树叶,它们都只能是一种可能。她们绣出来的是一个可能的世界。还有一些人绣的是惟妙惟肖的真实。当她们停下来,当她们离开,只剩下一些工具,简单的工具:针线,还未剪的纸。其实还有好些工具。好像已经没有其他工具了。光线太暗了。已经关掉了电灯。已经是光线无法穿门而入或过窗而入的时间。

光线在窗牖上停了一会儿便离开了。她们是需要光线，光线的明亮与否，将对她们的眼睛产生强烈影响。岳母的眼睛里出现了一些荫翳，那是长时间刺绣带来的损伤。她感觉到了眼睛的疲乏，她将最后绣一双布鞋，绣给她的孙女。岳母说了好几次这真是最后一双了。岳母给她孙女绣了八双，小小的布鞋，上面有着各种精美的图案，色彩有红有绿有黄，它们就那样组构在一起，形成一个新的世界。女儿把那些布鞋一排地摆放在一起，她说要珍藏起来。

在博物馆里，看到了一些关于刺绣的展出，还看到了一些刺绣被放入橱窗中。那些被放入橱窗的刺绣，意味着将在博物馆里获取了永恒的意义。我意识到，"永恒"这样的词语，即使在博物馆里，同样也将是慎用的。创作了那些刺绣的人，不在场，只有他们的名字和简介存在，在那个博物馆里是这个样子，这也是对一个绣娘的淡化，作品的意义将被无限放大，人的影子将被无限淡化。如果那些绣娘中的谁出现在了那里，看到了自己突显的作品与被缩小的自己时，会做何想？他们将至少是有名的，还有很多出现在那个博物馆中的东西背后的人是无名的，创作者消失于无形。创作者，那些工匠与艺人，要适应最终的无名，纯粹的艺术需要的便是众多艺人的无名。那是纯粹美学意义上的审视,这是其中一种维度的审视。还有一种维度的审视,是对于人的命运的审视,博物馆似乎没有这样的作用。岳母绣的那些布鞋,将不会出现在博物馆,它们将暂时被女儿保存着,它们看着都像是崭新的,它们的意义随着女儿脚的变大而指向了他处。

黑色笔记本

在苍山中遇见了一个老人,非常平凡非常普通。人们说那是一个祭师。苍山中的祭师出现。不是最后的祭师。如果把范围不断缩小,缩小到苍山中的某个村落,我们遇到的祭师可能真是最后的祭师。有时,我们真在一些村落里看不到祭师的影子。那是属于祭师群体的命运。他们的命运与苍山中的一些手工艺人一样,很尴尬,他们在现实生活的冲击面前,被冲击得有些凋零。

我问祭师是出去放牧吗?其实不用问,他眼前的牛羊已经说明了一切。在西坡的那个草甸上,我看到了一些老人,他们像极了我熟悉的祭师。他们纷纷摇头。他们的村落里已经没有祭师。他们刚在上个月为那个村落唯一的祭师举行了葬礼。葬礼多少有些落寞,没有那么多的人,本来留在村落的人就不多。更多还是老弱妇孺。没有年轻的抬棺人,是那些老人气喘吁吁地把祭师抬到了苍山深处。那样的葬礼,似乎只有在梦幻中才会发现,而此刻真实发生了,一群老人抬着棺材,不能肯定的是棺材之内的人的身份。看到一群老人步履蹒跚地抬着很重的棺材,让人内心生出些沉重的悲凉来。苍山中,祭师的存在依然重要,祭师的主要作用是帮一个村落认识与自然与世界的联系。

我出现在了另外一个白族村落,看到了一个祭师正在那个庙宇里为一个村落举行祭祀活动。一个村落的人,都出现在了庙宇中。祭师要帮每一户人家看看鸡头鸡尾。人们静静地等着,一家一家地进行着,祭师用他那油腻的手剥着鸡头鸡尾,看完一家,用蒿草擦擦手,手依然油腻,蒿草是干净的,蒿草就是他从背后随手拿的。我看到了他背后长得繁茂的蒿草。我想到了我的出生地,我们已经没有祭师,每次全村人举行的祭祀活动,我们都是去别的村子请。我们的祭祀活动与眼前的祭祀活动之间,惊人相似。如果我不是有意确定了一下,我还真有回到了出生地的错觉。

那个遥远的出生地,那个让你只是想想就会心绪复杂的出生地。回到了出生地,祭师看了看我家的鸡头鸡尾,再看了看我,眼神意味深长。我顿时感到羞赧。祭师的目光穿透了我那混浊的目光,看到了我正与内心的一些欲望搏斗,他一定也看到了我忙碌却平庸的生活日常。我在蒿草的清香中低下了头。那一刻,我似乎懂得了祭师为何要用释放着清香,代表着洁净的蒿草不停地擦手。蒿草旁边还有其他杂草,祭师只需要蒿草,我们也需要蒿草的茎秆,它们成了我们的筷子,与祭师需要蒿叶不同,我们在那个旷野里席地而坐吃着鸡肉。繁盛的蒿草,祭祀的人群,一个祭师,地上狼藉的鸡骨头。

二十一

他在苍山下生活了好几年。现在依然在苍山下的这座城里生活着。当看到了苍山上落满较之往常更多的雪时,他去往苍山,他已经无数次进入苍山。他不断感叹着城变得越来越大的同时,也在感叹着自我正在不断变小。多少人与他一样,有着这样强烈的感觉。他说,我们被生活裹挟的同时,早已忽略了很多东西,我们忽略了内心对于这个世界的感觉。世界在这里变得很小,它又变得很大,我们渐渐感觉到自己成了一种冷漠的人,至少是我们的一些感觉在慢慢淡化,我们对于世界的一些认识正变得浅薄,或者我们就不曾从浅薄中脱身过。他进入苍山,重点是重新寻找那些失去已久的感觉。

苍山

在一些时间里,我会从这座城穿过一些镇抵达一些村,然后进入苍山。苍山于我们而言,它意味着什么?或者暂时不去关心于我们,而只是去关心于我即可。那它于我,又有什么样的意义。我说不清楚,我不曾认真思考过。此刻,我似乎终于有了时间可以认真去思考这个问题了。感觉自己思考的能力早已消失,自己依然弄不明白这座山于我的意义。

有时,我在苍山脚下,会无端思考自己拥有着的是什么?思考自己还剩下些什么与还拥有着什么,似乎是不一样的。当我陷入无端思考的时间里,从沾染着尘埃的窗子,并没有让苍山的那种纯净减弱几分,反而是那些未化的积雪,以及海拔降低一些之后山峦上茂密的森林,让苍山显得越发纯净,似乎苍山在擦拭着窗子上的尘埃,同时苍山也在努力擦拭着我内心只有自己才意识到的那些沉重而脏污的尘埃。苍山之上,当爬上去时,才发现那些积雪之上,尘埃无法落定,那不是尘埃所应该出现和所能抵达的位置。我所能看到的只是连绵光秃的山脉。苍山顶只剩下岩石。又果真如此吗?我又分明见到过在风中瑟瑟抖着的草,与密集地聚在一起的箭竹不同。苍山于我,早已不只是一座山,除了山。每天只需要抬头就能见到苍山,但是有太多时间里,我与在这座城市,或者苍山下的很多村落里的人一样,因为忙碌,因为依然无处不在的无法暂时消除的生的沉重、忧伤甚而是沮丧而忘记了它的存在。

我们多少次谈起苍山?我们将还要多少次谈起苍山?一种言说的方式,属于语言的苍山,属于每个人语境之下的苍山,我喜欢这样的谈论。那我们就谈谈苍山上的那些与天相接的云雾吧,那我们就谈谈苍山上因为海拔的高,因为雪的侵蚀而裸露在外的岩体,那我们就谈谈那些雪,那些从陡峭的山谷中往下落的雪吧,那就听我说说苍山十八溪的流淌吧,那些年轻的溪流,那些年轻的喧响,那我们就来谈谈苍山上的那些庙宇吧,那我们就谈谈苍山这个庞大体系中的神灵系统吧。我们在一个相对封闭的房间里,真就谈起了苍山,我们先是谈到了洱海,洱海的美,洱海的变化,在那本人类学著作《五华楼》中多年前的大理,然后开始谈到了苍山,谈到了苍山可以是我们一直生活在下面的这座山,同时它也可以是一切的山。那我们就谈谈苍山吧。这真是想想都会让人激动的谈论。你想象一下,就在你内心正遭受着一些莫名的侵蚀而略微不适时,突然有人跟你说:让我们谈谈苍山吧。真就发生这样的情形了。虽然我们一直就生活在苍山之下,我们早已把苍山忘却,忘记苍山同样是我们生活和精神很重要的一部分,甚而是精神的一种向度与去处(许多人真是如此,他们真是把苍山作为一个精神的向度)。是在什么样的情形下,我已经忘记了,我依然能印象深刻地记得:让我们谈谈苍山吧(一种似乎从遥远的世界里发出的声息,似乎是从一种幽渺的世界里的发声,那真是太绝妙了,绝妙得你深信这样的讲述方式将会至少能解决你内心深处的一些东西,一些存在的问题,一些困惑,太久的压抑与沉溺和悲伤)。就在我们都把苍山搁置在精神世界之外时,你猛然间听到了这样的声音,类似一种呼唤,类似一种打开(真是一种打开)。

我们多少次在不同的世界里以不同的方式,谈起苍山。苍山的意义已经变得纷繁复杂,苍山已经不再是那个确定了的山,不再是那个被时间与众人命名的山。提到命名,"苍山"这样的命名符合了我对于山的一切想象。那时,诗人和我就在一座城市中,四周只有喧闹庞杂的城市日常,与山没有任何联系,或者眼前的诗人一直是以山的姿态活着(在一个热带丛林中,那是夜间,你虽然看不到森林,但能够感觉到森林的气息、山的气息。你们五个人,在那里喝酒,谈论着一些山,他给你签了几个字:面山无语。"面山无语",有着太多的意义在里面。当回到你生活的那座城时,你背后就是苍山,就是你希望黑压压的乌鸦朝它飞去的苍山,最终那些乌鸦黑压压地朝苍山飞去,那时的苍山上堆满了雪,阳光洒落在雪上,乌鸦的影子落在雪迹上。如果你再盯着那样的画面一会儿,如果它们就那样一直定格,你必将会泪目。那时,你就是那些乌鸦之一。你说不清楚,自己是否与乌鸦之间有了一些隐秘的联系。乌鸦,一定不是你在乡间所在印象中镌刻的形象。回到下关城,你一直所要面对的就是苍山),他的内心里生活着一座山,生活着不止一座山,他心中的山是天上的攸乐,他心中的山是乌蒙山,他心中的山还是布朗山、南糯山,当他在那里提到苍山时,我才意识到诗人心中一直还住着一座苍山。我已经在苍山下的小城里生活了很长时间,苍山之下的世界再次对我进行了塑形,更多是自己所不希望的塑形,我与很多人一样,我们所感受到更多的是来自生活的裹挟。在生活的裹挟中,尴尬的是自己在群体中的那种局促不安,并没有随着在与生活的妥协与对抗而减弱几分。

有那么几次,我女儿朝山的方向指着,那时月光和星星正要从山顶坠落,落往苍山的西坡。我跟女儿说,你看到了什么,她说看到了月亮和星星。我在想该如何跟她说说星星,我想跟她说星星都是一些洒落的精神碎片(年幼的她又怎么能听得懂),我还想跟她说那些星星都是人们滴落的泪水(她依然怎么能听得懂)。不知道从什么时候开始,我开始思考苍山至少于我的意义。那时,"苍山"这个命名,只属于我,那是一个无比独立的山脉,由山,我又会情不自禁想到关于独立思想之类的表达。我再次出现在亲戚家,一个更多是研究文化的人,他靠写作成名,写下了一些异质感很强的小说,当很多人都在期待他能写出更多让人诧异的小说时,他突然停止了写作,开始了更多建立在翔实的田野调查之上的文化研究。我们多次谈起文学与文化,而于他,文化对他而言更重要。他对苍山的那种熟悉程度,让我因羡慕而惊讶,他既走入了历史的深处,又同样不断感受着当下的时间。他在苍山半山腰的大学里教书,他与我老师一样,他们都住在苍山的半山腰,他们都可以推窗即山,他们完成了多少人与一座山之间的那种契合,一颗又一颗的灵魂在靠近山,一颗又一颗的灵魂的内核是山水。我们踏着夜色,或者是踏着清澈的枯叶,出现在那个半山腰,与他们进行着无数次有关苍山的对话,那时离世俗气息很远,我们在那个半山腰可以谈论着关于写作的种种,我们甚至不断把内心深处关于理想的想法表达出来。苍山,成了一种理想性的存在。

黑色笔记本

老人早已看不清事物,世界一片模糊,她经常一本正经地跟别人说起,她看到了许多活着的死人,她还看到了无数成神成精成鬼的植物与动物,她甚至在某一天夜间,对着家人说,自己其实是一只成人的动物,别的那些物都或是成神或是成精或是成鬼,而她偏偏就成了人。当祭师来到那个院子中的时候,老人正模仿着某种动物全身趴在地上,舌头不停地伸出来,舔舐着地上的灰尘,以及地上的污水。祭师没有任何办法。老人的家人,也没有任何办法。神经病,许多人如是说。她的家人,让她搬到了一间屋子里独自住着,她同样是双手双脚着地爬到了那间屋子里,嘴巴还不停地动着,模仿着某种动物的叫声。

某一天,天刚蒙蒙亮,那位老人从沉迷状态中清醒过来,她推开了木门,伸了伸懒腰,脚步变得轻盈,不再是原来老态龙钟的样子,见着人便说出了那个秘密,她见到了在地之下的那个富矿。人们感到很震惊。在地之下,有神灵鬼魂,不曾听到过有富矿。人们,半信半疑,最终还是拿着镢头掘开了老人所指的地方,掘开了将近一米多,清泉直冒,人们纷纷用双手舀起了那些水,并用舌头舔舐着,甘甜,水原来也是有味道的,也可以是柔软的。人们继续往下挖掘,挖三米,便见到了那个富矿,那是实实在在的白银。人们,开始日夜不停地往下挖,往周围挖,似乎多得用不完的白银,不断被挖出。挖到深处,还挖出一番洞天,人们终于发现他们挖到了那个清泉的源头,泉水的两边,有着各种古木,那时桃花盛开,世界变得华丽妖娆。那个老人,自从喝了那条清泉的水后,似乎没有什么反应。只有她自己知道,她看到的东西更多了,她看到了那个被人们深挖的洞,就要塌了。

这回,她并没有明说。她背着个竹篮,挑着水在那个村落里绕着,一些人开始奔走相告,洞里的人们,有些人出于好奇,从洞中出来,也有一些人,不想看,毕竟眼前的银的亮度足以把自己的欲望刺穿。当老人,以缓慢的脚步走完那个村落,那个洞也随之轰然倒塌。老人,背着水,竹篮并不漏水，在人们的啧啧称赞声中，离开了苍山下的那个村落，没有人追她，只剩一群沉浸在某种状态中的人。当我来到那个地方，在与一些人交谈时，一些人觉得，那个老人，很真实，她还有后代呢。也有一些小娃娃，这样认为：一个绝对不真实的人，竹篮怎么能够担水而不漏。传说中，在苍山下，还出现了一个老人，背着巨石，让想侵占此地的军队惊惧不已，从而阻止了一场战争。苍山中，传说，真实与不真实，真实的内心欲望。

二十二

  他出现在了那里，那是苍山下的一个古镇。他穿过喧闹的人群。有一会儿他甚至在那个古镇中迷失了方向。与在苍山上迷路所带来的焦虑不同，他知道只要借助苍山就可以重新找到路。苍山成了他的坐标。只有苍山才能让他找到自己所处的位置感。他找到了苍山。

  苍山上有雪，雪不是很刺目，一些雪落入河谷，更多的雪堆积在山坡上。我们不再把注意力放在苍山上。我们出现在了苍山下的喜洲古镇。古镇之内，一些白族古建筑，泥塑、木雕、彩画在建筑上组构，色彩绚丽庞杂，让人很容易沉溺其中。我们进入其中一个古建筑，里面是一个展馆，展出的是曾经华中大学（后更名为华中师范大学）因战乱从武汉西迁到喜洲的相关历史，一些橱窗中摆放着的都是与之相关的书、黑白照片与标本。

我看到了一些标本，蝙蝠、鹅、兔、老鼠、蛇，还有其他。他们出现在苍山中，寻找着蝙蝠、老鼠、蛇，以及其他生命，要强忍着一些不适把它们捕获，然后制作成标本，其中一些生命冰冷怪异，让人汗毛倒竖，即便已经成为标本，感觉依然强烈。我感兴趣的不只是标本，还有标本背后的那些知识分子与学生。在展馆中，与他们相关的都只是梗概式的信息，简单的个人简介，一些手写的密密麻麻的纸张，一些在苍山下焚膏继晷写的书籍。我们谈论他们的治学精神与家国情怀，还谈论他们的坚韧与乐观。那是充斥着离乱的年代，大的空间被剥夺，从武汉到大理喜洲，他们来到了这个从未想到过，或者最多只是偶尔听说的小镇上。强烈的对比与落差。他们真正体会到了人生的颠沛流离，人生被战争与未知牵扯和改变。在苍山下，他们既要借助知识，还要借助其他，才能真正从那种困境中挣脱出来。他们的生活一度非常态化，苍山下的自然、历史、现实与人，让他们的生活再次回归正常。不同的山川与地理把世界切割成了不同的部分，伴随而来的是对世界相对独立和固定的认识。在近八年之久的时间里,他们不断感受和发现苍山,写出了关于苍山下的村落、山水、历史与文化的田野调查报告与论著,里面有着进入陌生世界的难度与狂喜。一个完全陌生的世界,一切都是新奇的,它们会对早已形成的如墙体般坚硬的外壳造成强烈冲击,外壳破碎了,开始接纳一些新的东西。他们中的一些人出现在了苍山中,黑色照片中,有一片笔直的古木,能一眼认出那是白桦。白桦树的叶子已经落尽,那是苍山的冬日。他们进入苍山中,他们背依着白桦,一些人低头凝视,一些人抬头沿着笔直的白桦望向湛蓝的天空,面露灿烂的微笑。黑色照片中,灿烂的笑容没有褪色,反而突显出来。到现在,我们依然要借助那些田野报告和著作来完成对苍山某些方面的认识。我们知道,他们对于这个世界的意义不止于此。

有个朋友,在展馆旁的庙宇里住过一段时间。他任教的小学在庙宇旁,住宿在庙宇中。他说自己在那个庙宇中住的时候,只有不多的几个教师也住在那里。就在那里,与友人谈起了那些知识分子。他们之间有着相似之处,他们都在那个空间里住过,都要在那里面对着无尽的孤寂感。他说,那些曾经的知识分子不断激励自己。他在那里教书的日子里,因为曾经的知识分子,让他看到并捕捉到了幽暗中的光束。如果没有那些知识分子,他完全有可能会堕入暗处,成为一个庸碌之辈。他在庙宇中幽暗的烛火下练着书法,蜡烛的光很难把偌大的空间照亮。他的内心与那些知识分子贴得很近,想象着那些异乡人在这个空间里的孜孜以求,他怎么能懈怠,他写着,蜡烛燃尽,已是夜深。不同的时代,不同的人,身处同一个空间,过去的人与当下的人之间完成了精神上的交汇。

我们在那个建筑里的时候,苍山暂时隐去,或者在那些照片中,苍山无处不在,甚至还能看到一条溪流,我能肯定那就是阳溪。从展馆中走出来,心绪复杂,抬头,又是苍山,又是苍山上还未融化的雪。我再次确定了一下,苍山上是雪的白,明亮的色调,而展馆里是发黄幽暗的记忆色调。

黑色笔记本

那个空间里有着各种各样的眼睛。各种各样的目光。看得见的目光。也有可能不是目光,不是眼睛。只是在面对着那个空间里那些形态各异的图案时,总会觉得里面有着很多的眼睛。

目光，那是苍山中一些祭师的目光，他们可以在夜间看到那些穿行在路上的鬼魂，他们还能通过卜卦和祭祀仪式，就能看到那些突然从苍山中消失的牛羊马，还能看到那些被苍山藏起的人。一些人进入苍山后，就无法找到回家的路，他们在苍山中迷失了很长的时间，突然某一天，又再次从苍山中走出来，时日已经发生了太多的变化，他们却没有感觉到时间的快速变化，他们活在了一个静止的时间维度之中。祭师说，那些走失的人，会暂时变成动物变成植物，他们内心深处的植物和动物暂时改变了肉身的样子。我们可能早已在苍山中与他们相遇，他们却已经幻化为繁盛的植物，幻化为曼妙的动物，让我们无法认出他们。植物和动物再次回到他们的内心，他们又寻找到了走出苍山密林的路。祭师看到了他们中的一些人，祭师同样也无法看到其他的一些人。被祭师看到的人，被祭师找到。没能被祭师看到的人，只能继续等着祭师通过祭祀仪式慢慢发现他们。一些人会被找到，一些人永远无法被找到。

目光，那是其中一个艺术家画下的目光，其中一些目光可能有着强烈的自传色彩，那是艺术家的目光，一些目光睁得很大，似乎是因为恐惧，一些目光低垂无力，似乎是因为疲惫，还有一些目光，只是与时间有关，是一些年老的目光，里面很少有着那种清澈有力的目光，混浊无力的目光居多。其中一些目光就像是在审视着这个世界，审视着目光所及的物与生命。一开始，我总以为这些目光属于动物，动物与人一样，同样会有着一些迷离不解和恐惧疲乏的目光，这些目光同样想穿透那些重重的迷雾与黑暗。当目光属于其中一个画家（就是那个画下那些目光的画家，这样的解释很合理。他在那些目光前面还画着其他的物与生命，一只怪异却蜷缩着的黑色的大鸟，那是一只已经不想展翅飞翔的大鸟，一种逆来顺受的意味浓烈，还有着绚丽的花园，花园里有个女孩，目光炯炯有神，这是唯一有神的目光。而在这之前，它一直没被发现，这样一双目光的存在，让沉闷怪异的空间被引向另外的维度，这是更有艺术感的目光。这是艺术家更想拥有的目光，这是我能肯定的。无论是那只现实中不可能存在的大鸟以及它蜷缩在羽翼中的目光，还是其他被从肉身上切割下来的目光，都是艺术家不想拥有的，只是现实世界中，艺术家一定看到了太多这样的目光。女孩的眼睛是例外，是可以被解读为在抗拒着其他那些目光的亵渎的眼睛），我也找寻着属于自己的目光，找到了，又似乎没找到，我的目光属于那些最没有个性的部分，我的目光无神。

　　那些目光里，我还看到了一些凝视的目光，凝视世界的目光，像极了那些我们所希望的哲学家与思想者所拥有的目光，那是审视现实与人生的目光，一些悲观的目光，一些虽悲观又很自信的目光。里面将有着多少种动物的目光，那些目光正慢慢穿透夜的黑暗，朝我望着，那些目光被挂在一棵树上，在那些枝杈上挂着，一些能上树的动物的目光，一些能飞上树的鸟类的目光。当灯一关，一些眼睛开始闭上，开始沉睡，而另外一些目光开始在夜间醒来，那些在白天的光亮中，在灯光的照射下出现的那些眼睛，在黑夜与黑暗中，依然睁开的还不多。其中也有一些目光一直睁开，那是我见到的其中一双眼睛，他说不清因由，只是觉得很疲惫，但是精神很活跃，无论是白天还是夜晚，他都很难睡着，他患上了失眠症，如果继续这样的话，他说敢保证自己一定会抑郁、焦虑和不安。在当下的现实里，当我们在充满疾病与苦痛的世界里，看着一些人患上了爱无力，患上了肌无力等等之时，我们很容易就会因彷徨而痛苦，因痛苦而失眠。

我与那个人说起了彷徨感。他说其实在工作与生活中，自己一直很充实。他有一个女儿，有一个妻子，家庭和睦。作为外地人，他的故乡在广西一个偏远的小村子里，那里有着一些低矮的石头山，那些山里有着一些悬棺，山下是蜿蜒流淌的河流，有竹筏，他的童年就是在这样一个如诗如画的世界里度过。童年与故乡开始折磨着他，开始过早地折磨着他，当我跟他说起他的童年和故乡时，他说好像自己的一些梦里，开始出现童年与故乡，他再次成了男孩，故乡再次成为年轻的故乡。现在他们一家人很少回家，一年回不了两趟。当童年与故乡，还有一直在故乡的父母（当他说起了自己的父母后，我开始觉得他失眠症的源头应该是自己的父母，工作之余，他并没有一直是充实的，他依然要在焦虑与不安中度过一些时间）。需要走很长的路，那是在梦中依然很长，砾石遍地，杂草丛生的路，在梦中，他依然感觉走得很疲乏，而老人的行走将更加缓慢，像虫子一般蠕动。那些衰老的身体，在慢慢缩小，皮囊的感觉也越发凸显，皮囊包裹着肉身，肉身似乎已经所剩无几，皮囊似乎可以装下好几个人，有时他也发现了好几个人生活在了同一个皮囊中,他发现了几个父亲,他发现了几个母亲,他同时也发现了几个自己。他们曾多次来过这里,他们在这里无法长时间生活,慢慢就会适应了,这也只是相互安慰而已。生命的饱满感,似乎只有回到那个自然的世界里,才会被那些黑色的土壤,被那些绿色的河流,被那些堆积成山的岩石慢慢填充满。他突然多次说起了这些事物。他突然说起了无法理解生与死。父母多次给他打电话,电话中说起了那个村落里很多人的死,父母貌似平静地说起那些人,里面又有着微妙的心绪波动。

二十三

在苍山中，他总会与火塘相遇。他经常与一些人在一起，出现在火塘边。火塘会让他们的对话持续得很晚。冰冷的风与雪不断落到他们身上，他们推开了木门，火塘已经炽热，火塘边还坐着一些与他们一样为了躲避风雪的人，火塘的热度慢慢温暖了个体，他感受到了火塘的温度，个体的温暖在相互感染着，他们周身开始弥漫着一些热气，他们开始了那些可以持续到半夜的对话。

我们围坐在火塘边。火塘燃烧着，我们有一搭没一搭地聊着关于这个村落的过去，还聊到一个曾经在半山腰的水塘里养鱼的老人，老人已逝，水塘已经干涸。在雨季，水塘里又会积着一些水，又会有水流从半山腰的地下涌出来，你还可能看到一条水蛇,水蛇隐入水草的深处,你会看到一些小蝌蚪,它们在水里游着。蝌蚪是一种让你感到吃惊的生命,当你出现在那个四千多米的高山上,在那里的一个水塘里,同样游着很多的蝌蚪。你俯下身子想找寻其他生命,水流清澈,只有密密麻麻的蝌蚪。

　　我还要继续在那里睡一夜,当火塘熄灭之后,我就只是为了满天的繁星。在那个简陋的床上可以看到天上的星星,如果星星的光芒被从马龙峰上探出的月光遮蔽,我将看到的是被月光的清辉照得棱角毕现的山峰,这是曾发生的,一只大鸟从山峰上跃过朝月亮飞去,这是想象的。栎木柴耐烧,我拨弄了一下火塘,火塘再次燃烧,烧得很红。我把目光从火塘上移开,目光伸向了夜空,先是月亮,月亮还未圆,月亮的清辉落在了那些刚收不久的玉米上,玉米被摘了回来。玉米秆还要在庄稼地里待一段时间,只是玉米被摘掉之后,它们早已停止了生长,要等到霜落在上面,等到玉米的叶子黄掉,人们才会把玉米秆砍掉,把它们运回,放入谷仓中,用来喂给牛马。当把目光从玉米地收回,火塘又需要拨弄一下了,只是随着人影渐少,我便不再拨弄了。火燃烧着。火塘慢慢熄灭。火塘在梦中慢慢熄灭,围拢着火塘的空间,也在火塘慢慢冷却后变得冰冷。

那是在苍山中的另外一个角落中。一些少数民族,他们冒着严寒,冒着冷风,冒着雨雪来到了火塘边。其中一个人把厚厚的毡帽拿了下来,抖了抖上面的雪,雪还未被抖落,因为火塘的原因,瞬间就融化了,还有一条狗也进入了那个空间,它找了个位置,蜷缩在地,慢慢睡着了。在这之前,那个空间里只是我一个人,我给火塘加了一些栎木,我早已知道会有一些人出现,我也渴望能在那里遇到一些人,我们可以谈谈什么来消解困扰我们的孤独。在一些时间里,我要进入简陋的房子背后的栎木林里,去拾取一些柴火,不只是寒冷的冬季需要柴火,还有雨季,还有浓黑的暗夜都需要它们。栎木林中,有一些熊,它们喜欢吃栎木果。它们还会伤人,它们还会去捕杀羊。面对着它们这样,我没有任何办法。那些冒着雨雪进来的人,面对着那些熊同样没有办法。我们还不曾真正碰到过熊。我们都意识到如果碰到熊,只能大声呼喊,给熊制造栎木林中有很多人的错觉。

那是我离开那片森林后,我已经不再是牧人。有个人跟我说起了熊,他开着车要翻山,那是黑夜,有一群牛,它们躺在路边,里面夹杂着一头熊,它们相安无事地一同出现在了那里。那是我不敢想象的情形。他同样说不是自己亲眼所见的话,同样不会相信。我看到了其中一个人把背上的猎枪拿了下来,另外一个人也拿了下来,第三个人也拿了下来。当禁捕令下来后,他们背上的猎枪也被收走了。在这之前,他们要做的第一件事是把猎枪拿下来,擦干,挂于墙上,然后才是把帽子拿下来,然后围着火塘,伸出手烤火,然后开始闲聊着什么。我们闲聊着的是别的那些牧人,闲聊着的是那些羊群马群牛群,还闲聊着有条狗已经连续多个夜晚叫着,叫着叫着就哭了起来,接着我们就听到了某个人死亡的消息。我们希望那是一条猎狗,而不是一条能预知生死的狗。当它无法真正成为一条猎狗之后,它的身份依然特殊,它成了一条在暗夜中行走在生死边界的狗。它看到了一些生命的消亡,当知道猎狗已经是一条老狗,已经是一条连吃饭都成问题的老狗时,我似乎又能理解它为何会在面对着生命的消亡时,发出那种让人毛骨悚然的悲戚了。一些人在相对遥远的金沙江上渡河时,船沉了下去,五个妇女落水而亡,才发生;十一个人要蹚水过河,被水冲走了九个,留下两个常年被孤独与悔恨纠缠的老人,已经发生了很多年;有个人去往省城打工时,留下遗书自杀了,才发生;其中一个牧人,还不曾去过大一些的城市,他的羊群增加了一些小羊,发生在几个月前。火塘继续燃烧着。我们更喜欢听到后一个那样的好消息,这是不会让人有任何压迫感,反而会让人有一些窃喜意味的消息,别的人说起了自己的牛,生了三头小牛,另外一个说自己的马,也增加了几匹马。

我们在火塘的明亮中,从漫长的黑暗时刻中走了出来,我们所进入的是那些温暖明亮的生活日常,是火塘照亮了我们的内心,也是火塘在提醒我们不要往暗黑处继续往下堕入了。他们要离开,曾经他们应该是拿起猎枪背起,带上帽子,与我告别,嘴里哈出热腾腾的气息,到门口把厚厚的羊毛毡穿上。他们要离开,戴上帽子,然后到门口穿上羊毛毡。我们似乎都不是一群痛苦郁集于心的人。我们感叹着命运的未知,命运的残酷,我们也感慨着现实,他人的现实,自己的现实。

火塘在苍山中,似乎不仅仅供人取暖,它还有着其他的作用。火塘很重要。栎木需要不断加着,火塘才会一直温暖着火塘边的人。我们对于火塘有着无法割舍的情感,火塘早已存在于我们的生活日常,似乎一直是燃烧着,即使在夜间都没有熄灭(有一些火塘确实不曾熄灭过,用火钳拨弄一下,火星明灭,加一些柴火又可以燃烧起来)。一些东西,也像极了火塘,我们希望有些东西也能像火塘,火塘变得不再是火塘,而是有了精神分析的意味。有时,当人们离开了那个空间,只剩下火塘和我时,我与火塘的那种隐秘关系变得更加微妙,我甚至与火塘融成了一体。我是火塘,有时真会有这样的感觉。加斯东·巴什拉。他又出现了。他又出现在了苍山中。火的精神分析。对客体(火)的假设与设想,混杂了个人诗意的感知与科学的经验与一些文学的经验。火不再只是科学的对象物。对火的精神分析过程中,有着对于心理演变的抵抗。"火与敬重。火与遐想。理想化的火。"火炉旁的遐想,思想的停止与继续深化。火的精神分析,内在的光。隐喻的隐喻。象征的象征。当我离开那个真实的火塘,离开那个真实的空间后,在好些空间里,火塘还是会出现。火塘也开始成为隐喻与象征的部分。火塘里放入了一些土豆。我成了吃土豆的人。我们成了吃土豆的人。我们的形象鲜明,手指的关节突显,因为火塘燃烧得很旺的原因,那个空间很明亮,一切都变得分明清晰,当火光突然暗下来后,一切又变得暗下来,目光也暗下来,手指上也涂抹上了厚厚的暗黑,面部也暗下来。我突然也意识到了火塘已不再像过去那样一直燃烧着。现在我们都是去苍山捡拾一些枯柴或掉落的松果回来,早已不能像过去那样随意砍伐树木了。

黑色笔记本

苍山下,一个叫洛阳的村落。只有很少的人知道它叫洛阳,也意味着只有很少的人还知道它具体的位置。还有多少人记得一些村落原来的命名。苍山下有着太多的村落,我们只知道它现在的名字。当世界的命名发生变化之后,一些东西也随之淡化,随之消失。

这个叫洛阳的村落,它可能已经成为那些普通村落中的一个,它成了任何一个村落。我花了很长时间,在苍山下到处寻找着这个村落,寻而无果。我只能安慰自己,村落应该还在,只是在村名不断改变之后,那个村落真正的所在已经成谜。有着太多的村落,在不断更改村名之后,渐渐成了另外的村落,那不仅仅只是简单命名的变化。

那个年轻的文化学者,无意中看到了关于这个村落的文字记载。文字记载着这个村落里面,曾经有着一些以为逝去的人火化装罐引路作为职业的人,很多,全村皆是,文字中并没有记录着具体的位置。她在苍山下不停行走着，她同样是为了这个村落，她同样寻而无果。我想找到那个村子，并不是为了一个逝去的人，我是想知道那个村落里还有没有那样的人。我对这样一个群体的命运很好奇。

那是无意间听说了这个村落还在，也听说了这个村落里还有以这样的职业为生之人。那是在苍山中无意听见的，那个情形充满了神奇和不可信的意味。为何他们没有告诉我们那个村落的具体位置。除了我和那个文化学者，还有人在到处寻找着这个村落。他逢人便问，那是一个病恹恹的人，他觉得自己在世上的日子已经不多，他就想让还剩下的寥寥几人，在他离世之后，为他火化装罐并埋葬于苍山下。他可能会被放置在已经有好几层装着逝去的人的骨灰罐旁，在相似的骨灰罐面前，时间的界限被模糊。当那人在提到那么多的罐子时，我只能在想象中还原一个现场，众多的罐子累积在一起，一些露口的罐子在风中发出一些声音，罐子中的骨灰早已消散在苍山的草野中。那些埋葬骨灰罐子的人，只是随意堆放它们，就是为了让它们早晚真正成为草野的一部分。

真有这样一个人吗？我都忍不住怀疑自己。那个人就在我眼前,他还朝我走来,他开始问我了,你知道洛阳村怎么走吗,问得我寒毛直竖,容不得我不相信。有个老人及时出现在我们面前,老人朝苍山下的那个村落指了指,对于我来说,那个人只是指向了一个模糊的去处。老人说自己就是那个村落里的人,他太熟悉自己的村落了,他可以把村落的来龙去脉说得清清楚楚,他说他们村子里是还有着那样的人,他们还在秘密为一些人火化装罐然后安葬。那个一脸病容的人,跟着那个老人,进入了一条小路。老人朝我看了一眼,有询问的神色,在那样可疑的情境中,我夺路而逃。我说不清自己已经在苍山中多少次那样夺路而逃。我想从一种荒诞与不真实中,重新回到现实中,回到现实的那些温暖中。我不知道该怎么面对那个年轻的文化学者。我跟她说这些的话,她会相信我吗?我想跟她说,我看到了他们进入了标着"鹤阳"那个牌子的路。

二十四

他在苍山下的那些村落里行走时,有着众多庙宇的存在,每个村落都有自己的本主庙,他并不觉得惊奇。在苍山中行走,他无法避开那些庙宇。那些庙宇与苍山间与苍山中的那些村落间,有着很隐秘的联系。

苍山中至少有三百多种神灵。岩画中画下了其中几种。岩画所在的那个石崖,也被人们当成是神灵之一种,石崖下面有着祭祀活动的痕迹。他说到了具体的数字,在说出"384"这个数字后,他又开始不断矫正着数字的真实。他曾在多个地方提起了这个话题,我不知道还有多少人对这个话题感兴趣,至少我是其中之一。他在苍山中说到了这个数字。数字的出现,成了一种强调,似乎是在强调数字的一种落寞,现在,出现在苍山中,可能已经没有这样多的数字了。他说这只是自己不断统计之后得出的数字,真正的数字远不是如此,也有可能数字正在变少。一些神灵正在苍山中隐遁离开,这同样也是一种现实。

几百种神灵,已经是一个很庞大的神灵系统,同时也是很庞大很丰富的对世界认识的不一样,或者对世界认识的趋同。那是人们在苍山中生活时的一种状态,神灵世界与现实世界的相互交叠。每个人的心中,至少活着一个源于自然的神灵。真实的是神灵不只是自然中的生命,神灵的种类还可以是其他。在我不断进入苍山后,我同样与神灵的多种形态相遇,也在这样多种形态面前感到惊诧,感到一种近乎幻梦般的对于世界的认识。那是属于苍山的对于世界与自然的认识。与这么多神灵相遇,也是在与一些稀缺的精神的重新相遇。似乎我又开始陷于大词与虚夸的世界之内。真如自己在与一些人说起的那样,我只希望自己的某些方面能够得到重新塑造,那种对于思想卑琐的抗拒,那种对于清洁精神的渴求。

他提到了桤木中的柴虫,那也是神灵之一种。这时我们脑海里开始出现一条白色的虫子,在树木中空的部分慢慢爬动着,用赤与黑交杂的唇触摸着树木的内部,似乎舔舐一下,树木就会颤抖一下,然后不断往空里退。我们出现在了有着众多桤木树的村子,那是苍山中的村子。我们先是在苍山中的另外一个角落,看到了一棵桤木树,很粗壮,仅此一棵,那时我已经觉得那样一棵树的依然存在已经不可思议。桤木,大量的桤木,粗壮繁盛又奇形怪状的树。一些桤木树已经死亡,上面又长出了丰茂的其他寄生植物。我们听着自然的声音。好久没这样把自己放入自然了,鸟鸣、风的声音、树木的声音、很少的人声。那些古木中将有着多少的柴虫,那里将有着多少的神灵。我是第一次听说了柴虫同样也是神灵之一。他还提到了蝴蝶。他还提到了岩石(在提到岩石时,我们村落所信奉的神灵便是岩石,我们村子背后就是赤岩堆起来的山,进入我们的本土庙,看到的将是一个被简化为木牌的"赤岩天子"),心中如岩石一般,有些如岩石一般的精神,他还提到了古井,他还提到了其他。那时神灵幻化为一只柴虫在巨大的桤木中活着,被桤木滋养着,桤木下蓝色的阴影里出现了一只柴虫,它探出了头,然后又在我们的目睹下慢悠悠地把头缩回古木中。我在周城,看到了作为塑像的大黑天神,在这之前,大黑天神就在我们村的庙宇里,以一块木牌的形式存在着,他们是同一种神灵,只是存在的形式不一样。

在苍山中,神灵系统已经成为我们日常生活的一部分。在一些特殊的日子里,我们进入那些本主庙中,举行一些为了人的生存状态与精神指向、为了五谷的更好生长、为了牲畜健康等等的祭祀仪式。

离开那个有着许多桤木树的村子,也离开了某个正在举行的祭祀活动。我出现在苍山下的另外一个村寨里。我喜欢进入苍山中的那些村寨,拜访一些老人。这样的拜访很重要。有时我甚至会有一些偏见,那些老人心中存留着不一样、已经不可能在此刻能看到的苍山。在高黎贡山中生活的那几年,我有意去高黎贡山下的那些村落里拜访一些老人。我认识了老祖,我认识了老祖口中的丈夫,我还认识了那个民间的歌者。在苍山中,同样有着这样的老人。

当我出现在苍山下的周城时,出现了让我印象深刻的一群老人。一些安静地做着扎染的老人,她们穿着的服饰上铺满如蓝天般的靛青色,靛青色的围腰、头巾、衣服,她们低头凝视并不断穿针引线。她们在缝制一些图案,她们似乎终其一生都在努力完成对于那种蓝色中纯净的白色图案的理解。那些图案在扎成一团成皱的布里,打开,晒干,你看到了最终的图案,其中有些图案被那些老人穿在身上。那是你在回想着成皱的布时,不曾想到的。其中一个老人正在安静地制作着扎染,她正在制作着一只蝴蝶。我们把注意力集中在了图案上,图案的艺术化,以及艺术对我们的感染。

就在苍山下,我们谈起了苍山。苍山是什么?当他这样问我时,我竟不知道该如何回答他。苍山是模糊的。苍山是不确定的。如果我这样回答他的话,他是否在我们谈论的时候,就忍不住笑出声。当我这样跟他说时,他没有笑,而是确实同意了我的说法,苍山就是不确定的。我竟然也希望《苍山》也是一个不确定的文本。他多次跟我说起,你需要的应该是飞升的,是那种轻盈的,或者是沉重的诗意的东西,这些貌似的轻盈又谈何容易。那时,我们甚至谈到了诗人的乌蒙山,诗人的乌蒙山里有着太多虚构的爬升,那又是虚构的吗?有些时候,我们又不敢肯定。我的苍山里,会不会有着一些诗人所遇到的人与物?我知道有,有许多貌似的虚构,在面对着时间制造的太多迷雾面前,我们真无法确定太多的讲述。在一些时间里,我将无比依靠讲述。太多的讲述者会出现,但他们更多时候隐身。

黑色笔记本

有一个村庄,名字被我隐去。能肯定那是苍山中的一个村落。我已经很多次这样有意把一些地名隐去。当我进入那个村庄时,人们正在举行祭祀本主的活动。那个村庄在苍山的东面。一个白族村落。我们依然很难绕开白族的本主。我们出现在其中一个庙宇之中。庙宇简陋。里面有着一些雕塑,还有一些木头的牌位。有些雕塑,是在这之前,我还未曾见到过的。我并没有因为那样自己并不熟悉的雕塑的出现感到惊诧。白族有着太多的本主。可以是树木、山崖、人、动物、鸟兽。

一些传说,在火塘边被讲述。祭师给我们讲述着这个村庄本主的由来。村子里的一些人,做了同样的梦。这是与其他白族村落一样,注重自己精神信仰来处的村落。他们村的本主源于一个梦。这个梦被村落里的那个百岁老人最先讲述了出来,就在火塘边,就在某条溪流在雨季哗哗流淌着,火塘的火焰慢慢熄灭,慢慢冷却时,老人嚅动着被岁月沉压的双唇,努力讲述着一个困扰他多时的梦。当他讲述着那个梦时，一些人也感觉那个梦很熟悉。原来是村落里的很多人都做了同一个梦。关于洪水的梦，如果不是在其中有个村落里看到了被水冲毁的一些农田，一些已经被重建的庙宇，以及记录着的关于一次很大的洪水的碑文，我还不敢相信苍山中的那些溪流也会有泛滥之时。洪水中有着一些木头，木头上有着一些生命，蚂蚁停在了上面，还有村里面的某个人紧紧攀附在上面，最终洪水退去，那个人活了下来。在讲述中，真来了一次洪水，真有了那么一个木头，栎木，木头果真救了村里的一个人。那个木头便成了这个白族村落的本主。在那个庙宇里，我确实看到了一个被工匠精心打磨过的木头，上面还雕刻着一些精美的图案，凝神细视，木头上雕刻了那个梦。那个木头是他们村落的本主，我深信不疑。这与我们村把背后的赤岩山作为我们的本主，有着一些类似的东西。

在苍山中，我们会因为有着那么多各种各样的本主而惊叹，我们同样会在这些更多源自自然的本主面前，感受着一个村落所具有的那种朴素的对于世界的认识。在那个村落里，那个祭师继续讲述着他们的本主，时间是正午时分，那样的时间本身具有梦幻的意味。当我从那个村落里走出来时，他们所讲述的那个关于本主的故事，一直没有从我的脑海里消失。当走出那个村落，我又开始怀疑自己，自己真出现在了那样的一个村落吗？自己真在那个村落里听着人们讲述了那样一个关于本主的故事吗？那个讲述的人，真有点像马尔克斯的祖母，那个给马尔克斯从孩童时候起就营造了魔幻意味的人。还有的村落，并没有他们所讲述的这样是梦与现实的联系，只是一个梦，梦见了一个本主，全村人围拢在一起商量了一下，决定那便是村落的本主。这是苍山作为自然之外，或者是自然在日常生活中的一种延伸，同样也是时间感的一种延续。那些指认本主的过程中，我们可以看到时间从世界中慢慢浮现出来的东西。那些近乎梦幻般的现实，同样一直存留在我的记忆深处。

当在那个村落里，听着人们讲述着自己的本主时，我对此没有任何怀疑。即便，当离开了那个现场之后，那个村落所具有的那种浓烈的梦幻气息，会让人不禁怀疑自己是否曾真正进入过那样的村落。有多少个村庄，就有多少个本主，甚至本主的量远远超过了村庄的数量，那些英雄，传说与现实中的英雄，在本主的数量中占据着多数。佛顶峰下的庙宇里，把苍山东面的所有村落的本主都罗列了一遍，那是让外人感到不可思议的数字。我们一直生活在这个场中,早已习以为常。苍山中的那些村落,无比依赖梦。是那个村落中的某个人无意间说的,似乎又真如此。这只能是过去的一种真实,现在这已经不可能了。自然,本主,神灵,人类理解自然的方式,以及人类做梦与幻想的能力。

二十五

同一种梦境,不断出现。当突然意识到自己长时间置身于一种梦境时,他感到很惊讶。老祖不断出现在梦境中。他甚至梦到老祖来到了苍山。老祖的身影健硕,眼睛清澈,内心明亮。梦境中的老祖,依然如他熟悉的那样,在庙宇前,缓慢优雅地种下一些植物,捞起一些枯枝败叶,疏浚着溪流。他一直觉得,老祖进入的是一种缓慢的时间与空间的维度。

高黎贡山下的老祖失明了。我在高黎贡山下的热带河谷生活了好几年,那里有着一群我经常会想念的人。在苍山下,我们经常意味深长地谈到了人生与命运。此刻,我更多感到的是唏嘘,命运莫测所带来的唏嘘感。我就是在苍山下获知了相对遥远的高黎贡山下的老祖失明的消息。并不是矫情,我一直希望老祖应该是依然健硕的,是一直目光清澈的,如她一直在清理的沟渠中淌着的流水,那是看得见的清澈。当意识到于老祖和一些人而言的残酷时,老祖已经没有力量与办法去清理眼眶中日渐增厚的混浊,也无法继续出现在那个庙宇中,看她的丈夫在高黎贡山中抄录下的经文。我不知道,老祖将怎样面对着命运给自己带来的打击。

我把目光投向了苍山,我看到的应该是苍山十九峰的哪个峰?我在内心深处把那些美妙的山峰名过了一遍。可能是佛顶峰,佛顶峰下还有着一群考古的人;可能是斜阳峰,斜阳峰下有一个非遗博物馆,里面展示着一些有着恒久意义的艺术品;还可能是马龙峰,在过去,一些老人会去苍山上背雪回到苍山下卖。苍山十九峰,苍山十八溪,有着太多让人浮想联翩的名字(只是有时,会让你感到有些忧伤,忧伤的是一些溪流会在某些季节里会干涸)。让我把眼睛暂时闭上,就用想象来抵达那些山峰名。你们也尝试着把眼睛暂时闭上用想象抵达一座山。我看到的山顶上仍然残留着一些积雪,那就可以断定不是斜阳峰,也不是佛顶峰。我在高黎贡山下的村子里生活时,印象中很少会看到山上有积雪。那时,我所见到的高黎贡山,只是它的局部,而绝对不是高黎贡山脉。如果，我是看到了一个山脉的话，山脉的某处将有着大雪堆积，树上挂着的是雪叶，曾经还有大雪封门的世界与角落。就像此刻我看到的如果是整座的苍山，从一座山峰往另外一座山峰慢慢推移的话，有些山峰上是有一些残雪，有些山峰上凸显的是植物。

在高黎贡山下，教书之余，我经常跟着后珍去往其中一些村寨，在这些村寨认识了一些后珍的亲人，并与他们有了情感上的联系，老祖就是这样的人。在那些村寨生活的时日，那些我认识的人，永远都值得我怀念和追忆，即便现在还远不是陷入回溯和追忆的年龄。当我来到苍山之下的这座城里生活后，我依然无数次在现实与记忆中回到了高黎贡山下。有好多次，我回到了高黎贡山下，我想去看看老祖，又害怕老祖会忘了我是谁。

我知道自己对于老祖的那种想念，我一直希望老祖能一切安好。老祖这一生过早就承受着丈夫离世给他带来的折磨，她几乎每天都要来到村子背后的那个庙宇，去清理庙宇前的小沟渠，去打扫落叶，洒扫庭除，种植树木，她一直安静地重复地做着这些事情，我们都知道她的丈夫与庙宇间的那种联系（至少在庙宇里放着的许多贝叶经是老祖的丈夫抄录的,许多都放在了那个庙宇里,一些被供奉着,一些装在麻袋里放在庙宇的某个角落)。失明,对于老祖的打击,我们可想而知,老祖可能通过自己的大半生才慢慢走出丧夫的折磨,我不知道老祖该如何面对自己失明的现实。此时,我无法在脑海中进行着哪怕关于老祖的任何一点点想象。在这之前,我很多次想象过现在的老祖,想象着老祖终于还是出现在了大青树下,融入了那些老年人,并与他们有了一些共同的话题。在这之前,我总觉得老祖就是游离于那些人而独立存在的人。她与那些人都不一样,她一直有着属于自己的世界。即便现在,我依然是这样认为的,我又希望老祖能与那些人之间有着某些相似的东西,他们之间可以推心置腹,他们之间可以无话不谈,但我在那个村寨生活的那些时日里,老祖没有表现出任何我所希冀的样子。我能说老祖是孤独的吗?当看到老祖低着身子捡着落叶的样子时,我意识到孤独远远无法真正抵达真实的老祖。

老祖成谜,后珍和我一直都没能真正理解她。我们都觉得老祖是应该好好休息一下了。她并没有休息。不去庙宇在家的时候,她经常用剪刀剪着纸花,那些纸花往往是要烧掉的,在庙宇前烧掉,或者在别处烧掉,那是烧给神灵的。有时我们又总觉得那些纸花,老祖是烧给丈夫的(那个不断抄写着贝叶经的人,那个只是留下了一些贝叶经的人,其他的什么都没有留下,连照片也不曾留下的人)。后珍和我,多次看到了老祖一个人在院子里静静地剪着纸花,院子外面是一些芭蕉树,芭蕉树上结着的芭蕉时而青时而黄。后珍说失明的老祖,已经不能剪纸花了,也不能去往庙宇了。我能感受到后珍内心和我一样的悲恸感。我想哭,我真没能忍住眼泪。老祖让别人帮忙收起了剪刀。老祖让别人帮忙烧了纸花。而去庙宇呢?老祖还能让谁帮自己呢?老祖开始了不断被消解的过程,也开始了她不断被减法的过程。在这个不断被减法的过程中,老祖所剩的还有什么?

我跟后珍说,那不是可以去做白内障手术。后珍说,医院说有点严重,加之她年纪太大,手术的风险太高,就没有做。这时,我们才意识到老祖的年纪,确实已经很大,她有多少的时日是在替丈夫活着的。现在,伴随着她的失明,我们唯一希望的是世界不会转瞬间暗下来,我们希望老祖仍然活在世上的日子里,内心的那些明亮,会把现实中浓稠灼热的黑暗稀释一些。我仿佛又看到了老祖来到了庙宇前,失明并没有给她带来影响,她早已熟悉去往庙宇的路,除了视觉,她所有的感觉器官都已经被打开。她嗅到了芭蕉叶被风击打后折断时释放出来的微妙气息,她还嗅到了成熟的芭蕉气息,她知道丈夫抄写的贝叶经被放在了庙宇的哪个位置,她拿起贝叶经轻轻摩挲着,她还听到了大青树的叶子被风打落的声音。

我们唯一还能肯定的是老祖的听觉依然敏锐,后珍说她曾问老祖你听到怒江流淌的声音吗?当后珍这样问她时,老祖感到很诧异,反问了后珍一句,难道你听不到吗?后珍确实听不到,我在潞江坝的时候,就在老祖的院子里,我听不到那条大河流淌的声音。老祖能听到更为细微的声音,我们甚至曾经怀疑她是否听到了一些神灵的声音,至少能听到丈夫的声音,那些一直萦绕在庙宇中,或者存在于另外那些角落的丈夫的声音。那个念贝叶经的人念诵着一些句子,老祖凝神细听,那就是自己丈夫的声音。落入水里,顺着沟渠往下,往下是鱼塘,鱼塘里又有人重新养鱼了……

我们能肯定的是有人确实又在那个鱼塘里养鱼,已经养了好几年(我才意识到自己已经离开了潞江坝好几年了),他们暂时不用去担心发生有人会去把鱼毒死的情形。老祖,依然希望以后老祖的一切安好。又记起,年迈却健康的老祖正在沟渠里清理那些树叶,我站在后珍和老祖中间,当我把目光转向后珍时,我猛然意识到了后珍背后是高黎贡山,而老祖成了消隐于高黎贡山之中的人。我不知道,在这之后,老祖还会不会以别的方式出现在自己的文字中。老祖,已经多次出现在了我的文字之中,她和其他那些人一样,是以命运的那种延续感在滋养着我的写作的同时,也让我的内心不断经受着各种转变。此刻,我的背后是那座叫苍山的山,苍山里面,或者苍山下,一定也有着像老祖一样的人,只是没有像老祖和我那样亲,只是我们没有在情感上发生联系,而这些像老祖一样的人会不会在一些时间里,呈现出和老祖如出一辙的命运轨迹?此刻,我只是这样联想;此刻,其实我不希望有着这样太多的联想;此刻,我又猛然发现,就在这几天苍山上又落了一场雪,雪迹把过往的一切暂时轻覆起来。

雪,雪中人,雪并没能把整个人覆盖,雪并不能把整个苍山覆盖。当你的心思从老祖身上回到苍山时,雪下到了苍山的半山腰。我曾亲眼见过雪努力朝山下走着。苍山成为背景。雪成了背景。我们不断找寻着背景,时间的背景,而最终我们成了时间的背景。有人收获了无限的时间,在苍山中,我经常无意间就会触及时间的无限意味,甚至在某一刻,我也拥有了某种永恒的时间。看到了落在半山腰的雪,晨光与暮色之中,雪突然出现,世界变得明亮起来。

黑色笔记本

　　进入历史某个可能的场中。苍山下的太和城遗址,佛顶峰下,被时间的尘土覆盖着。以考古学的角度,时间可以被清晰地一层层标注出来。第一次有意来到那个遗址时,微雨。这次依然是微雨。突然想再次去看看去年见到的那些考古现场。那些挖掘的现场被植物覆盖。那些考古的人,不知道是否还住在那个放着众多文物的房屋里。第一次出现在那个房间时,那些被修补的文物让人诧异。在这样的世界里,一个人,面对着的唯剩植物。幸好有着一点点关于那些考古现场的印象,不然一些现场又将彻底消失,或者就像从未出现过。考古的人,似乎只是确定一些时间,然后又让时间还原到此刻。此刻,从那个考古的现场离开,一些莫名的感觉缠绕,那些现场被规整地挖开,还被标注上几层几层。如果挖掘出一些破碎的文物,就让那个已经几乎失聪的老人来修复。陌生的苍山,陌生感在强烈叠加。

遇见一个老人,我似曾相识,在去年出现在这里时,他就站在那些挖掘的人旁边。我确定了一下,是他。当我跟他提起去年的考古现场时,他却露出惊讶的表情。似乎过去才一年的事情,他已记不得了。他那严肃认真的否定,会让人怀疑自己出现在了一个诡异且不真实的世界之中。你又能责怪他的漠视吗?你不可能说那是多么重要的一个世界,他定会反驳你,重要与否于人是不一样的。

面对着眼前的世界,我开始怀疑自己去年是否真的曾出现在这里。我能肯定的是,自己是出现在了那里,了解了一点点考古的知识,还有了以考古学的角度进入苍山的想法。考古学的角度,那是对自己和世界的一种很奇妙的认知方式。世界又开始变得陌生。苍山,就以这样的方式提醒着我,我的每一次出现,都只是又一次抵达陌生。陌生感增厚了几分?世界又是否真的曾清晰过?

南诏德化碑。残碑。我出现在那块碑文前面。数字的少,能看清的字很少。时间的吞噬是其中一部分原因。那块碑一开始滚落在苍山中的那些杂草丛中。那是被讲述的滚落。苍山下那个叫太和的村落。太和,有时它是一个村落,就像现在。曾经，它是一个都城。当它是村落时，我们一眼就看到了村落的样子。村落与苍山的那种联系，让人在进入其中时，会无端生出一些羡慕来。在苍山下，那么挨着苍山，无疑会让人的内心发生一些奇妙的变化，特别是长时间源于自然的浸染。当它是一座都城时，早已经没有都城的痕迹，一切痕迹都消失得了无踪影。

如果不是在那个微雨的日子里，我看到了那些考古的人，在村落的一些地方挖掘出的关于一座城的痕迹。在这之前，我们都只能相信那些文字。碑文出现，巨大的石头。碑文不仅仅是碑文，它还成了让人们的精神能得到安慰的存在物，至少有很长时间，它有着那样的意义，这与众多被时间留下痕迹的物所具有的意义是一样的。凿刻文字的工匠消失，没留下任何的影子，那些文字已经被时间磨掉了。工匠在雕刻时内心的颤动与复杂，那是一个工匠，还是一群工匠？草木可能记住了他们的样子，只是当时的草木已经不在，那些考古的人肯定地跟我说那些草木已经成为土层的一部分。那是第"8"还是第"9"层，我们看着黏土，找寻着草木的影子。碑石，因为上面的碑文，因为它在时间的旋涡面前依然在模糊地沉潜，它在人们的精神世界里拥有着那种聆听到美的声息的作用。

　　一些人病了，村落里的中医，在给人们开的方子里，往往要写下：碑石几钱。碑石上的文字，是药方里最为重要的东西。一些人在暗夜中，偷偷去往碑石前面，就是为了偷偷刮一点儿碑石。那是不断被人与时间加重的过程。碑石，需要现刮，这是药方的讲究之处。许多人就这样去刮碑石。那是白天，我出现在碑石所在之处，没有人。在夜间，一些人会偷偷出现在碑石边，刮着那些文字。人们喝下了文字的碎屑。那些碎屑成为血液的一部分，成为骨血的一部分，成为精神的一部分。碑文上面的字迹越发模糊，那些研究碑文的人，很长时间都在感叹时间对于一块石头的作用，而忽略了人们长时间以来不断刮着对碑石的影响。曾经一些人是通过这样的方式来寄托自己的身怀故国之情，这样的行为里暗含着一些悲伤之情。南诏灭亡，一些人暗自垂泪。在那之后很长的时间里，一些人偷偷进入夜色中，他们的目的是那些碑文，他们的目标就是要把那块大石刮成碎片，被人们彻底吞服，吞服得什么都不剩，他们需要那些文字治愈肉身与精神上的某种顽疾。

　　当听说它可以治愈精神上的某种顽疾时，我也蠢蠢欲动。其实自始至终我都不知道它到底可以治愈哪种顽疾，会不会是一种对名声利益的欲望，类似此刻内心的欲望。有那么一刻，我偷偷轻触了一下碑石，竟有种冲动，想刮下一点碑石，最好是一个字，让字在现实中消失，然后自己得到了某种神奇的治疗。最终，我快速地抽回了手。在那之后，在一些时间里，我想回去看看石碑，看看那些模糊的文字，看看是否又消失了一些重要的文字？

二十六

他不断出现在苍山中的同一个村落。他的每一次进入，在遇见那个村落相似的一面的同时，他还发现了那些村落在不同时间的不一样，在众多的不同慢慢堆积后，他似乎才对那个村落有了大致的印象。他意识到自己对苍山中一些村落的认识是不真实的，只是属于个人的错觉。

那时，我们在苍山下的周城。我很多次出现在这个村落。背后是苍山的云弄峰，这将是传说在其中不断被人讲述的山峰，云弄峰下是蝴蝶泉。蝴蝶泉是爱情永恒的象征，有个友人，他说你一定要带上媳妇，出现在蝴蝶泉边，说出爱的誓言。很灵验，他曾带自己的爱人来到蝴蝶泉边，说了誓言，他们恩爱了一辈子。我们暂时不去蝴蝶泉，即便蝴蝶泉就在我们旁边,我们慢慢远离了蝴蝶泉,朝村落的中央走去。苍山就在背后,此刻苍山隐去,特别是我们在村落之中的那些古巷道行走,或者出现在古老民居中时,真实的苍山便消失了,你以为抬头依然能看到苍山,很多时候并不如此。

我抬头,看到的是一个古老的大门,三滴水的造型,门楣上的图案很精美,即便时间在不断侵蚀和覆盖它们,一些美的精致却丝毫不褪色。我们在村落中行走着,苍山又以另外的多种方式无处不在,苍山成了那些村落精神构成的重要部分。村落与苍山之间的联系,让苍山成了一个大的概念。此时的苍山不只是苍山十九峰本身,苍山永远无法是山本身。苍山出现在了村落中的那些建筑中,出现在我正面对着的那些照壁之上。

我们看到了一些古老的照壁。照壁上面的丰富与庞杂,被我无数次忽略,许多人将像我一样,或者是我像很多人一样容易把照壁忽略,容易把许多像照壁一样的东西忽略,我们是应该重新赋予自己一些审美与发现的能力。眼前的照壁,很古老,我喜欢古老的照壁,这些照壁往往拥有着对抗时间的力。"剑气冲星斗,书香绕屋梁。"这是照壁上的字。每个字之间是画,但画已经消失,成为一片空白,圆形的空白。当我们把目光往上移,依然能看到一些画,画的残片,美的残留,那时我们真是对那些画的消失感喟不已。友人赵勤,是诗人,是文化学者,他出生并在这个村落成长,他对于照壁的认识与我们不同,更何况我在这里想用大量的文字去描述的照壁是他外公建的。他的外公是诗人,命运有些曲折。他在面对着那块照壁时,与我们所感受到的将完全不一样。一块照壁背后,一个人,或者一群人的命运。他说自己在这个村落里见到了太多的人生沉浮与命运无常,他所生活的那些古老建筑往往是三四家同住,在看着古老建筑的没落的同时,也看到了许多人对于命运的屈服与不屈。他说那样的命运感给他的印象太深刻了。回到那块古老的照壁,我真想在那块照壁上停留的时间更长一些,我不需要用想象力建造一个照壁。他的外公一定是在用想象力建造了那样一块独一无二的照壁。他在这个村落挨着苍山的位置建造了一个房子,那同样也是充满想象力的建筑。深谙白族建筑之道的他,建造了一个独特的建筑,在天井的书房前,我们在沉浸于那个书房的好时,蜜蜂就在我们中间穿行,书房前的柜子里竟然有一窝蜜蜂。再次回到那块照壁,在时间与时间背后的粗暴面前,斑驳的痕迹凸显,那些隐约的字与画,早已说明它与那些平庸的照壁不一样。在这一天,我们还见到了好些精致的照壁,眼前的这一块是其中最美的,同时又因为时间感等诸多原因,它同样是最为沉重与忧伤的照壁。

苍山出现在照壁之内的细微处,苍山还出现在人们的讲述中,有人开始讲述其中一个传说。传说中的英雄杜朝选,一个宰杀蟒蛇的英雄。蟒蛇洞在村子背后的山谷中,我们朝那个山谷的方向走了一段路,我们正接近传说的场。传说似乎会在苍山与村落的联系中,变得真实。我们出现在了崇拜这个英雄的本主庙。

黑色笔记本

很多人多次问过我,那个有着许多蝴蝶的山谷还在吗?如果是山谷的话,山谷还在。如果是山谷中众多让人咋舌的蝴蝶的话,已经很少。关于蝴蝶,只剩下一个又一个的传说。传说中的蝴蝶,它们悬挂于树上,它们贴在山谷的低处,它们还会幻化为人。不知道成为传说这样的结局,对于那些蝴蝶而言有多少意义。这与那些蝴蝶存在于那个山谷,于山谷而言有多少意义一样,又不一样。

　　我出现在了那个山谷。可能是季节的原因,眼前的情景让我倍感失望和忧伤,只有寥寥的几只蝴蝶,山谷本身也萧索空落。那些消失的蝴蝶更多生活在口述史中,它们还存活在我的记忆之中。记忆之中,我是曾见到过众多的蝴蝶,时而翩跹,时而安静地悬挂在那些种类繁多的树木上。那近乎就是一个虚幻的情景。那些蝴蝶的来源,与那只豹子的来源一样,很难说明白。它们是在那么一些季节里不约而同地来到了那里,它们同样在一些季节里先后离开了那里。它们最后一次轰轰烈烈地离开之时,我们已经看惯了那样的场景,我们并没有感到多少诧异,也没有在它们离开的身影里看到一些落寞悲伤的因子,大家都以为它们还会回来,它们太像那些候鸟一样,借助某些星辰大地的力量行走在迁徙的路上。

　　那一年,大量的蝴蝶没有回来,即便最后还是来了那么稀少的几只,那样的稀少已经不足为奇。山谷被苍山下的那个村落赋予神性,里面有着一些祭祀的场,那些场依然在用着,只是没有众多的蝴蝶作为陪衬之后,那个村落在心理上难免会有一些失落,也难免在祭祀的过程中更多沉浸在追怀落寞悲伤的情绪之中。在那些人问起我时，我也难免感到落寞，甚至会发出几声叹息。

那个村落，一直在等待着那些蝴蝶的重新归来，只是那样的等待最终让那个村落失去了耐心。即便失去耐心之后，蝴蝶依然存活在人们的记忆之中，人们一直引以为傲。那是在梦境中，我成了一个能听得懂蝴蝶语言的人。它们跟我讲述着它们从那个山谷陆续离开的原因。那些蝴蝶纷纷飞入黑色笔记本中，它们成为一些可供人猜测的符号，我正盯着其中一只黑色的蝴蝶，正盯着它的眼睛看着，我想知道它的来处。色彩斑斓的蝴蝶，它们纷纷飞入梦中，黑色的梦开始有了色彩。

二十七

他进入苍山,然后走出苍山。他不断进入苍山,又不断走出苍山。他更多是出现在了苍山中的那些村落里。在村落里,他能遇见一些人。在自然的苍山中,有时走了一天都见不到人。他想去找寻一些熟悉的人。他是在苍山中的那些村落里,遇见了一些熟悉又陌生的人,那些人总会让他想起老祖,那些人成了老祖的影子。

那时,我们已经不在苍山中。那时,我们刚刚从苍山中走出来。从一种安静的自然世界中,重新回到世俗生活中。云弄峰下的村落,一个叫"周城"的村落,往苍山的方向望去,都是石头山,一些松树正从山上往半山腰长下来,长到半山腰后,它们就不再继续往下长。与这些松树不同的是,在苍山的其他山峰,我看到了一些树从山谷往上蔓延,那是从溪谷往上的生长。此时,云弄峰半山腰的石头上长着稀疏矮小的草木,到我们所在的位置,草木又繁盛起来,好些长得繁茂的大青树,它们是神树。这与老祖所面对的大青树是一样的,你要问老祖那是什么树,她一定不会回答你那是大青树,她一定说那是神树。我想问问大青树下坐着的那些人这是什么树,有两棵粗壮的大青树,我又怕人们只会回答我那是大青树,如果真是那样的话,我是否会有些失望,我是应该会有些失望,也有可能他们会像老祖一样带着敬畏而严肃的神情说那是神树。

大青树前面是一个古戏台,已经有一百多年,戏台暂时是空落的,戏台上长出了一些杂草。似乎戏台已经安静了太长时间,长得足以让那些杂草长得繁茂,这与曾进入另外一个村落所见到的情形不一样。在那个村落,那同样也是苍山下的村落,那同样也是一个古戏台,那个古戏台上人群喧嚷,人们在古戏台上玩着牌。面对着落寞般的安静与嘈杂的喧闹,我还是希望人们能让古戏台暂时安静一段时间。

苍山以不同的方式存在于村落,以及村落中那些很容易就会被忽略的细节中。那些细节在时间的作用下，早已变得模糊，变得需要凝神细视，需要一些想象力才能被发现。我已经忽略了太久。苍山不只是一个命名，一个概念，一座山本身，它的丰富远远超过了山本身。面山无言，那是诗人多年前给我的题字。我们暂时从无处不在的苍山上收回目光。在苍山中（具体是苍山下），需要一个梦想者，需要一个文化学者，需要一个诗人，我成了那个梦想者，或者是那个幻想者，一些幻象闪现。此刻，带我们进入村落的是作为诗人和文化学者的友人赵勤，我们真正进入了一个村落的内部，那时苍山暂时消失，那时一个又一个老人出现。

在她们身上，我恍若又见到了老祖（那个用命运在滋养着我的写作的老人），我在无尽感伤中回过神来，确定她们是不同的个人，她们身上的一些东西太像了，她们的仁慈她们的善良，她们在做自己事情时的专注与优雅。老祖剪着纸花，眼前的一个老人在织着布，还可以用那双与老祖已近失明不同的双目把断了的线接好，然后穿过那个细小的孔，梭子在老人的脚和手的配合下，快速地往返着，我们看到了半块白布，还没有到扎染的工序，布的白像极了那时我所能感受到的老人的状态，老人的内心如亲手织就的那块布。还出现了另外一个老人,一个制香的老人,在那个古老得摇摇欲坠的建筑中制香的老人,老人泰然自若,老人似乎除了制香便不再去想其他的事了……

在苍山中的村落里,我见到了如老祖一样的老人,我知道这样的老人会出现,只是在这之前,我还没有真正出现在苍山之内的村落而已。苍山作为纯粹自然山的同时,苍山因为这些人,特别是这些老人的出现,而成为另外一座同样是我理想中的山。回到苍山下的周城,我再次见到了她们。与我们进行深谈的有两个,别的老人都只是与我们擦身而过,在那些略显狭小的街巷里,她们慢慢行走着。那就暂时把目光放在这两个老人身上,就像老祖一样,她的命运成了一条大河,我咀嚼着命运那种如大河般的喧响与沉静。我再次确定,一个织布的老人,一个制香的老人。织布的老人还有很多,制香的老人很少。老祖,还有这两个老人,她们太相像了,如果不是她们穿着的不同,她们就太像了,老祖穿着的是傣族服饰,而这些老人穿着的是白族服饰。有一刻,我竟然恍若见到了老祖,如果老祖还像眼前的这些老人一样健硕,特别是像那个织布的老人一样目光炯炯的话,我就会倍感欣慰,我就会激动不已,可惜不是,一种悲伤感又出现,脑海里又出现了老祖混浊无神的眼睛。眼前这个老人的眼睛是否也会一直明亮下去，就像我希望老祖一样，我也只能是希冀如此。近八十岁的老人，眼睛依然那么好，她无比依赖目光的锐利，如果目光里的明亮渐渐暗下去的话，她必然会无比痛苦，看着老人织布的那些环节，无比依靠目光的明亮，没有明亮的双眼，她可能就会彻底告别织布。那些细微的线，密密麻麻地排列，又不能混杂在一起，那是一种有序的交错。老人安静地织着布。我们与她的安静形成鲜明的对比，我们在她的安静面前，表现得很浮躁。我们很激动，我是激动的，我已经多年没有见过织布机了，我已经很多年没见过一个如此织布的老人了，我原谅了自己的浮躁与激动。老人并不管我们在她面前的表现，她可能见惯了太多这样表现的人，他们匆匆而来，匆匆想捕捉老人的一些表现，那一刻，我所想到的便是多坐一会儿，想在自己的记忆中放入一种精神在延续的老人，那是行为的延续，也是一种稀缺精神的延续，至少是我自己稀缺的一种精神。我的目的似乎已经达到。我们离开的时候，老人依然在织着布，只是朝我们粲然一笑，梭子依然在快速地拉扯着线，声音并没有断掉，而是持续着，这说明线暂时没有断掉，而我们在的时候，有那么一会儿老人正在接线,接线的过程对于老人而言,也很不便,但她表现得很熟练,事实也是如此。

我又想到了老祖,也想到了织布的老人,她们的形象开始在我的生命中交叠在一起。然后出现了那个安静地坐在危房中制香的老人。我们进入那个古老的建筑时,其实不曾想到里面还有一个老人。至少我以为我们只是进入里面参观一个古老的建筑。我们所有人都可能会感到惊诧,那是必然的惊诧,推开门,就感觉到了落寞感在那个空间里的蔓延。然后老人突然出现在了我们面前,我惊了一下,那是有着提示请勿靠近字眼的建筑。我在看到那些字眼时,都有着逃离的冲动,就在这样的心理作用下,看见了那个泰然自若的老人。老人并不担心,她似乎坚信只要生命的气息即便如游丝,依然一直存在于那个空间里的话,那个建筑就会在生命气息的滋养下,不会倒塌。那些从苍山中搜集香粉的人,那样的人,我曾在那个世界的世界看到过,他们去往深山采撷柏树或其他树木。我问老人,那些香粉是不是她自己去采撷的,她说自己是买的,是向那些去往苍山采撷香粉的人买的。老人拿出了那张剪裁好的红纸,拿出了被撕成几半的竹子,弄湿,在香粉中滚动了几下,然后用红纸包起,用放在香粉上的胶水黏起来,香便完成了。她那时只是一个制香的人,她甚至不去考虑制作好的香将用做什么。这时,我又想到了老祖,想到了织布的老人,她们在做任何行为的过程里,往往没有考虑自己成果的用处,似乎是这样,似乎又不是这样,从老人们的那些行为中,我们又分明感觉到了她们没有会去考虑布的去处香的去处剪纸的去处。

老人靠着植物的气息活着。她每天都要一个人出现在那个行将倒塌的房子里,静静地制作着香,成为那个凌乱空间的一部分。老人与我在苍山下的那些村落里见到的老人多少有些相似,特别是那些制香的人,他们之间有着太多相似的地方。唯一区别的是,老人所要制作的香,是为了自己,她不断重复着制香的行为,她把自己放入那样的气息中,她说那个空间看似凌乱,其实香的气息在那里并不是凌乱的排列与飘浮。在那里,我们是丝毫没有这样的感觉。我们深吸了口气,真如她所言。她说自己是孤独的,只有每天来到这个空间里,她才真正捕捉到了可以填补孤独的植物气息。她深吸着那些气息,她想在那个空间里,让自己的一些气息,像身体衰老的气息,能被那些植物的气息所替代,至少是暂时覆盖。她把自己当成一个沉思者,在那些植物的气息中慢慢闭上眼睛,慢慢地感受着植物的生长。老人的讲述,顿时让我目瞪口呆,我都不敢相信自己所进入的是否就是一种真实,这与在苍山中遭遇的众多不真实感很相似。一些怪异之人。他们的行为怪异,甚而是荒诞的,就像那个梦中雕刻灵魂的老人,就像眼前这个关心着内心气息的人。我猛然发现,她并不把自己当成一个制香人。她不断制作着香,然后把它们随意摆放在房间里。

我们离开了云弄峰下的村庄。我们去往霞移溪(这又是一条从命名而言,便已经很美的溪流,是苍山十八溪中的一条,只是这条溪流暂时是枯干的,只有在雨季才会再次丰盈,一条枯干的霞移溪,这是无论如何都很难接受的)。枯河,很容易就会想到老人,那种生命形态之间的相似,老祖从织布的老人和制香的老人,他们之间没有任何联系,如果牵强地说他们之间有什么联系的话,那就是织布的老人和制香的老人生活的村落离霞移溪很近。雨季正慢慢来临,这也意味着什么……

黑色笔记本

  苍山中同样有着养马蜂的人。我在高黎贡山中,第一次遇见了养马蜂的人。那时的我,感到惊诧不已。在那之前,我不曾想到过。我无法想象该如何才能养好那些攻击性很强的马蜂。那样的惊诧,近乎听闻一些人在苍山中还饲养着鬼时,所给我带来的不可思议感。

  苍山中还有人养鬼吗?高黎贡山中还有人养鬼吗?我们都无法肯定,我们都觉得已经不可能发生。当知道有一些人养鬼时,时间还没有过去几年,那是六七年前。一些人一本正经地说起,某户人家饲养鬼。当我身处在那样讲述的语境中时,感觉自己生活在了一个有着魔幻意味的世界里。六七年的时间,无论是高黎贡山中还是苍山中,世界与角落的变化都超乎了我们的想象。一些披着神秘色彩的外衣,被脱了下来,放置在了箱子的底部。如果是现在,我再次进入高黎贡山再次进入苍山中,问一些人是否还有人养鬼的话,他们是否就一定会面面相觑。会不会还有一种可能,我激活了一些人的记忆,一些人纷纷跟我说起了那些养鬼的事情,其中一些人甚至会有些骄傲地跟我说起自己就真正养过鬼。

养马蜂相较于养鬼的虚无与荒诞,有着其极具现实和可能的一面。我们能肯定的是,一些人还在苍山中和高黎贡山中养着马蜂。那是能亲眼看到的。而养鬼是我们无法见到的。面对着高黎贡山山脉的绵延,又意识到还有着许多近乎幻象般的现实。在高黎贡山中,我没有仔细问为何要养马蜂。在苍山中,我同样没有去问。或者我已经问了,早已经知道了答案。只是为了让黑色笔记本继续有着那种神秘的色彩,我把养马蜂的原因放入内心深处。

马蜂,比蜜蜂有着更强的攻击性。养马蜂,一定不是为了蜂蜜。有时,一些养马蜂的人还会养一些蜜蜂,为了能让马蜂可以吃蜜蜂,充满了残忍的意味。世界的一些虚与实超出了我们的想象。一些虚与实,不只是在高黎贡山中,还在苍山中交杂在了一起。初次见到养马蜂的人时,雾气正在群山间缠绕,一些雨丝从雾气中落在我们身上。雾气渐渐消散之后,幻象一般的现实变得无比现实。在苍山西坡,养马蜂的人并无任何惧怕的样子,他面对的就像是蜜蜂一样。两种蜂,两种形态,被蜇的话,也将是两种样子。有时马蜂还出现在了梦中。马蜂在梦中变得无比硕大,它们发出的声息让那些听觉异常敏锐的人，突然间耳聋了，它们躯体上的赤黄条纹和黑色，让视觉失去了辨别的能力，视觉变得单一，视觉再分辨不清色彩。听觉和视觉的消失，都只是发生在了梦境中。现实中，我们隔着一段距离看着马蜂，养马蜂的人感到有些骄傲。

二十八

他感觉自己就那样迷路了。在苍山的云雾中,他暂时找不到下山的路了。他索性坐在了原地。他等待着。他等待着雾气消散,他等待着苍山的一些东西慢慢显露出来。一些东西的显露即便只是瞬间,对他都异常重要,他希望那时显现出来的是下山的路。他在苍山的一些山峰上看到了突然出现的湖,突然出现的冷杉林,突然出现的箭竹,还有突然出现在山顶翱翔的鹰,还有一些牧人。

我们出现在玉局峰顶。风与雾,呼呼地迎面扑向我。与前几次来这里时,留下的印象不同。与上次来的时间差不多,相似的是苍山下的那座城里燠热异常。不同的是上次来时,一场接一场异常的雪,击打着那些黄杜鹃,最终受难的植物只绽放出了稀疏的黄花。此次，我们看到了那些黄杜鹃生长的形态与轨迹，一些花骨朵还未开放，一些已经开放，一些已经败落，一些是败落后又抽出了新芽。我们有意在那些杜鹃花丛中，待了好长时间，那时的自己，随着某朵黄杜鹃花中一只很小的虫子出现，彻底被打开，被唤醒。

我已经多次进入苍山，每次苍山只是隐隐给我显露了一些东西。上次，就在同一个地方，它显露的是海拔，它显露的是苍山西坡的一些村落，还有我生活的那座城和那个高原湖泊。上次，由于没有像这次这样云雾缭绕，我们可以看到远处的一些物象。此次，只能看到近处，有时近处的东西都变得模糊不清。在玉局峰顶，我们随时会失去方向感。

那时，除了植物，其他一切的生命似乎都在隐身。那时，除了寥寥几个人外，就只剩下植物。你满眼皆是植物，满眼的植物开始慢慢丰富起来了，岩梅，贴着岩石生长，把岩石覆盖，开着一些黄色的花，一些已经凋落。需要贴近细视，才能真正发现一些小黄花已经凋落，色泽的那种细微的饱满，会让人很容易忽略它们。你发现了凋落的小黄花，然后看到了杜鹃，然后看到了大片的冷杉，还看到了其他植物。石头堆中的枯骨，植物的枯骨，特别是黄杜鹃的。那里有着太多的黄杜鹃,黄杜鹃在那个地方几乎把其他的植物都覆盖了,那时丰富的色彩又能轻易让人在大片的黄杜鹃中,发现其他植物的影子。从那些我们所见的枯骨中,看到了作为杜鹃的生长与朽腐。各种植物,各种色彩。一种植物,几种色彩,似乎只是它想开什么样的花,只是它自己迷恋哪种色彩。风与雾。风很大,雾气很大。与那座城相似的是风。我刚刚从城里出来,城里其实万里晴空,没有多少风。我们近乎就是在一种没有想到过的情形下,进入了苍山,并真正感觉到了冷风与雾气。植物与石头,石头上生长的植物,石头缝隙里的植物,石头上生长的细小的岩梅,依然开放。

眼前就是一座石头山,玉局峰很小的局部。石头在杜鹃花丛中流淌,铁锈一般的色彩,铁锈一般的溪流。真正的溪流清澈见底。雾气遮蔽了天空的色泽,洗马塘的水,似乎回到了最初的色调。杜鹃花,绽放与败落,同时发生着。杜鹃花开得最为绚烂之时,是前几日。我们无法看清整个玉局峰。无法看清整个苍山。在苍山中,倾尽全力依然只是看清了它的部分。4097。这是海拔。海拔不断升高,我们是看到了一些数字的变化,我们意识到了生命正在海拔高度面前不断被拔高或者被放入尘埃。对于海拔,我有着某种强烈的兴趣。我曾在几百米海拔的世界里生活了几年，也在三千多米海拔的世界牧羊多年。生命与海拔之间那种显露的秘密，就在我们从一千九百多开始到4097时，展露无遗。这与我透过窗口看苍山不一样，通过窗口，我只是看到了苍山不多的几种色调与生命为数不多的姿态，我看到了近些山峰上植物的繁茂，以及繁茂的绿，以及远处稀少的植被，几乎就只剩下岩石。在玉局峰，即便海拔已经很高，植物并没有我想象中那般稀少。迎风生长着众多的植物，相对而言，只是种类相对单一一些，往往是箭竹、冷杉与杜鹃。箭竹往往长在山顶，显得坚毅冷硬。玉局峰，不是苍山的最高峰。最高峰是马龙峰，还要往前三公里，继续否？因为浓雾的原因，因为一些刚从马龙峰过来的人说往返需四个多小时，风很大，雾很大，容易迷路，还很危险，只好作罢。如果不是时间的原因，我们可能会冒险去往马龙峰，依然是海拔背后的神秘感吸引着我们。

于我，是好奇马龙峰的顶点会有着什么样的植物，而作为摄影者的友人田廷祥是为了拍摄一些好的照片。看到了"马龙峰三公里"的字样，还有箭头。箭头所指之处，我们没能分清是马龙峰还是玉局峰顶。友人说在下大雪的时候，他在另外一个方向看到了玉局峰这样的字样。我们往他所指的方向走去,我们在那些杜鹃和别的植物间缓慢穿行,看到了人们堆积的一些石头,无字,我们意识到走错了,便慢慢折回。那时是苍山让我们必须慢下来。我们慢慢挪到了真正的玉局峰前,我们看到了已经有些模糊的字眼,那时最清晰的是数字,似乎那时所要强调的是数字,而并不是山峰本身。在玉局峰顶,我想要强调的其实不是海拔,而是植物,是那些只留下了一些迹象的动物,我们是看到了一些动物的粪便,那都不是我们所常见到的某些动物的粪便,那可能是云豹的粪便。我们知道苍山中有云豹。只是众多生命在苍山中隐身。雾气迷蒙,不断朝你涌来,雾水沾身,雾水挂在那些低矮着开放的花朵上。雾气遇冷杉,如下雨般滴落着。低矮的是黄杜鹃,低矮的是冷杉,低矮的还有其他的花,低矮的还有石头,低矮的还有人,似乎一切的生命都是低矮的。在苍山面前,生命正以最慢的姿态活着,正以最低的姿态活着。

那是在苍山下,立冬刚过去不久,已经是真正意义上的冬日了。室内由于人群聚集产生的温热让人忘记已经是冬日,一个著名的摄影家动情地回忆着自己在三江源对于野生动物的保护,从藏羚羊遭受的血腥伤害,到许多藏羚羊在自然保护区安然地生活着。众人在聆听着他的讲述时,静默异常,陷入沉思。摄影家还说到了在三江源组织了一些牧民拍照,那些牧民拍下了游隼,拍下了雪豹,还拍下了其他许多生命,并在上海举办了一次摄影展。把自然界放入了一个喧闹的大都市,人们看到了野生生命在自然界中的生活状态,真正意义上呈现着生命力、野性和静谧。现代的大都市与原始的大自然,一些东西是割裂的,近乎两个极端。牧民与在城市中生活的人之间,我们看到了服饰上的区别,我们还看到了远不止服饰上的区别。摄影师讲述着那些牧民摄影师,讲述着他们因自然因野生生命登上摄影杂志封面,摄影师感动不已,他有种极端的感动,那是发现自己身上稀缺的东西还在另外一些人身上存在时的激动。摄影师在自然世界中寻求着一些伤痛与美丽,努力把一些伤疤抚平,他不只是摄影家,还是一个野生生命保护者。摄影家离开了三江源,回到了苍山下。摄影家出生在苍山下,长大后就离开了苍山。摄影家发现了一百年前的几张照片,他找到了照片中同一棵冷杉。对比之后,才发现在一百年的时间里,那棵冷杉并没有发生什么变化,这足以说明四千米海拔上的植物生长速度的缓慢。我出现在了类似的冷杉前,世界缓慢生长的维度呈现在我们面前。还有一棵冷杉,那是著名探险家洛克在苍山拍摄的,那棵树同样还在,也没有多少变化。同样也是经过了近百年的生长。摄影家太喜欢世界的缓慢维度。我同样喜欢。如果不是摄影的记录意义,我们都将无法相信眼前的真实。我们都无法相信,植物在苍山上竟是以这样缓慢的速度生长着。我深信冬日的植物并没有停止生长,那些摄影中的植物又让我相信植物在冬日里停止了生长,它们如果不曾停止过生长的话,又怎么可能一直是那样的低矮状。摄影家讲完,我们来到户外,冷风灌入脖颈,是冬日了。

我跟诗人多次说起了世界缓慢的维度。诗人谈论着自己这几年来到云南,也强烈感觉到了自己堕入了一个缓慢的世界。时间的缓慢与从容,他曾在阿尔卑斯山下感受到了,也曾在云南的高黎贡山深处感受到。高黎贡山,他只是路过。有时候的路过,反而会有一些东西让人印象深刻,诗人印象深刻的是有许多繁茂的植物,还有一些养马蜂的人,还有一些只是注重其艺术的繁杂性而忽略其实用性的古老建筑,还有一些祭祀树神的仪式。我在高黎贡山下生活了好几年,诗人跟我谈起的很多东西,我反而没有多少印象。对一个世界的熟悉与习惯,反而会让我们变得麻木,也让许多东西成为最普通的日常。诗人激动地谈起落日与星辰落入大河,高黎贡山上空璀璨的星辰,繁茂的森林和迁徙的生命时,我竟然对那些本应该让任何人都激动的东西没有感觉,这些是我常见的,我曾在清醒时见过,也曾在喝醉酒时见过。诗人用激荡的情绪讲述着高黎贡山中一些人养着鬼。对于诗人而言,那种缓慢的时间维度,早已不是奢侈。与诗人进行对比后,我却很难轻易收获。就在工作室里,我把生活给我带来的压迫感,以及内心世界一直的不从容和无法平静,都一一跟诗人说起,也跟评论家和翻译家说起。他们对此都很理解。他们也深知城市生活的艰难。我补充了一句,其实在农村,一些人同样生活得很艰难。

摄影家继续说起了时间的缓慢,他一直展示的也是世界的这一方面。他不去一一解释,他只是让那些摄影照片在说话。就在四千米的苍山上,雪在杜鹃叶上堆积着,松软的雪团把叶子压得低了下来,那些叶子努力在雪团中伸展。生命的一种态度,自然世界中很正常的捕捉,却能感动我们。我们看到了让人惊叹的生命力,冬日里的生长更考验生命力。杜鹃低矮的样子,它们盘根错节,同样也属于世界缓慢的维度。我们知道那些杜鹃生长的时间,已经远远超过我们的年龄。它们贴地生长,以那种方式对抗着呼啸着的风。我们把身子低俯下去,也是为了避风。我熟悉摄影家讲述的一些植物,对于那些植物在冬日里依然努力在生长的力,我们都感受到了,我们的感受重叠在了一起,我为那种重叠感到激动。

当摄影家在讲解时,我开始意识到诗人也和我一样,出现在了四千米的海拔,并看到了植物的生长状态。据说苍山上有雪豹,但我们能见到雪豹的机会是微乎其微的。有人用红外线拍到了雪豹。摄影家说起在三江源拍摄到第一只雪豹的是一个孩子。摄影家也曾多次想象过,会是谁第一个拍到雪豹。雪豹从贫瘠苍凉的山上走着,一只乌鸦出现在它旁边,牧人拍摄到了雪豹和乌鸦,它们奇妙地组合在了一起。摄影家继续讲述着,许多苍山上的植物和动物以摄影的方式出现在了我们面前。摄影师的工作室在苍山上,其中有一年大雪把他的工作室覆盖淹没。摄影师的家在苍山下,同样也是他的工作室,摄影师在房子外面装了红外线,拍到了果子狸,拍到了豹猫,拍到了豪猪,灰暗的它们在夜色中既警惕又从容。当摄影师在给大家讲述自己的大半生时,是野生生命让自己的大半生变得不同。

　　回到此刻,在雾气蒙蒙中,一切都只是模糊的轮廓,你只能低头看那些最细微的生命,大的空阔的景似乎只能用耳朵去辨听,一切不再是清晰的,一切早已是不确定的。开放的是黄杜鹃,色彩渐变,以为是白杜鹃,以为是其他种类的杜鹃。此刻,需要一个摄影者。是有一个摄影者,同样以最低的姿态,在拍着那些长得低矮的植物。摄影者最需要的就是慢。我却急于下山。我说不清楚自己为何会突然有了这样的念想,那只是很短暂的念想。其实我还是想在那里静静地多坐一会儿,不是去等待什么,也可以说是在等待着天的放晴,雾气的真正消散。是等到了短暂的蓝天出现,雾气转瞬又把一切隐藏。摄影者说不急,雾气可能会慢慢消散,三点半,最终四点多。我们便在那里继续坐了一会儿,周围就是那些植物。那一刻,快与慢的对比,其实就是我与摄影者。想起了诗人关于苍山的诗。快与慢。最慢的是苍山,最慢的是活着,最快的是内心的思绪纷飞与凌乱。我再次确定了一下,最慢的就是那些植物,以最慢的姿态生长着,生长了那么多年,依然是那么低矮,冷杉是低矮的,杜鹃也是低矮的,最慢的是那些花,它们开放的时间和速度是缓慢的(缓慢得你以为花期早已过,殊不知,你来的时候,正是花期在慢慢过去的时间,它们的败落,同样是一个很缓慢的过程)。

我躲在背风处,让自己暂时慢下来,努力慢下来。在世界的那些慢面前,我无法不做到慢。风暂时微弱,我听到了自己的喘气声,那是内部的声音。此刻,我进入的是在那座城里看到的局部的苍山。在苍山中,手脚冰冷,依然要坐很长时间。我面对着的就是一个纯粹的自然的苍山,只有我们,再没有其他人影。我正以自己的方式慢慢靠近苍山,苍山是离我近了,还是更远了?

黑色笔记本

这是他第二次或第三次出现在那里。依然是在山顶,那时冰冷的风呼呼地吹着,他的脸上是冰凉的水珠,并没有下雨,那是风,只是他希望看到的苍鹰不见踪影,他想看到的天空的湛蓝不见踪影,一切暗了下来,那个空间的色彩就是暗色。他需要的是暖色调,他需要的是丰富的色彩能温暖他内心的冰冷。一些马,也没有出现,在不久前还出现,微小的黑点从眼前爬了过去,消失在风微弱一些的山谷。那是贴地生长的一小簇一小簇的杜鹃，离这些植物越远，生命感就越来越淡，它们真成了累累尸骨，那是诗人的感觉。

诗人问他是不是就是这样的感觉，即便他没有这样的感觉，即便在这之前，他确实不曾往这方面联想过，他的想象力在风中冻结，他的想象力被空气中的潮湿沾染后就落在了那些岩石中，同样也是黑褐色的岩石。为了遮掩自己感觉的迟钝（这与在很多场合里，他对于阅读的感觉和判断很相似，人们谈论着阅读，抽茧剥丝一般的阅读，对于文本细读的能力，这些他都感觉有些缺乏），他说是感觉到了。在苍山中，一些老人会说有些杜鹃就是一些尸骨的物化，所以它们的形态才会那么相似。在苍山中，一些老人信誓旦旦地说起，许多的植物就是生命死亡后的重生，我们会重生为植物，我们会重生为动物，但重生之时，我们那些因为技术、科技等等原因退化的感觉，又会在苍山中慢慢生长，并重新回来。诗人曾经听到过那些老人说起过吗？当他进入苍山时，也多次听到了类似的说法。

诗人提醒了他，同样似乎也唤醒了他的感觉，那个空间里是堆满了白骨，白骨已经变暗，冰冷的风继续撕扯着他那粗糙的脸。他们离开那个空间，慢慢地艰难地蹒跚地走出了那个空间，那些似乎已经没有丝毫生命迹象的植物也滑出了他的瞳仁。他慢慢靠近了那些已经消失了一会儿的马。马的瞳仁里还有着植物，与他刚才看到和感觉到的不一样，植物的种类多了起来，世界的色彩也多了起来，世界不再是一开始他以为迷失的样子。感觉，想象，杜鹃与尸骨，马与尸骨，生命与植物，生命与动物。

二十九

  他看到了那群人，背着乐器，离开了苍山下的那个村落。他们落入苍山的影子里，忽明忽暗，再次成为个体。出现在那个村落时，他们是不可分割的整体。他看到了他们的到来，却往往忽略了他们的离开。他们来到那个村寨里，并不是为了谋生，他们每次做完祭祀活动，并没有得到金钱上的回报，他们只会带走很少的一点儿烟酒和肉食。他们从好几个村寨里朝同一个村寨走来，一些人的脚步依然轻盈，那是与老年不同，甚而是对立的脚步，还有一些人脚步变得沉重且缓慢，他看到了其中有个人一瘸一拐地走着，那是岁月和时间在老人肉身上留下的痕迹。他很长时间，没能想通为何他们平时并没有聚集在一起练习，他们的演奏却还能那般默契。在某束从苍山上滑落到那群人身上的光里，他猛然意识到他们的每一次聚集,对于那群人而言便是一次练习。他们的练习发生在了一些人的快乐或悲伤中,他总觉得他们在练习的状态中忘却了周围的氛围,从练习的状态中走出来总是很艰难,这也让他们的音乐并没有因为太过欢快的气氛,或者是太过沉重的忧伤,而变得不那么和谐。一切的调子,在他听来都是和谐的。调子的和谐与否,与要演奏的是快乐的调子,还是悲伤的调子无关。他还在他们身上看到了老年人的肉身,以及青年人的眼睛,疲惫衰老的肉身和清澈的眼睛,那近乎是不可思议的发现,他因为那样的发现激动不已,也惊奇不已。

我们沉浸于悲伤中。我把注意力放在了奶奶身上。在苍山中,我看到了很多老人的面孔,安静的,祥和的,似乎已经没有任何世事可以侵扰到他们了。面对着奶奶时,亦如此肯定。当五叔(奶奶最小的儿子)因病早逝时,才发现事实并不如此,她在暗夜昏黄的灯光下靠着门恸哭不已。一些人去扶奶奶了,奶奶继续抽噎着,那种抽噎同样也扯着我,扯得很疼。回顾奶奶的一生,爷爷瘫痪至死,五叔患癌早早便离世,奶奶依然要活着。老祖的丈夫早逝,老祖依然要活着。女儿早逝,兄弟早逝,孙子早逝,然后姑爹早逝,姑爹的父亲依然要活着。即便生活中的某些光已经消失暗淡,他们依然要坚强地活着。

那些人便在人们悲痛之时出现了。他们是为了让那些受难的生命平静下来,是为了给人们安魂。只有在苍山中,才有那么一群为了安魂而活着的人。可能在苍山之外的世界里,同样有着这样一群特殊的人,只是我能肯定他们之间不同。纠结于他们的异同有意义吗?纠结于异质性有意义吗?我说不清楚。他们穿着我们平时不常见的白族服饰。每次看到他们匆匆往返于不同的村落时,我总觉得可能下一次就见不到他们了,至少是他们的身份将不再是原来那样。苍山中,一些人经受着身份变换带来的焦灼与无奈。此刻,他们又出现了(这说明还没有到我所悲观的情形),陌生的人也没有(我多少还是希望能有陌生人加入,陌生人的出现,于他们那群人的意义不言自明),猛然发现,那些熟识的人中却少了一两个。他们身上背着的手中拿的是一些乐器,他们要为一些人弹奏几首古老的曲子,那种有关平安,有关安魂的曲子。有些曲子,他们要日夜不停地重复演奏。

他们与苍山中已经很少见到的那些祭师一样,平日里的身份就是农民。在一些特殊的日子里,农民的身份被暂时搁置一旁。他们在这样的身份间,轻易切换着。那些老人,优雅而娴熟地弹奏着那些乐器。大部分的乐器是古老的,是手工的,如果那些乐器出现一些问题,他们自己知道怎么修复它们。其中一个老人,在喧闹的众人中,意味深长地拿起了自己的乐器,是笛子,伸出舌头轻轻舔舐了一下笛孔,用一张薄纸,同样借助干燥的口水把其中一个笛孔封起,然后开始吹奏。那是开始,然后别的那些人也开始拉着二胡,敲打着鼓等其他的乐器。

其中一次,不是葬礼,是搬新房,空气里洋溢着的只有喜悦欢乐,这时与葬礼或其他哀伤情境下弹奏的那些曲子不一样,我们可以专注于那些曲子,我真听到了里面的那种欢快。那些老人在那样的节奏中变年轻了,如果你紧闭眼睛,就只是听和想象,脑海里将不会有任何那群老人的形象,他们的形象消失了,真实的人消失了。在五叔的葬礼上,我们因感伤而无暇顾及那些曲子。其实那些曲子并不仅仅是悲凉的,里面的一些曲子是想把人从沉重与悲伤中拖出来。他们弹奏完毕,吃过饭,一些人喝上一杯酒后,在黄昏中陆续离开。他们中的很多人来自不同的村寨,他们很少在一起练习,他们之间的默契似乎一直都在。他们在黄昏的幽暗中离开,那时下着细雨,黄昏中强烈的落日消隐,一些熟悉的光又出现了,出现在了那些曾经被沉重的忧伤所浸透过的人脸上。那时,五叔的女儿把面孔转了过来,那时,五妈把脸孔转了过来,悲痛在光影的作用下,貌似真消释了一些。

少了的那两个老人逝世了。这样的逝世,意味着的是其中某些音符的缺失。我想到了另外几个老人。有个作家曾在苍山下的那座城跟我说,他们院子里有五个老人,每天都集中在一起演奏乐器唱歌,有一天突然间就少了一个,剩下的四个人无比悲痛,但演奏和歌唱仍然要继续,其中有一句是"叶落尽了",那是已经故去的人曾经一直在唱的。其中一个人自觉地站了起来,把这句话唱了出来,那是挣扎的燃烧的声音,是对于生命的惋惜与敬重。那个人要表达的是这样的情感,众人都感觉到了,顿时悲恸不已,这是必然要面对的现实,这是命运之一种,是会让人震颤的东西。

其中一两个细微因子的消散,对于演奏的影响,可能我们并不能很快就捕捉到。我们在一些时间里,听力已经不敏锐,我们还能相信自己的耳朵吗?他们虽然已然老去,却比我们更敏锐。他们能很敏感地感觉到其中一个,或者两个细微音符的缺失,他们是用生命感受着一些东西。感觉的迟钝,让我们不会像他们那样敏感,也不会像他们那样悲从中来。他们是不同的,他们一定会在其中某个声音消失时,想到属于自己的声音也会在某一天消失。我一直在努力寻找着那些声音中颤抖的因子,那些因为命运的不可知,那些因为死亡而会带来的颤抖,他们就像是强忍着悲痛,而不让痛苦影响他们的演奏。或者他们早已看淡一切,那些生死并不能影响他们。如果一些陌生人再不出现的话,他们一直经历的就是减法,他们那个群体必然也将以这样的方式消失。现实并不如此,慢慢地我发现,自己所希望的陌生人开始出现,他们那个群体在减法和加法之间不断平衡着。他们中的一些人将为另外的那些人演奏一曲安魂曲,我们只需想象那样的情景,就能感觉到其中暗含着的尴尬与无言(无声的,却无法陷入沉默,是陷入了沉默,那是他们演奏完了其中的某个曲调后,也要歇一口气,他们也会感到疲惫)。除了演奏的群体外,还有一些妇女,跪拜在绿绿的松针上,在松针释放出来的芳香中,为人们念诵着平安经。

　　离世的奶奶要在半夜下葬。他们开始了半夜的演奏,在昏暗的灯光下,在瑟瑟冷风的逼迫下,他们依然要保留那种从容。无论悲喜,在他们眼中,似乎没有太多的悲伤,与那时悲伤的人群不一样,我那时混入的是悲伤的人群之中,同时,我又从中抽离出来,成为一个旁观者。当成为至少被注意力削弱了一点点忧伤的旁观者,注视着那些人,他们安静,他们平静,他们脸上的皱纹在那一刻神奇消失,没有笑容,没有任何皱纹,那些在夜空里如星星般清亮的声音,似乎不是他们演奏出来的。

在那个叫赤岩山的村落里,有一个会吹唢呐的人。他经常出现在很多村寨,成为葬礼或婚礼上不可缺少的身影与声音。突然间,人们似乎不再需要那样的声音。我结婚时,我们请他帮忙,他来到了我家里。我沉浸于结婚的快乐中,因快乐而忽略了很多东西,一些情景只会在那时以淡淡的影子印在心上。等我从欢乐中暂时平静下来后,一些淡淡的影子开始加深。我开始清晰地回忆起那个唢呐手出现在我们家里的情景。他坐在屋子里最幽暗的角落,灯光被时间与苍蝇包裹,很弱的光,照亮不了唢呐艺人的脸,只有燃烧着的栎木会在扑闪中偶尔照亮艺人的面部。他停下吹奏,端起酒杯时,只有因风湿残疾的大舅在陪着他喝酒。他们之间很长时间沉默,他们各有心事,他们的内心在酒的浇灌下,都无法安静。那个唢呐艺人的忧伤与大舅的忧伤,在那个幽暗角落里重叠,但唢呐艺人不能在那时演奏一曲与内心相互平衡的沉重忧伤的调子,他需要吹奏的是一曲又一曲欢乐的调子,那样的欢乐需要慢慢咀嚼。我在细细咀嚼着一个艺人的尴尬与无奈,我同样在那个人身上看到了如大舅一般的落寞感。

松花粉伴随着风,落满院墙,落满地板,我拿起扫把慢慢扫着那些松花粉,厚厚的一小堆,里面夹杂着一些尘埃。风依然吹动着,我听到了房子后面松风阵阵,一些松花粉又将落下,一些松花粉又将落于我此刻所在的地方。松花粉夹杂在风中,风有了清香,轻轻嗅一下,就将获悉松花粉的下落。轻轻听一下,同样也将获悉松花粉的下落。而在那些艺人吹奏的声音里,我们只能意识到的是此刻声音之所在,我们将不知道那些声音的去处,那些早已停止了生长的声音的去处,以及它们的来处。我们最多只能知道那些艺人的来处,他们出生在苍山的什么村寨,他们从小就跟着谁学艺等等。

空气中弥漫着的是各种植物生长的气息。天空中有着各种飞鸟,它们的羽翼丰满斑斓,与那种曾经见到的一些游鱼拥上街头的怪异不同。感觉充满了各种错觉。感觉变得庞杂起来。我就是在苍山中游荡着,让自己真正体验到了苍山的另一种意义上的空阔,吞噬一切的空阔,囊括一切的空阔。苍山此刻所要容纳的是一个民间艺人的唢呐声。唢呐的色调里,有着那种铁锈色,发出亮泽的铁锈色,那种色彩并没有让声息变得滞重和暗哑,反而是有了穿透时间的清亮,一种在悲戚中让内心明亮起来的声音。他先是用有些干燥的嘴唇舔了舔同样干燥的唢呐,用芦苇制作的哨片(唢呐手出现在了那些芦苇生长的世界里,芦苇在河流边生长得最为繁茂,唢呐手就出现在河流边,在河流的暗影波动中选取了最好的芦苇。唢呐手在那片芦苇中开始试着哨片),植物成了被遮掩的部分,哨片放入嘴巴,哨片暂时消失了,那是铁质之外同样需要濡湿才会变得柔软的部分。他一个人。那时,真是他一个人吗?我想再次来感受一下那样的声音。近乎尘封的声音与记忆。唢呐早已被他挂在木质的墙体上。他在梦中多次吹响了唢呐。他说自己在吹奏的过程中,只能一直往前看,那是近乎引路的声音,如果他忍不住往回看了,一些亡灵就会迷失方向。他吹得最多的竟是丧调,那种悲伤的音符让世界失色。我想让他吹奏一曲,他面有难色,我以为和他喝点酒，他就可能会给我吹奏一曲，毕竟在苍山中，很多人往往会喝了点酒才会真正敞开心扉。一些调子的吹奏是有一些仪式的。权当是一次练习吧。当我这样跟他说时，他依然不同意。他说自己已经真正把唢呐封起来了。我一直很好奇，苍山中曾经那么多的唢呐手，他们是如何让自己的技艺不断精进，毕竟很少听到他们练习的声音。他们与别的那些手艺人，似乎不一样。别的手艺人都需要长时间的重复与练习，技艺才会得到真正的精进。他们是不是在梦中练习。

黑色笔记本

吹唢呐的人，已经有好几年不吹唢呐了。我们看到了那把落寞的唢呐。唢呐被挂于墙上。墙壁被火塘的烟灰熏黑。如果我们没有出现的话，那把唢呐将一直被那样挂着。看到那把唢呐时，我竟莫名想到在高黎贡山中遇见的那把猎枪。猎枪同样被挂于斑驳的墙上。有些不同的是猎枪很明显经常被曾经的猎人拿下来擦拭一下，又重新放回去。我们能从一个没有任何尘灰的猎枪上捕捉到一些微妙的信息。

眼前的唢呐,我们能肯定的是已经有很长时间没有被动过了。铜色的唢呐已经覆满铜锈与尘埃。我们能肯定的是那把唢呐存在的时间,远远超过那个吹奏之人的年龄。唢呐最终将以一个民间艺人的魂一般的物存在,或者连魂都不是。如果是魂的话,唢呐手在很长时间没有吹奏的话,他一定会很难受。唢呐将消声,此刻就已经是。如果那个人突然又再次吹起唢呐,感觉可能是怪异的,或者也可能是其他的感觉,反正给人的就是一种殊异感。

在苍山中,他一直是个牧人。牧人的身份一直延续着,而作为唢呐手的身份早已成为记忆式的,那是活在记忆中的身份。我们的到来,似乎是为了唤醒一个牧人的忧伤。应该是一个在我们认为已经生疏的唢呐手的忧伤。当身份的双重意味变得浓烈时,忧伤的是一群人。他一直在人群前面走着,不回头,朝着苍山走去,抬着棺材的人们同样朝着苍山走去,唢呐手不能回头,他只能听得到背后的忧伤,而在他前面,他看到的是苍山。唢呐手看到了苍山中的一些溪流,他开始吹奏过水调,要让水神水鬼让路,唢呐手看到了一个山坡,他开始吹奏过山调,要让山神山鬼让路。唢呐手在家里，基本不练习吹奏唢呐，他知道有太多的调子是不能随意被吹奏的。

　　唢呐手,忧伤吗？我们希望他多少会忧伤,我们又看不到忧伤的痕迹。唢呐手早已不再吹奏唢呐。要听他吹奏的唢呐声，那只有问他曾出现的那些山林，那些山林中曾暂时不振翅的鸟类，那些暂时静静的树木，那些途经的河流，一些正从冬日沉睡中醒来的动物，还有那些亡魂，还有那些曾经悲恸的人群。只是一些山林已经荒芜，只是一些河流已经干涸，一些动物已经不再醒来，唢呐手彻底沉入生活之中,成为一个平常人。如果不是出现在他家,如果不是看到挂于墙上的唢呐，我将不会发现他曾经是一个唢呐手。已经有多长时间听不到唢呐声了？唢呐声响起，多少人又将悲痛欲绝？多少人又将喜笑颜开？

三十

在苍山中的那些村落里行走时，他听说了那个画月亮的人，某种意义上，他也成了一个画月亮的人。在内心的暗室里，他不断练习着画月亮。让他感到有些沮丧的是，他画不出那个理想的月亮。当他看到那个画月亮的人，在那些崖壁上都画下了简陋，甚而丑陋简单却不可思议的月亮时，内心深受震动。他只是想象着该如何才能出现在那些崖壁上，他没有去关心那个人的命运，几乎没人会去关心画月亮的人的命运。

村落对面的山崖上，没有多少树，那是由一些石崖连在一起的石头山，石头山上长着一些稀疏的植物，其中的一个石崖上有着一个用石灰还是什么画着的月亮。那个月亮的图案,没有人鉴定过是用什么材质画的,同样也没有人去认真想过是怎样被人画上去的。那在很多人看来,近乎是不可能完成的。人们想到了天梯,人们还想到了在那个世界无处不在的神灵。人们在那个古戏台上,远远望着那个月亮。当从苍山下的那所精神病院里回来后,他开始了自己大胆的想法,他要在那些山崖上再画上一些月亮。当他把自己的想法跟人们说时,人们都笑了,更多人面露嘲讽之色,那些笑明显是在回应一个精神出了问题的人。他一直在强调,自己早已治愈了。人们是在某天猛然抬头朝那个山崖望去的时候,才发现了那个人真如自己所言,在那些山崖上画满了月亮与太阳。他说,除了月亮还要有太阳,需要一些炽热的能温暖人的太阳,有多少太阳也就需要多少的月亮。他以这样的方式,打破了人们对于原来世界的认识。如果这是在以前,多少人会因为他的行为而气愤,现在许多人都只是把这当成一种笑谈。如果在以前,一些老人会因为由那个月亮建立起来的信仰体系垮塌而感到不安。人们一直以为几乎是不可能做到的事情,他竟然就这样轻易做到了。在到处吹嘘自己的神作时,他承认是在夜间,那一夜他很辛苦,那一夜他自己成了一只可以在那些石崖间随意攀爬的动物,那时他早已不是自己了,他说自己如有神助,他还反问了大家一句,如果没有神助,我能做得到吗?所有人都知道,他在吹牛,但所有人也看到了那些满山崖的太阳和月亮。那是无法反驳的现实。他还在那些山崖上养了好些蜜蜂,有多少的太阳和月亮,就有多少的蜜蜂窝,用栎木做的蜂窝,把栎木桶摆上山崖的难度毫无亚于在石崖上画月亮和太阳。我见到了他,他表现得多少有些神经兮兮,他跟人说起要有光,他需要有光,那些在那个世界中生活的人,在他看来同样需要有光,那些太阳和月亮制造着那些光。如果不是真正面对着这样的现实,我将无法相信他竟会提到"要有光"。朝对面的山崖望去,我看到了那些会对人产生震惊的密集的虽然有些丑陋,又像模像样的月亮与太阳。

当再次想到那个画月亮画太阳的人时,我一个人在苍山下的城里生活着,妻女都暂时不在身边。由于疫情的原因,自己突然强烈感觉到真正生活在了一座孤岛中。那时,山都是与你割裂的,你无法像其他时间里那样,想以自己的方式走近山就可以走近山。你真正意识到了作为一个梦想者的重要。那个不断画着石月亮的人,同样是一个梦想者。你又想到了那个诗人,总觉得他也是一个梦想者,那种很符合我理想中对于梦想者的定义。诗人生活在苍山下,离我所在的城更靠近苍山。诗人经常会在微信空间里发一些照片,他给那些照片取名为"要有光"。此刻,你看到了他"要有光(五百零七)",简单的数字同样说明着很多东西,当看到那些数字时,就像看到了苍山一些山峰上标注着的海拔数。这时那些标注海拔的数字与诗人所记录着的数字之间,有了一种隐秘的联系,它们似乎所要呈现的某些意义很相似。

"要有光",你觉得这样的命名很恰切,同时有着太多的深意。当光出现在不同的世界,以不同的方式出现,光便开始变得远远不只是光。那些自然之光,轻轻地不经意间就会落下的自然之光,你知道诗人与病魔持续了很多年的抗争,也感觉到了诗人所希冀的内心之光与世界之光。五百零七中,有光落在了一些植物上,那样的洒落同样充满了一些无尽的意味。那些光既柔和,又锋利,锋利地不断刺向钝拙的内心。诗人所在的世界,离你不远,或者把范围稍微放大一点儿,你们就生活在同一座城里。你们背后都是苍山。你们前面都是一个高原湖泊。你们同样都感觉到了要有光的重要。即便你们的生活是不一样的,你们所面对的现实与困境是不一样的,你又觉得你们都是那种很容易就会被光与泪水感动的人。你不曾拜访过诗人,有过多次,你想去拜访诗人。你想象着,你们之间会有一种渴望已久的对话,你们谈论着关于疾病的隐喻,你们谈论着一些相对严肃的人生主题,你们谈论着一只壁虎在冬日里贴着冰冷的电线杆沉睡(那曾是你在第五十五条大街上目睹的,并长时间所无法忘却的),你们谈论着身后的苍山与前面的洱海,你还想跟他谈谈"要有光"。

在这座城的那间暗室里,我要摆放一张梵高的画(复制的),摆放关于凡·高的几本书(别人写的),还要摆放其他一些艺术家的传记。凡·高的人生与命运,与那个画月亮的人很相近,只能是某些方面的近。凡·高在爱情生活里所表现出来的单纯和极端,凡·高在生活中的落魄,凡·高在生前并无太大的名声等等。凡·高同样也是一个画月亮的人。别的那些出现在书房里的那些人,又何尝不是这样的人。一群画月亮的人,一群"要有光"的人,出现在了我的书房,他们相顾无言,他们在我的内心深处聚集在了一起,开始沉浸于回忆中,他们回忆着自己的人生与命运,并强烈地表达着对光与自由的追寻。书房里有了苏珊·桑塔格的传记,有了艾略特的传记,有了阿赫玛托娃的传记,有了伍尔夫的传记,有了巴什拉的传记,有了帕慕克的传记,还应该有加缪的传记、汉娜·阿伦特的传记、贝克特的传记……我开始迷恋传记类的作品,就像迷恋他们的日记与札记一样,迷恋着他们强烈的命运感。他们是如何面对历史与现实的,他们是如何面对自己内心的,他们是如何审视自己存在的价值与意义的,一些伟大的思想者在命运面前的那种焦灼那种煎熬那种被思想的微光擦亮后的解脱,都吸引着我。在看那些传记的过程中,我感觉到了自身的微不足道,一切的微不足道,微不足道的焦虑不安,微不足道的对于自己的审视。有时,我想通过在苍山中不断行走来寻找一些自然之光,那些曾打在那些传记上的光。

黑色笔记本

画月亮的人继续画着那些月亮。人们对此已经熟视无睹了。那些月亮就像是布满那个世界中的眼睛。有一天,那个画月亮的人,突然病倒了,开始卧床,长时间卧床,人们不去关心那个画月亮的人,一些人变得冷漠,一些人变得忙碌,一些人变得自私。人们偶尔会谈起那些月亮,那些没有任何特点的月亮，那些只是简单的不断被重复着的粗线条。人们只是感叹，画月亮的人，没有任何的创造力。人们只是感叹，面对着那样粗糙，没有任何美感的所谓月亮，不知道是什么力量在支撑着他坚持了那么久。

他在那些崖壁上画月亮的时间，基本都发生在了夜间，这更增添了一些让人惊叹和猜想的意味。人们唯一能相信的是在夜间，他幻化成了一个可以飞檐走壁的猴子。在白天，人们在认真审视着他时，他在人们面前的形象里，有着一些很像猴子的东西。那么，在夜间他成了猴子无疑，到了夜间，他就无法控制住内心住着的那只猴子。当有了这样的想法之后，他在那些悬崖上完成了那些月亮的画便成了是正常的。那些月亮虽然是简单的线条勾勒，要让它们出现在那些崖壁上，充满了不可思议的难度。而猴子就不一样，猴子的灵敏远远超乎想象。

当人们都这样认为后，人们果然在某个夜间，听到了在那些崖壁上发出了猴子一样的叫声，那种叫声时而是悲痛欲绝的，时而又是舒然快乐的，所有的人都只是聚在火塘边闲聊着什么，所有人都不敢出去证实他是否真幻化成了一只猴子。那是关于村落过往的讲述中，人们在白日里真见到了一只猴子，村落里的那个猎人，把那只猴子打死了（那是还未禁猎以前），猴子的皮被挂在悬崖下的某棵树上，被风一卷，卷到了悬崖上，成了像月亮一样的图案。那只猴子与他之间真就发生了一些无法解释的联系。他开始变得沉默，他不再谈论任何关于月亮的话题，一些光在他的眼里暗淡下来。人们突然意识到他曾经对光痴迷时，他的眼睛里有着各种各样的光，那些光就像那个诗人有一段时间里，不断地在寻找光和强调光时光所呈现的那般丰富。

我离开了苍山下的那个村落，那个人的近况变得有些扑朔迷离，我没有去问任何人他的近况，其实如果真去问的话，他的近况很容易就会被获知。我总会想起，那个画月亮的人一本正经地跟人们说起，我们的内心需要温暖需要光，所以自己才成了一个画太阳和月亮的人。

三十一

他们出现在了月亮坪。"月亮坪",在一个垭口的木牌上,用木炭写就,字迹歪歪扭扭。他们还要往下,去往山谷里。富生家在那里。福东曾经来过富生家,他努力推开十多年前的记忆之门,记忆中有山,有富生牧羊的母亲,有厚到膝盖的雪,还有因饥又寒而颤抖的双腿。有时,记忆呈现出了容易消淡的一面。他们也意识到一些记忆不会轻易消淡,就像富生在他们记忆中的样子。

我们一眼就认出了富生,他坐在长长的羊槽上等着我们,他的羊群围拢着他。黑色的羊、黑色的牛、黑色的马、黑色的树木。遇见富生后,我们将与太多的黑色相遇,我们还将遇见黑色的湖水、黑色的岩石,以及有关黑色诗意的幻想，那些黑色并没有给人冰凉感，反而因为富生因为世界本身而有了丝丝入扣的暖意。即便过去了这么多年，我们依然一眼就认出了那个熟悉的富生。富生高中毕业后，由于家庭方面的原因回到了老君山，以放牧为生。木头栅栏里的洋芋开得绚丽，白色和紫色两种色彩交杂，洋芋旁边种植的是中草药，狗吠鸡鸣，一派热闹的样子。

富生已经是三个孩子的父亲。而我们几个人的孩子都还很小。我们一眼看到了，时间与生活在富生身上留下的痕迹。在古木林立的山里绕了一小圈，熟悉的红豆杉（不是很多），还有其他熟悉的植物（很多）。我们朝着一个空啤酒瓶扔石头，扔了一个又一个，打不中，福东没能打中，财仁打中了一个，富生试扔了几个，不中，富生的不中定有因由，可能是因为我们的到来。回到富生家。杀羊，羊皮被整张剥落，内里的血丝在滴落，富生那时并没有参与其中，只是帮他的几个兄弟磨了一下刀，用水冲了一下刀。他的几个兄弟在很短的时间里便把羊解剖完成，他们拿起羊胆看了一下后，丢进盆里，在他们看来有羊胆就很好，富生说偶尔运气差会碰到没有羊胆的羊。羊皮被剥落的过程，我们多少感觉有一点点残忍，剥落的羊皮内侧上凝结的血滴一直凝结着，就那样慢慢干结。

夜间，月亮周围有着一些红晕。那个世界的被命名，与真正的月亮有了联系。当月亮隐去，又一次看到了群星璀璨的夜空。随着星辰慢慢多起来，我们的话也开始多了起来。十多年不见的富生依然温文尔雅，依然沉默寡语。我们谈到了过去，谈到了十多年以前。富生的兄弟，要离开月亮坪，去往另外一个住处，那个易地搬迁点，那个叫"索玛小镇"的地方，与富生一样温文尔雅，只是话要多一些。富生的兄弟离开后，富生说起了他弟一岁多的女儿夭折了，那是一个多月前的事。我们由于沉浸于再次见到富生的喜悦中，他弟也一定强压着内心的伤感，我们竟忽略了他弟那很难消释的痛苦。富生说了之后，我们重返他弟在时的场。他弟的低声诉说中，是有着那种一直压制着的悲伤，多少人又能轻易从失去孩子的苦痛中挣脱出来。只是在滋滋燃烧的火塘边，我们真是把一些东西忽略了。我们几个人围坐在火塘边，烟雾缭绕，因为富生的侄姑娘而沉默了一会儿。那时，我们的内心很痛。那时，酒又开始起作用了。从不喝酒的富生也喝了一小点。夜已经很深，我们的酒杯不断被满上，我们是要好好喝点，我们是要好好地谈谈，我们这些习惯沉默之人，累积了太多要说的话。

羊群出笼。富生有一百多只羊。我们还在酣睡。早早就赶着羊群出去的是富生的母亲。富生的父亲早逝,富生家有五个兄弟姐妹,她的压力可想而知。她一定在富生父亲去世时,夹着烟蒂沉默了很长时间。富生的母亲给我们的感觉是很少说话,一直在一根接一根地抽着烟。看到富生的母亲,我便想到了老祖(老祖在很长时间里,或者一直是我在内心里形成的标尺。老祖的那种善良与隐忍,在富生的母亲这里又以另外的样子在表达着)。她的沉默,并不是语言的原因。富生的母亲会讲白族话,反而是富生的几个孩子不会讲白族话,只会讲彝族话和汉语。只是在我们面前,她一直很沉默,与我们不绝的言说形成了强烈的反差。富生的不抽烟与她的抽烟。富生兄弟的相对滔滔不绝与她的沉默寡语。老人的沉默里,有着很大的原因是生活很长时间的重压。而现在,老人已经相对轻松了。

富生在离家有些远的镇上学校附近租了一间房子,他要给孩子们做饭辅导作业,每到富生去陪孩子们时,生活的重担又再次转移到了家里的女人身上,老人又开始放牧的生活。富生的母亲与我在苍山中遇到的很多老人一样。在与那些老人不断相遇之后，我成了容易被感动的人。细细思量，才意识到那些人并不是为了打动我，也不是为了打动自己，只是因为生活如此，他们必须如此。他们的表情、他们的皱纹、他们的语言、他们看世界的方式，以及他们与世界之间的那种关系，都在以一种很奇妙的方式击打着我。有时，一些巨大的悲伤会侵袭着我；有时，又是一些巨大的感动朝我袭来。

富生的母亲，依然在那里一根接着一根抽烟，我没有把注意力放在她抽烟的娴熟动作上，而是放在了她抽烟时的若有所思上。不知道是在什么样情形下形成的，可能是在她的丈夫离世之后，也可能是在富生高中毕业之后不能继续上学之时，还可能是自己一岁多的孙女夭折之时，我们能理解一个老人的沉默，其实富生的母亲年纪还不大，还不到六十岁，不到六十岁又怎么能是老人呢，只是她身上呈现出了很强烈的老年人特征。

我已经回到苍山下，与友人北雁说起了富生的母亲，说起了很多老人，讲得可谓如泣如诉，内心复杂。我们都在强调他们身上呈现出来的那些品质。在富生家那一夜，夜色中繁星闪耀，我再次看到了满天繁星。繁星出现之前是月亮的影子，我们不再添柴，用火钳拨弄着火塘，火塘慢慢冷了下来。我再次走到木质的建筑外面，那时天空中繁星密布。我跟财仁说好长时间看不到这样的繁星了，至少在苍山下的那座城里，已经见不到。财仁在那一刻反驳了我，反驳说在那座城中，他依然多次见到了繁星。他的反驳，把我好不容易营造的氛围转瞬打破，因为酒的原因，那种营造的美好氛围很快又回来了。那是属于内心的夜晚，那样的感觉很奇妙，我以为那样的夜晚将是稀缺的。在苍山中，我还是多次遇见了那样的夜，并沉醉其中，内心里住着一些星辰，那是花甸与土地上空的星辰纷纷就着酒坠落心底，在内心形成的璀璨，一直无法消散，直到夜尽，直到天明。那样的夜，会让一些忧伤褪色，同样也会让一些忧伤加重。有那么一刻，我们大家都忧伤起来，我们说不清楚为了什么，那就姑且算是为了那个于当时的我们而言真正稀缺的夜。

富生曾要离开这个村落，想通过读书改变自己的命运。当时在这里，就只有他们一家人。后来他没能通过读书改变什么回来后，又多出了一家，当他弟弟长大后，又多了一户。我们能理解为何现在的富生为了孩子，要在很远的学校附近租房子。富生的爱情也在这里，富生的婚姻也在这里。富生并没有真正离开过这个现在只剩一户人家的村落,他的弟弟经常离开村落去往一些大城市打工,他让自己的媳妇也跟着弟弟一家外出打工了几年,而他自己就一直是牧人,一个高中毕业后因为种种原因而无法远离的牧人。富生的兄弟说自己的酒喝得差不多,就要给我们唱一首歌,他的酒一直没有喝够,我曾想象过他的兄弟会用他们自己民族的语言,在有些阴冷的村落里唱出一群人的忧伤。其实我们能肯定的是,如果他真唱了,那绝不会是忧伤,一定是一首欢乐的歌。

自然,汩汩流淌的溪流,繁星,生命的漫长路途,那些依恋与徘徊,那些爱与无奈。富生身上的无奈感,似乎是少了些,其实那只是我们一开始的感觉,当富生说起让他们去往集中安置的小区,内心还是有些复杂,那意味着他们将离开月亮坪。他说幸好还可以在山上放牧。

黑色笔记本

在苍山中的那个村落里,所有的灯火早早就熄灭了,人们早已躺到床上,大家都在静静等待着亡灵回来。苍山中的那条河流在厚厚的夜幕中，响声清悦，还有点点冰冷，落入河中的星辰也感觉到了那种透心的刺骨。

白天，苍山中的那个村落里，一场丧事刚刚办完，一些人沉浸于悲痛中还未能缓过来。暗夜里，夜是忧伤的，忧伤的心亦无法真正入睡。人们的讲述中，亡灵会踏着冰冷的月光回来，月光很淡，只有亡灵才能看清淡淡的月光照出来的路。人们把亡灵生前最重要的物品摆放在了坟墓前面，一根拐杖，一个烟斗……

夜晚倏然而逝。人们都说那个夜里，亡灵是回来了，人们听到了他在门口抽了几口烟，然后磕了几下烟斗，然后就进来了，亡灵要轻轻碰触一下亲人，亲人不能动，亲人一动就会吓着亡灵。虽是在世之时无比亲切之人，面对着亡灵，很多人依然感到害怕，只能忍着，只能屏住呼吸，许多人在恐惧中慢慢沉睡。亡灵忘记了烟斗。人们还看到了磕烟斗时留在门口的灰。那都是亡灵回来的痕迹。亡灵的亲人，把烟斗展现给大家，为了证实亡灵曾经回来过。

人们说，在尸骨被安葬的那晚，所有的亡灵都会在那个晚上回来，无论是狂风骤雨，还是冰冻湿滑，那些年老逝去的亡灵，有了重返青春的力气，他们留在夜间的脚印，与常人无异。人们在这个问题上,有了一些不一样的声音,人们说起一些年老的亡灵时,都肯定地说他们听到了亡灵走路时喘气的声音,还信誓旦旦地说起看到了亡灵停步歇歇气时,令人悲伤和怜惜的身影。

我参加了其中一次葬礼。那一晚,我猛喝了几杯酒,然后早早就躺了下来,冰冷与恐惧让我很长时间不能入睡。我是在什么样的情形下入睡的?我已经想不起来了。只是翌日,人们开始纷纷说起亡灵回来的事情,所有人都面露肯定和激动的神色。我也丝毫没有怀疑,毕竟在我的记忆中,在人们多次说起之后,已经对此深信不疑,即便在众人的异口同声中,一些可疑的东西依然呈现在了人们面前。即便时间继续往前,人们对于亡灵的认识依然是这样,至少在苍山下那些村落里是这样。我离开了那个村落,人们依然在绘声绘色地讲述着亡灵回来的情景,这次亡灵忘在家里的是拐杖,那个支撑着生命度过了众多严寒冬日的拐杖。我回头看了一眼,是看到了那根被时间擦亮的拐杖。信与不信,有时似乎已经不那么重要了。

我离开了那个村落。河流的声响在白日人们喧闹的讲述中,变得小了很多。我远离了人群,我沿着河流走了很长的路，才真正从那个村落里走了出来。在与那些喧闹的人群有了一些距离后，河流的声音开始大了起来，河流变得真实起来，我俯下身子，像牛饮水一样长长地喝了一口冰凉刺骨的河水。

三十二

他把自己想象成画师。他打开了那幅画卷。是张胜温画卷还是其他？他无法肯定。在苍山中，适合打开《张胜温画卷》。在苍山中谈论起画，又怎么能绕过《张胜温画卷》。他想象着画师将在什么样的情形下开始自己的创作。怎样开始了自己的草稿，然后怎么真正完成了艺术品。他一直在思考着，该如何才能真正完成一部作品。当他来到了那个有着众多石头房子的村落时，他似乎看到了一种可能。似乎是一个只生长石头的村落，石头做成的窗子，凿开的窗户，石头窗子里的苍山，人们的内心住着的也是石头。透过窗户看到苍山之后，一些石头依然还是石头，一些石头却早已不再是石头了，有些坚硬变得柔软，画笔有了柔软的一面。有一个石头村落，人们纷纷离开了，偶尔会出现一两个人，他们是为了过来看那个空落的村子。那些居住的人离开后,就像是把村子还给石头,还给荒野。他出现的这个石头村落里,还住着人,还住着很多人。他不是画师,他只能把自己想象成画师,他出现在了岩画面前。在岩画和壁画面前,他不再是想象的画师,他觉得自己就是岩画中的某个粗线条,那是关于人的线条,那是被简化的人,与栩栩如生的人不一样,生命的色彩在崖画上突显,一抹强烈的铁锈色。线条在种植五谷驯养六畜。

苍山中的岩画和苍山中的某个庙宇中见到的壁画,二者都是残破的,都被时间侵蚀和篡改。一个是天然的石头,一个是建筑的墙体。一个是在敞开的空间里(一个大的自然空间),一个是在相对封闭的空间之内。我们抬起了头,岩画在悬崖之上,精美的壁画被画于建筑的中央,作画者的姿态将与我们看的姿态相似,那是需要仰视的岩画和壁画,也似乎在暗示我们那是需要仰视的美。岩画,色彩天然而单一,线条粗犷而简单。壁画,线条细腻,色彩华丽。岩画与壁画,呈现给我们的近乎是两个极端,从最原始的简单慢慢发展到无比精致。在苍山下,我们谈起了文化的发达会带来对美的极致追求，有时也会走向极端，会走向追寻病态的美。壁画上人物的精美与圆润，色彩的华丽，是美的极致呈现。我们庆幸，在那里美的病态感并没有出现。

我在那个天然的空间，看岩画。它们在时间的作用下，变得很模糊，模糊成了它们的一种外衣。我们所见到的那些色彩，同样是它们的一种外衣，可能是真实的，也可能是时间带来的一些错觉。那是时间旋涡中可能的记录方式。岩画所在的地方是一个自然之所，有高山草甸，有多种植物，有种类繁多的杜鹃。在岩画之下，现实退散，幻象出现。我们确实只能猜测那些在洞穴中在山崖上作画的古老艺术家，是在怎样一种原始的冲动下开始作画，并完成了一幅又一幅拙朴简单的画。我在岩画前想象着那些原始艺术家的形象，我突然觉得他们很像在苍山中遇见的某些民间艺人。那些古老的艺术家画下了天堂与地狱的影子，他们同时也简化了天堂与地狱。我看到了一种穿过时间的粗粝画笔与粗粝的思想，以及对于世界尽头的粗粝想象。岩画的存在，在我们眼里变得虚幻和神秘。那些岩画背后的艺术家是虚的，是在讲述的过程中有可能被我们讲得有血有肉的。很遗憾，在面对着那些岩画以及背后巨大的想象空间，我们的讲述倍感乏力,艺术家变得越来越虚幻。狩猎、放牧、采摘野果与舞蹈。人物、动物与植物。我们能看清楚的只是这些。内容似乎简单到轻易就能归纳出来。我们会有疑问,艺术能否被归纳。艺术的简化形态,艺术的小溪,那是某些艺术的源头。我们无法看清的是颜料,应该是动物血液与赤铁矿粉的混合。颜料是经过了怎样的糅合,才会有着那样过了这么多年还没有消除没有走样的效果。这同样是谜。

苍山中,有着一些无名的岩画与壁画。"在苍山中",这是让我着迷的描述方式,我多次与人说起自己在苍山中。我还迷恋另外一种讲述方式,"我从苍山中来"。我从苍山中出来。我们在苍山下相遇。我们谈论到了此刻所在之地,有着众多的虫蚁,每到雨天,蛇就会出现,还有其他一些生命会出现。蛇出现了,别的一些生命出现了,它们从苍山中出来。岩画上有蛇,岩画上还有着其他的生命。对于那些岩画,我兴致盎然,我喋喋不休,那真是一些会让人产生无尽想象的岩画。我所迷恋的是岩画所呈现出来的那种不经意性,是一种随意的,有着童话意味的东西。

画师在那个庙宇里进行着旷日持久的对于艺术的理想表达,画下了那些已经斑驳却依然华丽的壁画,基本都是一些神像。是在那个庙宇里，没有人，我在那个庙宇里，安静地坐了一会儿，在那个安静的空间里找寻着进入那些画的路径。画师离开那个庙宇，出现在苍山下的一些石头房子里，画着其他的一些画，从墙体上回到纸上的画。

苍山中，会感知到一些衰败，也会在那些衰败中发现一些重生。我同样喜欢那些衰败，就像那个满是石头房子的村落，还有那个几乎已经被杂草覆盖的村落，没有人，超乎想象的人的缺失，我依然喜欢那样的破败。石头房屋，就像是他艺术的牢笼，坚硬的空间之内，放置着的是否是柔软和灼热的内心？冰冷的建筑之内，特别是冬日，特别是雪下到了这个村落里，搁置的是否是一颗冷静的内心？在面对着画师笔下的世界，坚硬、冷静的同时，还有灼热与柔和，石头房子显得很简单，而屋内的人与灵魂却并不如此，复杂的个体。画师记录下的苍山，那是画师记录下的苍山上自然变化时，他自己内心的惊叹之声。我也想像那个画师一样，像那些梦想者一样，记录下自己每次进入苍山之内，所会产生的一些惊叹之声。画师也可能在那样破败却杂草丛生（生命的两种极端，逝去与重生）中，开始画那幅在时间的沙漏里璀璨夺目的画卷。画卷记录了一种辉煌的过去，同样也是在记录着一种逝去,一种消失。

我继续以我的想象塑造着一个可能或不可能的画师。画师画完那些壁画后,来到了苍山下的那些石头房子里。画师不断画着自然。画师就在苍山中不断临摹着自然,然后让自己拥有一颗自然的灵魂。画师的那些传世作品中,自然的痕迹并不明显,都是人,画师展示着人在面对着名利牵绊时的诸多姿态。画师看得很清楚,他只有在苍山中才会看得那么清楚,只有在苍山中才能真正做到超脱于外来看一群人。一群人出现,一幅画又一幅画连缀在一起,时间有了延续性,一些神色却是停滞的,是重复着的。画师的行为近乎有点怪异。当人们跟我说起那是一个怪异的画师时,我理解了他的怪异,同时我又觉得那根本就不怪异,我想到了老祖的丈夫,那个在自然世界中抄写贝叶经的人,这个画师与他相近,他们在一些方面太像了。画师花了很长的时间,他的目的就是进入苍山,真正的苍山之中,即便画师生活的世界背靠苍山,推窗就是苍山(与我现在所推窗即是苍山相类似),他在苍山中临摹自然的同时,把那些临摹的草稿付之一炬(有点类似一些老人在焚烧那些甲马纸),然后倒入了苍山十八溪中的某条溪流中(这同样类似那些老人把焚烧后的甲马纸的灰烬倒入其中一条溪流中一样），画师传世的只是一些人物画（那些人物画，我们能一眼就看到他们内心深处住着自然的影子，凝神细视，那是一些生长得像树木的人，像河流的人，像天上的云朵的人）。画师的一些作品，像极了香奈儿，一些飞翔与梦幻的东西很像，羊群开始飞翔了起来，那时羊群上是一些飞鸟，还有一些岩石也开始飞翔起来，还有人也开始飞翔起来。一些人进入了画师留下的日记之中，那些日记更多记录的是他每天在苍山中行走时所观察到的自然，在自然中嗅到的气息，所看到的一些在山崖上停驻的老鹰，所看到在山崖间长出来的一些花朵，他详细记录下来自己在苍山中内心的日渐宁静，还记录下了他付之一炬的那些画。他详细记录着自己在那些真实的自然中，内心所发生的一些变化，那是自然对于生命的影响。只是日记中的几本，毁于一场火，那些生命的文字如一些生命般灰飞烟灭，让人唏嘘。画师还留下了一些混沌强烈的画，画师画下的是对于苍山的一种无能为力，努力却看不懂的苍山，越熟悉之后越看不懂的世界。内心的罗盘，早已辨析不清方向。在惊叹之中，覆盖在苍山上的雪与飞鸟，冻结了罗盘的感应能力。画师画下了，沉默的罗盘与沉默的寂静。画师画下了一种独属于画师的复杂性,那是作为个体不应该被剥夺的复杂性。

那同样也是一幅长卷,至少五十多米,画卷被缓缓展开,那是现在,画师是一个女的,她所记录着的同样是一种逝去与重生。那些石头的世界,松果般的形状与纹路,生命的尽头进入了那些石头,石头是坚硬的,但最后的那块石头,已经破碎,碎落了一些东西,那时一些隐喻的东西出现。你无法去评判那幅画卷。你同样无法说那就是一种模仿。眼前的画师,说她一直在构思着这幅长卷,有很多夜晚,她无法沉睡,往往一有想法,就会点灯披衣。她说自己就像是被那个几百年前的画师附身,画下人在自然中的那部分,当年的画师并没有完整画下人在自然中的样子。她画了太多的石头。如果我跟她说苍山下有这样一个村落,村落里有着众多的石头房子,像极了她笔下的那些石头,不知道她会有怎样的反应。你似乎看到了对于一个影子的虚幻模仿,一种想对于影子的努力捕捉。你一眼就发现了两个艺术家所要抵达的艺术的维度是不一样的。你不好随意评判眼前的那个画师的画卷总有种对于宏大的迷恋,至少是对于长卷的迷恋。她再次强调了那幅画卷有着五十多米。画卷没有完整在我们面前展示,它只是一部分一部分被展示,一些部分永远是被隐藏着的。

黑色笔记本

在黑水河边搜集民族史诗的年轻人。年轻人离开黑水河来到苍山下,生活了很长时间,再次回到了黑水河边。那时的年轻人成了唯一的一个人。在黑水河边,很少会有人像他一样为了搜集那些口传的史诗与歌谣,而再次出现在黑水河边。有好几条黑水河,博南山中同样有着一条黑水河,它们最终都将汇入澜沧江。当一些文化学者再次出现在黑水河边时,口传的东西早已变得碎片化,记忆同样变得碎片化。

年轻人慕名去见一个毕摩,已是老者,在黑水河边预言了自己的生死。两个相对的人,一个年轻,一个年老。那个毕摩,无论是在苍山中的火塘边,还是在黑水河畔,会在一些时间里唱着关于民族的史诗,他为那些亡灵而歌,他为那些生者而唱。年轻人拿着一些卡带、一个破旧的录音机,离开苍山下的城,来到黑水河边。老人跟他说起了他们民族的指路经，那些为亡灵唱诵的经文，里面有着他们民族的源头，他们在黑水河边的生活，还有最终亡灵要回归的故乡深处。年轻人跟我们说起时,他已经不再年轻,我们成了相对年轻的人,他说毕摩唱到了他们民族的故乡（也就是亡灵最终要抵达的地方就是苍山,他没能记清楚是苍山的哪个山峰,我们姑且认为是苍山的深处）。不只是他自己感到惊讶,作为听者的我们也感到惊讶不已。

回到年轻人的讲述中。年轻人从一个极具现实的世界回到充满梦幻的世界里(作为听者的我们又何不是如此),两个近乎极端的世界,年轻人录制了一天一夜。毕摩唱了一天一夜。一些亡灵在毕摩的唱诵中,重新找到了回到故乡的路。年轻人总觉得那一天一夜,黑水河边不只是他一个人,还有一些亡灵也在认真听着。录音机出了问题,同时他沉浸于聆听中,竟忘了继续录制,他虽然拿了好些空空的卡带,只有其中一盘上面刻上了即将离世的毕摩的声音。他在记录,他只是记录下了一些残片。老人已经很累,老人在黑水河边跟年轻人说起,自己在唱诵那些经文时,并不是依靠自己的记忆,而是依靠一些类似神启的东西,老人说得很神秘,年轻人却对此深信不疑。一天一夜之后,老人忘记了那些自己曾经唱诵过的段落,也暂时无力去唱诵了。

年轻人回到苍山下的城中,翻译着那唯一的一盘卡带,也通过记忆想拼凑出另外一些碎片。卡带里放着的是哗哗的流水声;卡带里发出几声鹰的啸叫声;卡带里还发出了阵阵的松涛声。有一会儿,他走神了,为自然之声走神。他再次走神,是因为毕摩的腔调,那是从遥远世界中回来的声音,那是一种古老的腔调。他想起了毕摩自己要求把要录制的地点,放在黑水河边。他们选择的地点,不是河边的村落里,而是就在河流边。那时,黑水河落了下去。黑水河在录音机里,声响大了起来,有一刻河流的声响盖过了一切。自然的寂静之声,同样是史诗的一部分。记录的意义很重要。没有年轻人的记录,将是空的,将是一无所剩的。

年轻人想等着黑水河再次涨起时,重新再去录制一下。当黑水河涨起时,老人已经离世。让人感到不可思议的是,老人曾在火塘边预言了自己的生死,许多人一开始都不相信,直到他离开人世,许多人都感到惊奇不已,许多的预言竟是真的。他回到黑水河边,安慰自己,至少记录下了一些残片。黑水河,毕摩,史诗,聆听者,记录者,一个与生死联系在一起的老人。

三十三

  他出现在我们面前,还是原来的样子,至少我们依然能一眼就认出是他。在苍山中,一些人早已不再是我们印象中的样子,他们被生活的艰难与幸福重塑着。他们的艰难时日,被一些人讲述着。很多人很少会自己谈论那些不堪的过往和痛苦的现在,他们在短时间里展现在我们面前的只是生活的表象,一切充满了幸福的喜悦感。在还未见到他时,我们也在想象着,这么多年过去了,我们将见到的是什么样子的他?仔细凝视,他和我们一样,都在现实生活的沉压下,有了一些变化。

  富生要带我们去往山顶。从富生家出来,我们将面对着的就是纯粹的山,即便他的母亲他的兄弟,还有那个早夭的孩子，一直在脑海里挥之不去。天然的石头不可思议地堆积在了山顶，从山顶往下有很长一段距离，都是石头。我们踩着那些一块又一块天然的石头往山顶爬着。那些石头堆积的世界里，偶尔会有一些低矮的杜鹃，比较多的是雪茶，一种白色的细小植物，一些人在那些石缝中找寻着那种植物。我采撷了一株放入口中，细嚼，微苦，然后慢慢回甘。富生叫我们轻轻地吸口气，雪茶的味道开始在口腔里游走。我能清晰感觉到了它在游走，过喉，抵心。如果不是富生说起那种植物，并在说的同时把那种植物放入口中，我们很有可能就会把那种白色的植物忽略。那种植物太容易被人忽略了，形似花瓣，如雪，贴着地面生长。那时，我的注意力都被那些堆积的石头吸引。那些石头，不像是在山的另外一面，我们能看得到它们生长的模样，石崖挨着石崖，我们所在的这一面，只是石块的堆积，它们就像被什么人搬来那里胡乱堆积起来，或者就像是山顶上有着一个巨大的用石头建起的房子，突然轰然倒塌，石头从山顶往下滚落。我们在上面攀爬时，不用担心那些石块会滚动。那里，我们看到了很多枯死的杜鹃（我又一次想到了关于只是尸骨的比喻），那种悚然感在雾气中弥散，我努力把那些石头想成一些尸骨，却做不到。植物和石头之间依然还是有些区别，只是在那个世界里，它们成了一体，以各自生命的形态成为一体。

我们听到了水流在喧响，看不见水流。那些满溪谷堆积的石头，把溪流覆盖。我们沿着石头往上，石头消失，湿地出现，闪现眼前的是一小摊水，那是溪流的源头。那真是一条刚刚出生的溪流，那些石头的堆积，似乎就是给年幼的溪流一个保护的外壳。我们只能用听到的声音来想象一条溪流，声音的大与小、声音的缓与急，都在暗示着一条溪流的成长，它可能如那些石头堆积出来的影子，它也可能不是那些石头堆积的模样。在那条溪流的源头往上看，如果没有山顶萦绕的雾气，就能看到近在眼前的山顶，已经很近，只有几十米了，山有多高，似乎水也可以有多高。福东说自己心里满意的高度就是那条溪流的高度，他就在那里等我们，他太喜欢那条看不见的溪流了（其实我们又何不是如此）。如果那时，我们沿着那条石头河往下，就会看到溪流的样子，溪流将不再是石头下面年幼的样子了。在那里，溪流的年纪似乎是用石头堆积的长度在计算的。一条溪流，一些覆盖着溪流的石头，组成了一个可以让我们有无限想象的世界。

富生朝另外一个山谷指着，山谷中没有多少树，变得空旷。一些树木的枯骨横躺在了山谷中,一些山石从山上被倾倒了下来,溪流和我们所在的位置一样,都在石头下面流淌着。石头是坚硬的,那些石头就像是在保护一条刚出生的河流。富生说有一次,他就在我们现在所在的位置,朝山谷望着,一只小熊出现在那个山谷中。小熊在山谷中行走的样子憨态可掬,富生知道自己不能在那里久留,富生匆忙离开那里,小熊的出现,意味着还有大熊。在山上放牧了这么多年,其实富生没有真正与熊近距离相遇过。那些熊在听到人的声音时,它们往往会绕道而走。虽然听闻一些熊伤人的事件,其实还算很少。富生家的羊,丢失了几只,富生知道很可能是熊的原因。一些羊遇到冬眠的熊,把熊惊醒后,就会遭遇不测。

山在制造一些想象,同样也是在唤醒一些想象。我们坐在那些石头上,溪流就在我们下面流淌着,我们听着那些年幼的声音,闭上眼睛一会儿,把溪流边正在败落的花暂时忘却,不然溪流与花之间的那种对比就会出现,就会让你无端想到生命的出生与凋落。在一个纯粹的自然世界中,生命感依然突显,那是生命的诸多形态,那时回到我们的生命状态,一些让人羞愧的东西就会出现。我们猛然在石头的夹缝里看到了溪流的影子,用手捧起就喝,冰凉、甜美。富生说在这个季节很幸运,能在那些夹缝处喝到水,而在冬季,很多溪流依然在,你只是听到了它们在流淌,却看不到它们。

　　石块。溪流。低矮的植物。它们都在同一个世界里。它们是一样的。它们又必然是不一样的。还有原始的森林,还有水潭。雾气在山顶迅速地奔跑,世界变得很迷蒙。我们在山顶上能感觉到蒙蒙雾气的那种力度,击打着人的力度。一些湖水开始从消散的雾气中显现出来。许多的湖水,就在山的相对低处。山上的湖水。那时,就剩下我们三个人。牦牛在山口迎着风啃食着草还啃食着那些潮湿的云雾。富生朝那个山顶指着,一些色彩在那里轻微地动了动,他说那就是牦牛。我朝他指的方向望去,财仁朝他指的方向望去,财仁点头,我也点头,其实我有意扶了扶眼镜,依然看不清楚。牦牛就这样成了山的一种色彩。那里低矮的杜鹃正在败落。色彩慢慢往下移动,色彩落入湖中。众多的湖水。传说中有九十九个龙潭。在我们目力所及处,就有好几个,它们像极了那些干净的眼睛,它们像极了那些干净的泪水波动。湖水中有鱼吗?富生说他没见过。富生对于那些龙潭太熟悉了,我们相信他。我们在其中一个湖水中,看到了许多大蝌蚪,还有一只不大的蟾蜍,似乎除了这些之外,我们再看不到其他生命。那是海拔四千米左右的湖泊。湖水清澈透明,山的影子进入其中,石头的影子进入其中。当那些湖水在雾气中清晰可辨后,财仁再也无法抑制住内心的激动,其实我们也一样。我们要朝能见到的最远的那个湖泊跑去,我们只能跑,时间已晚,我们还要返回到富生家,我们还要返回到福东家,福东还在那条被石头覆盖的溪流边等着我们。那是后话了,那时我们已经回到山下,福东说在那条溪流边冰冷的风不停撕扯着他的脸庞,很冷。

我们真朝黑龙潭跑去。朝黑龙潭跑去的人就我们三个。我们在那些低矮的灌木丛中穿行。我们的鞋子一不小心就陷入湿地。去往那个黑色的湖水,要穿过那片黑色的树林。我们在那片树林里待了很长时间。青苔很厚。青苔在地上堆积着,生长着,与我们平时见到的青苔完全不同。青苔还往树上爬着,树胡子在树林里垂挂着。绿色的青苔与白色的树胡子。我找了一棵粗壮的古木,靠了一会儿,地上是厚厚的湿润的青苔,空气里飘荡着各种植物混杂的气息,一些菌类腐烂的气息,一些绿色充盈的气息。湖水近在眼前。有那么一会它消失了,我们只听到了一些鸟鸣,富生模仿起鸟鸣,富生内心里一直住着一只鸟,富生的内心里是应该住着一只鸟。一开始,我们都没发现是富生在模仿鸟叫。当我们猛然意识到是富生发出的叫声时,多少有些诧异,特别是我。我们都知道是可以模仿的,富生发出的声音已经分明不是模仿那般简单。我也想模仿,感觉口干嘴涩,不知道怎么发声。富生才是真正生活在那座山的人,他熟悉山上的很多生命,他不会在山林中迷失方向。

话不多的富生走在我们前面。湖水在山林中显露出来。只有流入湖水的溪流在哗哗淌着,在湖的这一边都能听到那种哗哗的声音,在山林中时,那样大的声音竟消声了。湖水边,有着野猪出现过的迹象。湖水边会不会出现熊?那个湖中应该是有一些鱼。我们希望那么幽深那么寂静的湖里能有鱼。因吃了一些杜鹃花,而轻微中毒如醉的鱼,吃了鱼而醉了的熊。这些在人们的讲述中曾经出现。我们只是把注意力放在了湖水本身,我们就在湖边的石头上坐了一会儿,很短的一会儿,毕竟时间已经很晚。然后返回,返回到最为现实的世界之中。我们再次过山林,再次在那些厚厚的青苔上停留了一会儿。有那么一会儿,我竟有些对那种寂静感到不适,甚而心有所恐。自然的安静,人影的消失,那是会让你既希望能一直在，又不敢真正把自己长时间放置其中的寂静。里面夹杂的矛盾,你无法进行评判。你唯一能评判的是那次行走,充满了不可信的虚幻与真实。我们回到了苍山下。

黑色笔记本

那时，在苍山下的那个村落里，正举行着一场祭祀活动。祭祀活动中,人们要宰杀一头牛,祭师把酒倒在牛的槽里,要让牛饮酒,要让牛同意才能宰杀它。那个村落里的所有人都坚信,喝了祭酒的牛,如果不同意自己被宰杀的话,会变得较之平日更为躁动。那场祭祀需要的是一头安静的牛，一头平静地面对死亡的牛。其中一个已经喝酒醉了的人,说牛与人一样,多少人在喝了酒还能变得那般平静。

我出现在悖论与诡辩之中。我关心的是那头牛,我多少希望那头行将被宰杀的牛,会突然躁狂起来,然后冲出人群,消失在苍山中,从此它成了关于苍山的讲述的一部分。只是我的希望与眼前的真实之间没有交互的影子。你继续喝了一口酒，然后努力安静地看着那头牛的动静。让你有些失望了,那头牛,并没有躁动,而是在酒的作用下,变得更为安静。人们早就会料到如此,他们已经面对了太多类似的牛。生命的麻木感,需要一些东西来刺激和唤醒。这样的情景,有点虚幻,有点不可信,在我真正出现在那里后,又变得无比真实,酒的作用反而是让自己变得更为清醒。也因为酒,我讲述的近乎就是一场梦,也很可能就是一场梦。

　　牛安静地反刍着,面对那么多的人,它不为所动,它早已习惯了很多人。所有的人都开始喧闹起来。牛只是很短时间被人注意关心,突然间人们都忽略了牛,忽略了祭祀中最重要的牛。牛的主人,可能已经混入喧闹的人群,也可能去了别处。我没有去问牛的主人是谁。那我抬头,看到了苍山上浓雾团聚,山顶可能正在下雪。我猛然意识到这天是大雪日。我在黑色笔记本上记录下:大雪日,苍山下,宰牛,饮酒,苍山上,一场雪正在落下,生命暂时的冬天。

三十四

他感觉到了空间感的无限绵延与拓展。随着他在苍山中行走范围的不断拓宽,随着他对苍山认识日益的庞杂化,现实的空间已经在真实地绵延和拓展,他的内心世界同样也被苍山拓宽着,他觉得自己不再是以前的自己了,他成了另外的自己,他成了一个全新的自己,他的世界开始变得敞亮起来。现实真是如此吗?他又不敢肯定。至少是在苍山中不断行走的过程中,他开始意识到那时的苍山之内,不仅仅只有他自己,还有一些放牧的人,还有苍山的自然本身。

那是在苍山西坡。山坡上只剩下作为记者的小宝和我两个人,别的人早已拥入那些燃烧着的杜鹃丛中。正是杜鹃花开得绚烂的季节,一地的落红,美得让人惊诧。不多的高山草甸上,有着一些马,一些牛羊,它们往往常年生活在山上,羊群亦如此。我有着多年放牧的经验,我就是在类似眼前这样的世界里放牧,往往就是我一个人,依靠着那些牛羊来消解可能与不可能的孤独。我们突然发现,除了我们两个而外,还有人,一个放牧的老人,羊毡子铺在地上,人侧卧,抽着旱烟。我总觉得,与那个老人之间,必然要发生什么了,至少会有一些对话。是有了一些对话,只是对话的内容,多少让我们有些感伤。他朝对面指了指,那里有一些垛木房,还有一些木头做的围栏,围着的是一些地。地里种着一些中药,就让中药烂在地里,挖的价值已经没有了,被一些人炒了几年,到今年价格大跌,卖也卖不出去,挖出来牛羊也不吃。在地里腐烂的气息,和被挖出来后腐烂的气息不一样。挖出来的那些中药,腐烂的气息很浓烈,牛羊都要绕道而行。在地里腐烂要好很多,气息变弱,淡淡的,有时甚而会觉得有些好闻。老人说,有那么几次,自己站在田边,深深地嗅了嗅,那气息真是好,里面还夹杂着自己在放牧的途中已经习惯的那种青草香。只是每一次,当他从那种沉浸的状态中醒悟过来后,内心的悲伤成风成河,风把杜鹃花吹落在地,河流消失在那个住了几户人家的山谷。当老人提起那些中草药时，我同样深有感触，我们之间是有着一些对于世界相似的感受。父亲和哥也在我们的牧场附近，开垦了一些地，种那种中草药，结果很相似。原来的草场短时间里还很难恢复。看到眼前老人发出忧伤的感叹时，我就看到了父亲和哥。特别是年纪已经很大的父亲，像极了眼前的老人。总感觉父亲和眼前的老人一样，最适应的角色还是牧人，当有意想把角色换一下之后，往往无所适从。老人的羊群陆续进入那些杜鹃林中，其实那种消失的速度，让人惊叹，我又看到了我的羊群，我的角色暂时回到了牧人。当老人起身，把羊毡子披在身上，跟我们告别，我才猛然意识到自己再也不是现实中的牧人了，只有父亲还是，只有哥哥还是。

我们成了苍山褶皱处的一部分。再次出现在苍山西坡时，已是冬日，杜鹃的那些落红成了梦中的一部分。我已经多次出现在苍山西坡，并在苍山西坡与一些我所熟悉与不熟悉的世界相遇。那个世界的世界里的一些东西，在这个西坡出现，至少是眼前的自然，自然之内的生命，以及生活在这片自然中的人的少，与那个世界的世界太相似了。那时，我特别渴望能有一些人出现，我想与他们谈谈，或者是听他们谈谈。如果是一个牧人，从草甸上缓缓起身，揉着眼睛，同样缓缓地跟你说:我们谈谈苍山西坡吧。我所希望的讲述方式,如果真在那里出现的话,将特别奇妙。果然有人开口了,果然有人起身,虽然不是从草甸上,而是在一个大石头上起身,身下铺着的是羊毛毡,他的烟斗在石头上磕了几下,然后他开始说,就让我们谈谈苍山西坡的杜鹃吧,其实那时的苍山西坡没有任何杜鹃的开放,杜鹃同样变得枯索。他说自己在那些杜鹃上看到了生命的一些形态,那些虬曲的枝干,那些起皱的树皮,那些稍显干燥的树叶,都在暗示着生命的什么,他又说不清楚。那时水冷草枯。干枯的草甸上有着一些牛马。松树底下是厚厚的松针。在面对着那些牛马时,我们依然习惯的是与它们进行着一些必要的对视,它们只是把头抬起来,让目光朝我们望了一眼之后,就继续低下头啃食着那些青草。我想象着它们在杜鹃花开得很盛的季节,啃食着一些杜鹃花(这会是真的,又有可能不是)。那时,我们面对的是纯粹的自然。那时,其实我们面对的并不是纯粹的自然。因为人的出现,那个牧羊人,还有那些牛马,都让苍山西坡有了不一样的感觉。这与我放牧的日子不一样,我放牧的世界里很少会有人出现,基本不会有陌生人出现。在苍山西坡,此刻,至少我出现了,并与老人之间有了关于自然的对话。我们谈论到了自然的繁复感，自然的繁衍，色彩的繁衍，以及想象世界里那些色调的繁衍。红色的杜鹃，不只是红色的杜鹃。杜鹃花的颜色消失，这并不代表它们就不在，它们会在一些季节里重新出现，我们可以期待一些色彩的重复出现。杜鹃是很多人在遇见老人时，所无法避开的一个话题。很多人出现在苍山西坡，也往往是因为那些开得绚烂的杜鹃。杜鹃的种类在那里分布，在苍山西坡，我们所面对的更多是大树杜鹃。在苍山的另外一面，让人印象深刻的是黄杜鹃，一大片一大片黄杜鹃的开放，那同样是一种渗入内心深处的黄颜色，那同样是一种纯粹且干净的色彩。在苍山上，我们面对的便是纯净的色彩，以及纯净的色彩背后纯净的自然，以及很有可能纯净的人。我们都想成为纯净的人，至少我是，但在很多时间里，内心很难纯净。厚厚的松针，躺在上面，不刺人，松软光滑，那些松针是纯净的。放牧的老人，已经随着羊群，从我们的目光里消失，又没有消失。

　　色彩开始发生变化。杜鹃花已经败落。色彩变成了白色。世界变得单一，成了白色的苍山，落日也成了白色的，当太阳从苍山上坠落时，苍山的黄昏是白色的。你所希望的苍山是这样子的。那时，你就在苍山下的那个村落里，参加葬礼。你就在白色的黄昏中进入那个村落,苍山上刚刚下了一场雪。苍山上总是在下雪。苍山上总是有雪。那是一个有雪的梦。那是一个白色的梦。我们暂时从葬礼的悲痛忧伤氛围中抽身,沿着河流走了一段路,那是用河流的声音铺就的路,鹅卵石,就是源自那条河流,路上还有着树的影子,一些古老的树木。你在白色的凌晨离开了那个村落,逝去的人已经被抬往苍山,那种悲伤带来的压迫感朝苍山以及往苍山走的人群倾斜。我们看到了因沉重的悲伤只能被人扶着走的友人,朝着苍山的方向大声喊着自己父亲的名字,那是喊魂,要让父亲记住回家的路。苍山上的白色越加显眼刺目,那时忧伤就是白色的。白色不再是那种我所熟悉的色彩,朋友和送丧的队伍,同样也覆上了一层我们所不熟识的色调,他们一下子全变老了,那些抬棺的人全部变成了老者,颤颤巍巍的人群。我真在苍山下的某个村落里看到了这样的人群,那给人的感觉真是生命力的落寞与颓丧。在那些抬棺人里,我看到了另外一个友人,他还很年轻,他从苍山下的那座城里回来,就是回来抬棺,为了帮一下那些抬棺的老者。他说,有很多次,自己是抬棺人群中唯一年轻的。他说,你想想那样的情景:一群老人气喘吁吁地抬着棺材入山,走在人群前面吹唢呐的老人时断时续地吹奏着唢呐。

黑色笔记本

老人卧床多年，具体是八年，八年已经太久。八年之后，他突然毫无征兆地好了。在面对着他和他的人生时，总感觉自己再次进入了苍山不可信的虚幻的那部分。我知道他是我在苍山中到处去寻找的生命之一，一个从未屈服的生命，一个被眷顾的生命。

他一直自己制作着一些民间乐器，而在卧床期间，他只能抚触着那些被自己制作完成了好多年的乐器，乐器上沾染了一些时间的埃尘，他只能听一些人用由自己制作的乐器演奏。他已经无力演奏。那些演奏中，他更多时候，听到的都是悲伤，那些本应欢快的音乐在自己人生困境的影响下，被忧伤缠绕，只有他知道自己对于生命的那种悲观、渴望与希冀。那些乐器，以及音符，在苍山中的那个村落里意味着很多，意味着一种品格，同样是你觉得已经变得稀薄的品格之一。他学会了不断用想象去练习制作和弹奏乐器。

苦荞坡,还是什么地名。苦荞坡,我也用想象抵达了另外一个季节,与冬日不同,荞麦花开的季节,荞麦成熟后被收割的季节。荞麦出现在了我的梦中。荞麦在梦境中长成了另外的样子。我在梦境中逢人便问那是什么植物,我好几次重新回到山坡上,确定了那就是荞麦。荞麦在自己的现实日常中,低矮的样子,稀疏的样子,是一种给人贫瘠感的植物。它们在梦境中长得无比繁茂,无比高,在那个大风吹过的山坡上,它们与别的那些植物一样高,如果不是它们的叶子和成熟的荞麦粒,我将在梦境中不敢相信那就是荞麦。许多人出现在那个坡上。坡很陡。荞麦往往选择那些坡陡和贫瘠的土地,在贫瘠的土地上生长的荞麦,已经让一些人讶异。我攥紧荞麦,才没有往山谷坠落,那时荞麦竟然支撑起了我,除了荞麦之外,再找不到任何的植物可以攥了,原来看到的那些植物转瞬间就从山坡上消失。从荞麦地往对面看,看到的那些木屋、一些开放的杜鹃和木槿花突然也消失了,一开始我还想去往那些木屋拜访一些坐在火塘边烤火饮酒的老人。这些都消失了。没有消失的只剩下那些荞麦,它们被人们用镰刀割下来,放在坡上。与现实中,我们会抱着一捆又一捆的荞麦到田边打荞麦不一样,没有荞麦粒被打下来。在梦中出现惊惧之时,是我死死攥着荞麦之时,坡下面就是一条大河,那一刻我只要放手,就会坠入谷底,就会被那条大河冲走。我在梦中感谢一株荞麦对我的拯救。

荞麦的样子,卧床的他也只能在记忆中去寻找。荞麦一定也会出现在他的梦中,只是我没有去确定而已。那些音符,那些古歌,他在记忆中寻找,他在荞麦地里熟睡的梦境里寻找,同样也在梦境中不断进行练习。一些古歌就是对荞麦的颂歌。很长时间,那些乐器似乎成了摆设,也成了那些遥不可及的过往的存在物。乐器被悄悄从墙壁上拿了下来,被擦拭一新,放入柜中,有种要被尘封的意味。

八年之后,他不再卧床,这是他自己都不敢相信的奇迹。他再次成了曾经的自己,似乎在他身上,衰老也变得很缓慢,缓慢到不可思议。那些记忆中的音符,制作乐器所用的植物的气息,不断唤醒着一个本要彻底沉睡的身体与感觉。他站在了荞麦坡上,荞麦坡上暂时没有荞麦的影子,荞麦坡上曾经有着大片大片荞麦的影子。少年的他出现在荞麦地里,抱着一捆荞麦,人们就在荞麦地里铺了一块塑料布,然后在上面敲打荞麦,那是收割荞麦的方式。现在,很难找到荞麦的影子，原来种着荞麦的地方，都种上了核桃树，那些在此时已经变得廉价的核桃树。他拿出了新制作的乐器，用自己的语言唱着，傈僳族语言，它们很快就被风带着，也很快会在风中拐个弯回到他的耳中。一些人在风中捕捉到了那些沉寂已久的声音。

　　他站在了那个舞台上，一个角落之内，他低着头不断弹奏着，他甚至都不唱一句，不言一语，在他前面跳舞和唱歌的人群却是喧闹的欢快的，他似乎一直无法从悲伤中缓过神来。当知道他的经历后，他的沉默又将是另外一种意义了，是生命获得重生的窃喜后的沉默。他回到了荞麦坡，面对着荞麦地，他要在荞麦花开的季节演奏自己的乐器，为荞麦而奏，为吹拂荞麦的风而歌。他不再是沉默的，他让生命释放着无尽的狂喜，同时他又变得无比小心翼翼，他知道自己的重生是多么的不容易。

三十五

从月亮坪出来,他看到了那对父子。他再一次看到了那对父子。那对几乎没有任何交流的父子。他不知道自己见到的是否就是同一对父子。他又希望在苍山中有着很多那样的父子。毕竟一个人面对着苍山,总归还是会孤寂的。他曾目睹着其中一对父子在一些墙体上作画,创作之时他们沉默不语。他们似乎已经习惯了沉默。他就在沉默中安静地看着他们日复一日地作画。即便双方就那样沉默不语,那样的沉默不语与一个人的沉默不语是不同的。小叔曾跟他说起过自己一个人在苍山中行走时,所感受到的那种足以把自己吞没的孤独感,很长时间遇不到一个人,很长时间里就只剩下自然。在小叔动情地讲述中,他有了一个人面对着自然的寂静时既兴奋又恐惧的复杂感觉。

在苍山中,当作为纯粹自然的苍山暂时被人们忽略时,人便成了主角。在一些时间里,苍山会隐去,而那些人会突显出来。我与各种各样卑微如蝼蚁之人相遇,他们身上有着星星点点的光,他们在重塑着一种筋骨。我想搜集的便是那些星星点点,很容易就会消散的光。我就是某种屈光的生命,希望用那些生命之光来照亮内心的某种幽暗。那时,蛾子正扑向燃烧着的松脂,我便是蛾子一样的生命。我又想到了我们的魂是透明的蜘蛛(我生活的那个白族村落里的人们,会在一些特殊的日子里去往庙宇,为那些失魂落魄的人找魂魄,找到的魂魄往往就是一种很微小的透明如蜘蛛的生命),我们的一些魂会不会还是一些蛾子?松脂是用来照明,燃烧的火塘边,只有我和几个老人,瑟瑟的冷风扑打着窗户,我们都屈向光,屈向火塘的温暖。就是在那个夜晚,一些老人的精神之光对我产生的那种影响,便开始了。

我多次出现在苍山中一些偏僻的村落里,与一些老人在火塘边聊天。火塘上面的灯光往往是昏黄的,在昏黄的灯光下,我并没有感到有多么疲乏。我们谈论的话题很宽,在我们看来,我们所关注的既有些狭隘,也没有想象中那么狭隘。一些老人，不再是衰退的生命，而是善良、坚韧的延续，他们突然变年轻了，他们突然间就不再继续衰老了。就像不断出现的老祖，就像在周城遇见的织布的老人、制香的老人、扎染的老人，就像制作银器的老人、烧陶的老人，就像是富生的母亲、福东的母亲、财仁的母亲、仲华的母亲、我的岳母、我的母亲，就像是姑爹的父亲……这些人我熟悉。我们经常在一起说起他们，我们很多时候都不在他们身边，他们都在以很特殊的方式出现在我们的世界，并影响着我们。那些人身上所显现的是生命的坚韧，他们朴实木讷，他们只会说白族话，他们除了自己生活的那个村落外，很少远走。我真受到影响了吗？我身上的一些鄙俗，依然如铁锈般嵌入肉身与灵魂。

那对父子出现了。没有人把他们当成民间艺术家，即便大家都知道了他们的身份，但只有在交谈中才会触及他们的身份。很多时间里，客车里卷起尘埃，在阳光中，我们能看到它们悬浮于空中的颗粒状，有时我们甚至看到了它们在阳光中朝窗外的草地落着，大家并不焦急，大家只是侃侃谈论着生活。大家在苍山中，变得很普通。客车在苍山中颠簸前行，客车风尘仆仆的，一群人风尘仆仆的，焦虑的应该只有我。我扑闪不定的目光到处游移,我擦了擦客车玻璃上厚厚的一层灰,露出来一小块,那样一小块在那时已经足够,那一小块上面并没有任何的眼睛。我望向窗外。窗外是生长稀疏的草木,一些牛马在山坡的草甸上朝我们张望,我竟然还看到了一只麂子。许多人也看到了,它在啃食着青草的间隙里,也朝我们望了一眼,然后继续吃草。当车子转了个弯,又可以看到那只麂子刚刚出现的地方,麂子早已消失不见,之前的从容可能只是一种伪装的镇定。那对父子搭车上来时,已经没有座位,只能靠着车门,人群拥挤,热汗淋漓。他们就那样安静地站着,两人之间几乎没有什么对话,他们没有注意到在拥挤的空间里烦躁的我正注视着他们。那时还很年轻,每次坐车多少都会有点烦躁,毕竟能坐一二十人的客车往往要挤进去四十多人。司机会放一些藏歌,那是一些颂歌,歌颂大地与河流,歌颂母亲,歌颂爱情。在苍山中,最适合听那些歌曲,有时我们会沉浸于音乐中,歌曲中出现的大地与河流成了苍山本身和苍山中日夜流淌不歇的河流。音乐间出现了短暂的停歇,我把目光继续投向那对父子。

那对父子是为庙宇塑像和画壁画的人。一开始,我还不知道他们的身份。是在交谈中,与他们熟识的人问起了最近他们又出现在苍山中的哪些村寨,又塑了多少的东西,又画了多少的壁画,那个父亲——回答着。那是让我感兴趣的身份。他们塑的像还不是真正的神,只能是神的形。他们所在进行的同样是很纯粹的艺术创作。那对父子出现在了苍山中的许多个村落,以及许多个苍山的子山上,苍山中的每个村落都有着自己的神灵,每个子山都有自己的庙宇。庙宇和村落之间的联系,要在一些特殊的日子,至少是有一些人出现在庙宇中时,才可以捕捉到那种隐秘的联系。当他们父子二人出现时,庙宇成了个体,被分割开的,庙宇与那对父子间构成了一种极为特殊的联系,一种极为特别的构图。他们重塑一些泥像,重画一些画,一些并不是光怪陆离的画。有那么一会儿,我又希望看到的画是超现实的、是变形的、是色彩斑斓华丽的。他们还做的就是对一些塑像与墙画进行修补,他们就像在一个又一个废墟上重建一个世界,想努力把那些倾倒的东西重新竖立起来。他们说自己的创作,只与艺术有关,更多与信仰无关,只是有些特殊而已。

这对父子是否就是原来我曾见到的那对?那是在很久以前了,同样的情景,他们也同样在半路搭车,汇入拥挤的客流之中。客车中的人群疲惫异常,很少有人会注意到他们,他们就像许多在苍山中到处游走的人一样。父子,这样的关系往往很微妙。那对父子保持沉默,还暗暗透出一种隐忍的东西。眼前的这对父子,我能从他们背负的东西上肯定他们便是多年前,我所见到的那对父子。那对父子,以不同的步调,不同的希冀,进入一个村寨,或者是山中暂时没人的庙宇。那对父子,无意间见到一些破损的塑像时,也会去修补一下,对一些残损的壁画,也会进行修补。我们往往会去感叹那些墙体上的绘画,那些源自民间源自在大地上近乎流浪的艺人,他们默默地呈现着技艺的精湛,以及思想世界的某种丰腴。

黑色笔记本

三只老虎出现,与苍山中悬挂在树枝上成串的蝴蝶出现时是一样的。黑色笔记本翻开,那些空白处是三只老虎的脚印,是那些蝴蝶羽翅的缤纷。三只老虎从苍山中走了下来。苍山,可能是我现在面对的真实的苍山,也可能是另外的山。苍山,成了一座有着形容和象征意味的山。当我出现在真正的苍山下的那个村落,那个叫鹤阳还是什么的村落时,人们竟惊人地提到了三只老虎。在这之前,三只老虎首先出现在那个会议室,三只老虎在没有任何自然气息的会议室被人们讲述着。

那些老人,跟我说三只老虎就是从那里下来的,他们指了指那里,那是树木不是很茂密的地方,三只老虎结伴而行确实是太醒目了。三只老虎从苍山中的那条溪流中渡河。溪流在冬日色调的作用下,更加清澈,溪流在冬日里依然是丰盈的。那条溪流,让我想到了苍山中的一条溪流。鹤阳村往上,灵泉溪,溪水丰沛。疏浚河流的几个人(只可惜,他们只顾着疏浚溪流,不跟我说任何有关那条溪流的种种)。水中的废铁(隐喻一般的存在)。河流成为空间(宫殿,抑或陋室)之内的声音,河流成为教堂上彩绘壁画的一部分,河流从本主庙前流过。坐在露在溪流外的一小堆砂石上,看河流流淌,主要是听,听那些不断撞击着胸膜的流水声,还有夹杂在流水声中的鸟鸣。一些鸟飞过,遮挡着阳光照入溪流,阳光被切割成鸟的碎影落入水中,又从水中振翅,朝灵泉溪的源头飞去。

那里再不能往上了,一些人脱了鞋子蹚过溪流。三只老虎进入了溪流。有人出现在了那里,就像我一样出现在了那里。三只老虎，似乎并不饥饿，它们也无意去杀害眼前那个无辜的人，它们对视了一下，它们甚至根本看都不看那个人。三只老虎继续往前，那个未被伤害的人吓得晕了过去，醒来便疯了。它们将出现在另外一条大河。那是苍山中的那些溪流所会汇入（也可能不会汇入）的一条大河中，那条叫"澜沧江"的大河。三只老虎，讲述的人说，其实不只是三只老虎，而是很多老虎，它们浩浩荡荡地从苍山中离开。曾经它们让自己斑斓的色泽，把苍山的草木染得更加斑斓，它们还在暗夜中释放出炫目又感伤的色彩。

三只老虎，在被讲述出来时，我被迷住了。讲述的人在提到老虎时，那三只老虎的命运与人类的命运联系在了一起。我离开了讲述的人群，我逃离了他们的记忆，我出现在了他们所指的溪流边，脱掉了鞋子，过河，从河的那边又走了回来。那时我便是其中一只老虎，我试着感受着那三只老虎渡河时的内心，但感觉不到，感觉到的是空，是河流的冰冷，是河流的清澈。三只老虎还将从冻结的冰层上跌跌撞撞地走过。

三只老虎，被那些在苍山中行走着的艺人画在了某个庙宇之上。抽象的老虎，属于印象主义的老虎，只是色彩的，又只是忧伤的色彩。只是不能肯定的是那变形而忧伤的三只老虎，就是被人们津津乐道的那三只老虎。是那对父子跟我说起的，我们无意间说到了它们。我以为是那对父子画的。那对父子坚决地摇了摇头，他们同样惊讶于那些栩栩如生的老虎。

那个苍老的父亲这样说完后，他们继续在那里画着。我看了一会儿，他们正画着一条我熟悉又不熟悉的河流。我能肯定的是，那无疑就是苍山中的一条河流。那条河流同样是印象主义的。我离开那对父子，远远看着他们，那时苍山，苍山中的庙宇，庙宇旁流淌的河流，那对父子汇入庙宇的红中，成为一幅印象主义的画，或者是我所认为的印象主义的画。我竟然产生了错觉，那对父子还画下了时间，一个变形的钟表，正在融化的钟表，有点像达利的时间与表。当我再次望向他们时，我以为那样的表没有出现，却出现了一只老虎的身影，真出现了一只老虎，它正把自己的头探向河边，饮水。然后又出现了一只幼虎，试探着朝那只大老虎与那条河流走去，同样饮水。在转瞬间的色彩变化中，那对父子不见了。

三十六

他回到了苍山脚下。在苍山脚下,获悉姑爹离开了人世;在苍山脚下,获悉了姑爹那老弱的父亲,在姑爹离世后不久也离开了。在苍山脚下的这座城里,他经常以这样的方式,获悉很多卑微且平凡之人的命运,他们的此刻,他们的现在,然后又从此刻往前反推,每一次的反推都让内心的悲痛与复杂多了几分。一些生命终究被碾磨成了齑粉。这时,有这种想法的他,真是悲观主义者无疑。

一些人的命运终将会融入我们的血液中,他们终将会以他们的命运来影响我们,重塑我们。在苍山中,在高黎贡山深处,在面对着老祖、老祖的丈夫、织布的老人等等时,我都有着这样强烈的感觉。情感终将会以喷涌的方式把内心的空填满。那些我们所无法抑制的情感。姑爹与我的感情是最好的，多少次他没有走夜路回那个只需要翻一座山就能抵达的家，并不是因为害怕会路遇那些逝去的落魄灵魂，只是想与我谈谈他狩猎的日子，他知道我幼小的心灵对于狩猎的好奇。他终究就是猎人，而不是真正的牧人，即便家里有着几百只羊、几十头牛、几十匹马，还有着最肥美的草场。这些牛羊马，并不需要他真正去放牧，它们习惯了在那片草场上自由自在地生活着。姑爹在很多时间里，就是以猎人的身份活着的。按哽咽的姑姑哭诉，姑爹的早逝也是有原因的，那是命中的劫数，毕竟他捕获了太多的猎物，甚至曾在多年以前还捕获了一只幼虎（那是还未禁止捕猎的时候）。提到那只幼虎，姑爹总觉得自己捕获的是他唯一的儿子的魂，儿子的魂幻化成了那只斑斓的虎。他最终没忍住把那只幼虎杀死，看着那只被自己杀死的幼虎，姑爹不敢相信自己的眼睛，也不相信自己竟会有这样的勇气，他在风声阵阵的林中颤抖着，幼虎背后的母虎将会把自己扯成碎片，但没有，也没有出现老虎为了寻找幼虎而出现在牧场上房屋前的情形，老虎也不曾出现在山下的那些村寨，让狗胆战心惊，让人在沉沉夜色中遭受噩梦的折磨，一切显得很平静。

这也让他一度怀疑自己捕杀的并不是老虎，自己只是在梦中捕获了一只老虎。

如果知道那是自己儿子的魂(如果真有魂的话。他有时很坚信,毕竟他相信了自己的魂是那只如蜘蛛却细微得透明的虫。只是在那个世界之内,人们相信了自己的魂是一只同样微不足道的脆弱得很容易就会被忽视的虫子,却不敢相信一些人的魂可能是老虎可能是豹子),他一定会压制住内心捕猎的欲望。直到儿子离世,他才猛然意识到自己捕获的就是儿子的魂,命运跟自己开了个玩笑,自己在执迷于捕获猎物的快感时,却忽略了那种执迷的快乐中同样可能会潜伏着无尽的忧伤,那是一种从悬崖中坠落深渊的无尽忧伤,而自己是那只并没有幻化成的老虎。他会跟一些人说起自己的儿子真是太调皮了,调皮得要让他过早承受丧子带来的近乎黑洞般的苦痛。到他离世之后,姑姑也才意识到有一段时间,姑爹疯狂狩猎,有一次他扛着一只麂子往回走,半路被麂子压得晕厥过去。不知道这只麂子又将是哪个人的魂？那次的晕厥,那是只怀孕的麂子,似乎已经在暗示着什么,没人在意。直到姑爹的离世,姑姑和一些人才猛然想起。这样的后知后觉,似乎已经没有多少意义了。

我听闻这个悲伤的消息后，回到了那个村落。那个村落对面的山正在燃烧着，一些飞鸟在火烟中扑腾飞出，其他的野兽并没有在里面慌乱逃窜。记得，那座山上曾有一只雪色的狐狸，记得，那座山上经常会有一些麂子出现。我真不敢去见姑爹的父亲（其实我还忽略了姑爹的母亲，那个一样脆弱的老人）。老人的命运可谓多舛。老人的女儿在很小的时候就得病离世了，然后是年轻的弟弟（那时姑爹的爹依然年轻），然后就是他的孙子，然后就是他的儿子，这是无论发生在谁身上都很难承受的，他却要承受四个至亲的离世。我出现在他面前，准备了一些话，至少要安慰他几句。还未来得及我开口，他便先开口了，他说自己什么都想得开，直到一个多月后他的离世，才让人们意识到他内心淤积了太多东西，唯有死亡才能真正解脱。他的葬礼，我没能回去。我只是回去参加了姑爹的葬礼。

与姑爹不一样，老祖就像是慢慢地一点点离我们而去，那种缓慢的过程，会让我们在一些时间里忘记了那种离去的声息。到某些时候，我们才会猛然意识到了生命无论快慢都在离去。在老祖身上，我们是看到了时间与生命无限延长的慢。在姑爹的父亲身上，我却不知道该怎么去定义，他很长时间里都是以一种慢在活着,一种我以为他早已不在却依然健硕的样子。听到姑爹离世的消息时,我泪流满面。当我出现在姑爹家前,父亲一再嘱托我要好好安慰一下姑爹的父亲。我出现在火塘边,火焰在燃烧着,在火光的闪烁中,他的眼袋很重,笑容疲惫不堪,笑容变形,脸色变形,他所一直把持的心气似乎在儿子的离世面前已经不堪一击,他多次在那些沉重的打击下挺了过来,而这一次最彻底。这时,我忘了他的旁边还有着像老祖像富生的母亲一样的老人,我竟然忽略了她,姑爹的母亲,她即将迎来第五重的打击。此刻,我在记忆中打捞着那个老人的疲惫,我都不敢去想她将如何面对着这样的一重接一重的打击。姑爹的父亲与母亲,所经受着的是一些沉重的伤痛对于他们缓慢的侵蚀,那同样是一种慢。在苍山中,多少人便是在与一些慢进行对抗。

姑爹的马,那匹只负责驮他的枣红马,在装满众人忧伤的屋子旁,不停咀嚼着什么,咀嚼着草料,抑或咀嚼着一种忧伤,咀嚼着一种轻,一种于人而言无法承受的轻。马是有灵性的,我对此深信不疑,在苍山中行走,在苍山中放牧的时间里,我与一匹又一匹有灵性的马相遇。我真希望那匹马会变得迟钝,而感受不到一种重量的慢慢消失。那匹马的结局之一,便是被重新放归草场,在草场中失魂落魄,或者慢慢地重新找到让自己心定的魂。那我的姑姑呢?也必然要想到她。她曾一个人在那个牧场上放牧,长时间就在山上,忧惧感不曾出现,随着姑爹的离世,那种忧惧感是否就会出现,并将伴随着她的余生?姑爹的意外,让她猝不及防,当我要安慰她几句时,我的姑姑陷入了一种喋喋不休的言说中,说着姑爹离世前的诡异片段,那些夹杂着亦真亦幻的片段,已经被不同的人听到,姑姑表现出了从未有过的气力,她一定将继续那样对着人们絮叨着,直至真正感受到那种疲惫与虚空的到来。生命将以这样的方式被讲述,并将以这样的方式被承受,同时也将以这样的方式被慢慢塑造,塑造成我们想要的,或者不想要的样子。

黑色笔记本

那是在苍山中的某个村寨里,遇见了他。他赶着自己的两百多只羊、五十多头牛、三十多匹马朝苍山中的一些高山草甸走去。那时,他要赶往的草甸应该是类似花甸坝一样的地方。他要在那里住上一段时间。那应该是一个忧伤而孤独的牧羊人。多年前,我也曾是那样的牧羊人。真正对他有了一些了解之后,我的那些所谓的忧伤与孤独,都不值一提。

花甸坝,我曾住过一晚,印象很深刻。花甸坝,一个潮湿的世界,里面有着众多如网状如树根缠绕的溪流,它们曲曲弯弯,似乎永远都无法找到从花甸坝流出来的路径。在那个没有任何信号的世界里,我们在夜色中痛饮,在篝火边狂欢,还在火塘边烘烤着潮湿的鞋子,我们从未像那个晚上那样放松过。夜色在颤动,那个世界因为河流的气息、羊羔的气息,还有原始的草木气息,有了一种无法言说的空灵与自由感。

那是我的梦境。那是在苍山中做的梦。梦境发生在了我在见到一些特殊的画之后。画的风格和元素影响着我的梦境。梦境中出现了两棵古老粗壮的冬瓜树,丑陋不堪,只有在梦境中才能长得那般繁茂。在现实中,我不曾见到那么大的冬瓜树。现实中,我是在那个热带河谷中见到了那些粗大的榕树。现实中,我是在博南山中看到了众多的冬瓜树。我对这种植物熟悉又不熟悉,当看到一些牌子上写着桤木时，我以为自己是看到了不同的植物。细视之后，才断定它们是同一种植物，惊奇之感不觉而生。桤木，桤木王，多么特别的命名，一些雾气开始萦绕着它们。人们出现在其中一棵榕树下，进行祭祀活动。梦中出现的竟然是冬瓜树。人们在两棵不是很相似的树上，刻上了相似的图案，像是在给一棵树文身，我们可以拿开图案，图案之内将是一个小的世界。我问了其中一个女人（着华丽的民族服饰，服饰上同样有着与那两棵树上刻着的相似图案），树上雕刻的那些图案是否会变化，她摇头，树早已停止了生长，那些图案完好如初，不曾有任何的改变。披发文身之人，在主持着一个祭祀活动，有男女老少。还有一些外来参观的人，我便是其中之一，我们的身份都是模糊的，我看到了一些熟悉的人，他们同样有着多重的身份。与那个祭师相像的人（一头很长的头发很像，他们的神情也相似，都是经历着生活苦痛折磨后的皱纹满布，却依然安详豁达），混迹在人群中，我想接近他，跟他说说话，就像现实中，我们之间隔着的距离很遥远，隔着多少重的山是我们无法说出来的。现实中，他是我时常会想念的老大哥，我们在那些短暂的交集中，喝酒，谈论阅读，简单触及自我的现实生活，他关心着很多像我一样的文学青年。那些外来参观的人，突然就都消失了。梦境转化的速度之快让人猝不及防。那些熟悉的人一一退去。剩一个警察在那里让人给他照相。梦境是在怎样的情形下醒来的，那个女人在坡顶拿出了她小时候吹奏的乐器，她说了乐器名，我没记住（梦中的很多东西总是在考验着记忆力，它们会迅速模糊，消散一地），她想继续吹奏，但声音喑哑，再也不能发声了，一些东西早已经消散。她说自己的女婿病了，她要去照顾自己的女婿，她要去看自己的外孙子还有女儿。她从那个世界里猛然消失了。

自然，自然的各种形态，各种植物在梦中以梦的方式生长和排列，各种本应该在不同的海拔、不同的气候、不同的地理空间里生长的植物，都聚集在了那里。那里像是一个大草原，像是刚刚被雨水清洗过，我们想见到的茫茫大草原中的羊群不见，只有很少的几只，但自然世界的美是真的。我们在梦境中感叹了好几声。梦中的河流汇入一条大河，就在我们目睹之下，汇入以后，大河消失，梦中的河流在绿色的草地上继续缓缓流淌。如果发生在现实中的话，梦中的河流流淌的地方应该是苍山中的花甸坝。

回到眼前还未从疲惫中回过神的他身上，他并没有因为自己猎杀了一只老虎而显得不可一世。相反说到那只老虎时，他悲从中来，他的情绪迅速跌入低谷。他的经历，竟然会与我姑爹的经历很相近，近乎是不可思议的重复，我没有跟他说起我姑爹的经历。我把姑爹的经历当成是现实的一部分。他的那部分被我当成是虚幻的未知的，我所希望的未知与不可信。不可信的让人伤痛的命运。真不知道该如何才能把他从深渊中拉上来，他那年老的父亲一直在努力把他拉上来。用衰老的坚毅，用痛饮的豁达来拉他。那是只幼虎，历历在目，就像他把那只幼虎猎杀之后，患上不可知的病离世的儿子一样历历在目。他不曾想过自己会遇到一只老虎，即便那只是幼虎。当那只幼虎出现在离它几百米处时，幼虎没有注意到他，他竟惊人而巧合地出现在了最好的猎杀位置。他以猎人的敏锐和警觉告诉自己，如果他那时没有把幼虎猎杀的话，他同样不是幼虎的对手。

他隐隐觉得那便是一只老虎没错，在那之前，作为猎人的他猎杀过无数走兽飞鸟。在那个从村落往外扩散的密林里，他从未见过老虎。把那只幼虎猎杀之后，他猛然意识到幼虎的出现本身就是怪异的，一些深深的忧惧开始折磨着他。他扛着那只被猎杀之后依然不倒下的幼虎回到家时，儿子抱着那只死去的幼虎兴奋异常。那个村落的许多人闻声赶来，幼虎被他摆在了堂屋里供人们观赏，人们的那股兴奋劲如他儿子一样。只是在那以后不长的时间里，儿子便病倒了，四处求医无果，下肢溃烂离世。

在儿子离世之后，他突然意识到幼虎与儿子之间的隐秘联系。我有点不敢相信的是那片森林里竟然会有老虎。他自己在回忆中找到了一个合理的理由，那时森林的茂密是现在想都不敢想的，黑森林，进入就是暗无天日。在那样的环境之中，生命的渺小感太过明显，只有在那样茂密的森林里，才会有老虎豹子之类的野兽。容我静静地想象一下那样的世界，我又听到了内心深处的"森林，森林"这样的呼喊，那样的森林有那种让人突然晕厥的感觉。我听到了风从茂密的森林里穿过的声音。在一些口述中，有很多人在苍山茂密的丛林里走失了，现在有人走失在丛林中的情形几乎不再发生了，我们只是深刻地意识到那是发生在过去。他在拥有猎人身份的时间里，只是见到过那么一只老虎。

当他不再以猎人的身份活着，而是以牧人的身份活着的后半生里，他连想都不敢想还会有一只老虎，生活在那个不再茂密的森林里。如果真有那么一只老虎出现,他早已没有力量和勇气去猎杀他,他只会瑟瑟发抖着等着被老虎撕碎。当把幼虎和儿子联系在一起之后,他便把猎人身份艰难地抛却了。在他把那个身份抛却之后很短的时间里,苍山中开始禁止捕猎。那是后来在动物园里看到老虎之后,他才意识到自己确实打死过一只老虎,即便那只老虎不是很大。他清楚地记得,老虎朝地上扑去后紧紧咬了一嘴的泥土,那泥土里有草,正在生长着的草,草神奇地继续生长着。

三十七

在三阳峰下的银桥村,拓印的古碑文《苍山赋》,油墨未干便被他折叠在了一起。打开之后发现,油墨洇开后能看清的文字只剩"苍山赋"三个字。这无疑是一次失败的拓印。他把这当成是一种隐喻与暗示。苍山的一些东西隐身。在折叠纸张的过程中,他感觉自己就像把苍山的山水与人文轻轻地折叠了起来。天气渐寒,窗外飘着雨,苍山上下着雪。他进入苍山的那些村落,用不同的眼睛,有些眼睛属于自己,有些眼睛属于他人,有些眼睛属于植物,有些眼睛属于内心深处的其他生命。

那是在三阳峰下的银桥村,一个很小很简陋的庙宇里面。那是习以为常的狭小与简陋,我们在苍山中行走时,遇见了很多那样的庙宇。有些就在村落里,有些分布在苍山中,当人影从中退出之时,替换人的是别的生命。我们想象着云豹出现了,只能是想象,云豹嗅到人的气息就不会出现,它们隐于苍山的深处;我们想象着黑熊出现了,黑熊真可能会出现,一些黑熊从苍山下来,去往一些庄稼地里偷玉米吃,它们只留下了来过的痕迹,它们也回到苍山深处;我们还想象着斑斓的蝴蝶出现了,它们不用等人从那个空间消失,就已经出现在了我们面前,让年幼的女儿激动不已。那天除了有意出现在庙宇拓印古碑的几个人外,就不再有其他人了。那天,庙宇所具有的宗教意味,近乎无。只有在一些特殊的日子里,庙宇才会喧闹起来。

一进庙宇,右侧的墙壁上刻着的是《苍山赋》。作者不是李元阳。墙壁的另外一端,是李元阳写的诗。细思量,出现了好些巧合。出现在这里,是巧合。我们本来是要去喜洲,去看那些古老的白族民居建筑。赵勤老师是这方面的专家,给他打电话一问,他正在三阳峰下,陪着几个文化研究者拓印两块古碑。他说,他们同样也是临时起意。有时往往就是这样,却有一些意想不到的收获。我以这样的方式,多次进入苍山,并发现了多重的苍山。

你会相信一些命定的东西吗？在苍山中，我似乎是相信了。如果不是命定的巧合，我可能会把这个村落忽略，会觉得这个村落将很普通。那个文化研究者提醒过我，苍山下的村落里有着很多值得发现的东西，我一开始总不以为然，总觉得自己与文化研究者的指向是不同的。在与苍山中的这样一些村落相遇后，我的关注点不再只是苍山十九峰的海拔。出现在这个村落时，我们丝毫不会想着遇到《苍山赋》。一种类似命定的东西在左右着我们。我也不曾想到会在这样的巧合下，遇见了这样一些与时间在对抗的文字，它们被刻于石碑。我在那个很小的庙宇里，激动不已。他们认真地拓印着碑文。一开始的拓印不是很成功，他们重新开始拓印，每一次的拓印所需要的时间都很长。他们所要呈现的似乎也是要抵达苍山的一种慢。我们离开那个庙宇时，他们还在拓印着，那时他们是三个人。他们并不着急，反而是我们多少有些急躁了。

其中有块碑文，是李元阳写的诗，落款的时间"五月十日"。就差几天。我们出现的时间是"五月十四"。你猛然意识到自己不只是在冬季出现在苍山中，行走的时间跨度其实持续了好几年。几百年前，李元阳出现，沿溪流，入古寺

（当然并不是此地，庙宇已经搬迁过）。我们面对着的有一些东西是一样的，也有一些并不同。他面对的是古寺高僧，我们面对的是他的诗文，还有其他当下的人。我们面对着的是同一座山峰（这是我们唯一能肯定的）。我们希望他们出现的那天同样微雨，那也是极有可能的。他们进入古庙避雨，在古庙中围拢着烧着的炉火，煮茶，闲谈，甚而饮醉。我们希望苍山所给人的那种美感，会穿越时间完成某种奇妙的叠加，至少是一种重现，至少有着一些永恒的意味。拓碑人黄正良教授本身就是搞碑文研究的，在面对着那两块没见过的碑文时，他同样很激动。拓印碑文的他比我们任何人都激动，在激动的颤抖中，一开始的拓印才并不顺利。他已经拓印过多少的碑文，我们能想象他在每一次面对着新发现的古碑时都会涌出的激动。有些激动，并不会随着年岁的累加而消失。拓印碑文的人，拓印的是对于过往世界的印象与感觉，一些印象和感觉延续到了此刻。雨一直淅淅沥沥地下着。

　　暂时离开那个庙宇，进入了那些梦中的石头建筑。村寨中出现了许多石头建筑。那些石头建筑斑驳残损，与周围的很多建筑形成强烈反差。一个石头的世界。梦中多次出现的石头房子在这里出现了，这是我不曾想到的，毕竟那是近乎梦想的世界。我成了梦想者。梦想者不曾在脑海里制造那么多的石房子。梦想者还在云弄峰下,看到了零星的石房子。梦想者还在罗坪山下看到了石头巷子和不多的石头房子。那些石头房子就这样缠绕着梦想者,并不断进入他的梦中。梦想者,一直想把一些人事放入想象与现实中的石房子。石房子与纸房子(梦想者无端想到了纸房子,那座用书本在海边建起的房子,最终在海潮中消失,消失成一堆纸浆,那种颓丧与忧郁感在海风的击打中,清晰可辨)。石房子,同样会给人一些颓丧感,石头建筑也没有我们想象中那么坚固。我们所见到的那些石房子已经被弃用,只是徒留一些感叹。石房子之内,即便经过了时间的多年侵蚀,一些气息依然存在。那种气息,并不是那些绿色植物聚拢的溪流边,所释放出来的植物气息。那种气息中还夹杂着一些腐烂的气息,死蛇的味道,或者是其他,我在那里找寻着死蛇的影子。不见蛇的影子,只有一大片的森森古木,只有潺潺流淌的溪流,还有远山的呼唤。

拓碑人再次出现。我也曾拓印过碑文,用铅笔和白纸,那是多年前,效果很差。与眼前真正专业的拓印碑文之人,无法比。现在,我猛然意识到,除了梦想者,需要那些工匠,需要那些文化学者，需要一个诗人，还需要一个拓碑人。真正的拓碑人在苍山中拓印那些众多的古碑，通过碑文进入苍山的另外一个维度。在面对着众多的古碑时，就像此刻面对的这两块碑，以及碑文背后早已逝去的人，那种思想的被重塑，依然发生着。

寨门里长满了青草。繁茂的草木与斑驳的寨门。寨门是石头垒砌起来的，曾经在另外一些世界里，看到的寨门是用木头搭建的。寨门，那是进入一个世界的门，有时拒绝着人进入。在一些特殊的日子，为了让消除世界之内的不净要举行祭祀活动时，人们就暂时封上寨门。那几天时间里，那个村寨的人拒绝着一切外来者。如今，是那些植物在封门，寨门早已弃用，寨门的意义也在消解，已经没有人再去在意那是寨门了。那是往苍山方向进入的寨门，那个寨门存在的意义似乎与另外一个方向早已消失不见的寨门不同，苍山方向进入村寨的人中，陌生人寥寥无几。那个寨门，某种意义上是留给苍山中的其他生命的。黑熊也从那个寨门进入了村寨，其他一些生命同样穿过寨门进入了村寨。曾经，那个村寨的人，要去往苍山，就要穿过那个寨门。在我曾教书的高黎贡山下的傣族村寨里，一些寨门简陋，只是用一些篱笆搭起,却依然有着强烈的寨门意义。人们关起了寨门,人们又打开了寨门,村寨已经完成了对世界与生命的不同认识。眼前的寨门已经成为被时间之火制造的废墟,它名存实亡,它早已不被人们所关注。当意识到如此时,我们不再去关注寨门,我不再去关注寨门。本来我是想提醒同行的人去关注那个寨门,关注一些废弃已久遗忘已久的东西,又有多少意义?除了可能会有一些莫名的伤感以外,还有多少意义?当然,有时废墟有其存在的特殊意义,那些行将消失的物会提醒我们记住一些东西。提到感伤,有些感伤是否可以定义世界,是否可以定义我们世界中的荒诞与忧愁?从那种走神与弥漫中回过神来。从寨门方向往苍山望去,苍山云雾缭绕,近处雨雾弥漫。

　　回到那个庙宇,拓印的碑文未干,那样的日子似乎并不适宜拓印碑文。我把《苍山赋》轻轻折起,作家北雁折起了李元阳的诗,我们与拓印碑文的友人告别。拓印碑文的友人,依然在重新拓印着,拓印的时间在静静流淌着。回到家中,把拓印的碑文放在书房,并拿出李元阳的书随意翻着。几百年前,他经常在苍山中与友人放歌纵酒于山水。我们是否也算是在延续着一点点古风,邀友人纵情山水,并唤醒内心对于山水精神的向往与渴望。

时间已经是深冬,把《苍山赋》再次打开,由于当时天气等原因,我拿的这一张,并不是最成功的一张。纸张沾染着苍山的一些泥土,一些文字清晰,一些文字在潮湿的墨中无法真正变得清晰,这像极了我对于苍山暂时的认识。《苍山赋》,我是要选择一个日子,在苍山下,在雨中,或者是下雪天,想了一想,最适合的还是下雪天,围着火塘读一读,这样的感觉应该很奇妙。苍山中,海拔三千米左右的村落里,《苍山赋》不在,我们却真是围拢在火塘周围谈论苍山。

我想再次去看看那两块古碑,当重新回到苍山下的那个村落,却找不到那个简陋的庙宇。这样的奇妙与不可思议,在我出现在苍山中的时间里,经常会有。同样是阴雨天气,偌大的一个村子里,竟不见人影。我本想找个人,问问那个庙宇的下落。只好作罢。一些雨滴落在身上。望向苍山,烟雨弥漫。往昔与此刻,往昔以各种方式复活,进入苍山中,不只进入的是苍山的此刻,还进入了苍山的过往,此刻显露的只是生活一部分的表象。在面对着苍山中的一些遗址(像太和遗址),在面对着苍山那纯粹地经过了许多目光叠加的美,在面对着一些村落的人在特殊的日子里,集体出现在本主庙,为生老病死为精神为五谷为六畜所举行的祭祀活动时,一切过往开始复活,或者被生活的此刻激活。在苍山中,我看到了破败的村落与自然,我同样不只是看到破败,越进入苍山深处,就会发现苍山越发完整,一些生命在苍山深处重现并复活。在苍山中那片有着羊群,有着牦牛,有着汩汩流淌的溪流,还有着泥土与植物气息交杂在一起的草甸中,突然感觉老祖那失明的眼睛再次变得明亮起来。混浊的那种凝滞,行动的那种迟缓,都在慢慢消散,在我的心中消散,我也慢慢变得释然,即便那些命运感的悲剧与强烈依然沉压在心。一看时间,立春已过,冬天已经彻底宣告结束。我暂时回到了苍山下的这座城里。

黑色笔记本

我已经无法肯定画师是否真出现在那些石房子中,这是有关苍山未知的部分,即便那是我们所认为画师应该出现的最为理想的世界。石头上刻着苍山的影子。这是我所能看到的,也是所能肯定的,那是与天然的大理石上的水墨画不同,那是雕刻下来的苍山。那也是画师心中的苍山。

那更是我心中的苍山。

当看到石头被时间改变侵蚀,苍山已经变成一个骨架,一个轮廓,一个粗线条时,我似乎有所悟,苍山最终在我们的内心深处都将成为一个轮廓式的存在。一个大致的苍山,一个属于个人感觉的苍山。这也符合了我对于苍山的真正理解。我想成为石头房子中的画师。画师从石头房子里走出来之后,就再也没有回去,石头房子空了起来。画师曾经生活过的迹象,慢慢淡化,直至消退。当我出现在苍山的那些溪流边时,总觉得画师从一个相对坚硬的空间里,进入一个较为柔软湿润的世界。

在一些讲述中,我捕获了很多人远离世俗生活,进入了苍山之中。那些人眼中,只有苍山。此刻,我的眼中也只有苍山,只有那些看得见的河流,看得见的森林与岩石(一些折断在地的树,一些摇摇欲坠的岩石),还有看得见的村落(一些寂静寥落的村落,一个只看到背着个娃娃的老人的村落,我知道那并不是村落的真实,村落未必就是我们所目睹的那般寂寥不堪)。那些看不见的,在平时的日常中很少会轻易显露的东西,它们随着黑色笔记本的合上,暂时进入到黑色笔记本之中。黑色笔记本,最终成了类似隐喻的东西，它记录下了一些似真似幻的东西。我进入其中一个石房子里。我想把黑色笔记本放在石房子的某个角落，那个角落里将有着一些光的穿入，随着角落被光照亮，被照亮的还有黑色笔记本。笔记本将不再是黑色的，在光的作用下，开始变得色彩斑斓。我还希望看到雪每年都会落满那些石头房子。我曾见到过一次，雪下到了那些村落。我静默无言，我在雪中走着，我的注意力集中在踩着雪时发出的声音。我沉迷于那种声音，然后忘却什么。

我依然能一眼就认出苍山，以及苍山下的那些村落。黑色笔记本里还记录着一些关于灵魂的事，一些人在苍山下的那些村落里，为了灵魂的清洁举行一些祭祀活动。进入苍山下的村落，进入那些过往的记忆中，我们发现人们把灵魂看得很重，把生命看得很重，至少把祭祀仪式看得很重。我希望打开黑色笔记本的人，看完后留下的最深刻印象是里面的生命所具有的那种蓬勃旺盛的生命力，一些人为生命而窃喜，为生命而歌，里面将密布着理想主义与英雄主义气息（也可能是落寞的理想主义与英雄主义）。这些都在黑色笔记本中释放出挣脱暗黑的力量，那些光依附着烛火，在无尽的黑夜，在这个冰冷的冬夜里散发着霜一般的诗意光亮。黑色笔记本中,记录的那些生命,记录的那些讲述,在一场雪面前,是应该暂时合上了。雪把一切都掩埋了,用它的白,用它那松软的白,用它那冰冷的白,用它那坚硬的白。雪是这时的光。光落在了苍山,以及苍山下那些村落中已知与未知的部分。我看到了诗人拍下了苍山上的雪,同样配着"要有光"的字样。在冬日冰冷清瘦的光中,河流成为黑色笔记本的书脊,那些岩石树木,以及如岩石树木的生命成为黑色笔记本中一行行的文字,我乐此不疲地记录下了许多与冬日与梦幻有关的东西。我看到了一本红色笔记本,很薄,与黑色笔记本之间,有着不一样的色彩,色彩的不一样让笔记本之内的东西指向了不一样的世界,红色笔记本里更多记录的是私人与思想,而黑色笔记本中记录的更多是群体的记忆与梦想。

我在黑色笔记本的最后一页写下了这样的文字:我希望自己再次拥有动物性的对世界的感觉,希望自己能拥有一双持续观察世界的眼睛,即便冬天很快就会过去,那种持续观察的热情,并不会因此而彻底消散,那些浓重的黑色中,有着类似永恒的光的东西,就像落在山顶的雪所释放出来的光。